重力への挑戦

ハル・クレメント

JN225591

液体メタンの海とアンモニアの氷に覆われ、地球の700倍の重力を持つ巨大惑星メスクリン。高速自転による遠心力で赤道部が大きく膨らんだこの星では、極地と赤道付近とのあいだで大きな重力差が生じており、ある緯度を越えると、人類には足を踏み入れることができない。その南極に擱座《かくざ》したロケットを調査するため、地球人は原住生命であるメスクリン人と取引きをした。体長40センチ、体重数百キロ、ハサミを持つ36本肢のメスクリン人は、なぜこの危険な仕事を、無報酬も同然で引き受けたのだろうか？異惑星・異生物ハードＳＦの歴史的傑作。

登場人物

●メスクリン人

バーレナン（バール）……………ブリー号船長

ドンドラグマー（ドン）…………ブリー号航海長

リージャーレン……………………外港監督官の通訳官

●地球人

チャールズ・ラックランド………飛行士

ウェイド・マクリラン……………飛行士

ロステン博士………………………重力探検隊隊長

重力への挑戦

ハル・クレメント
井上　勇　訳

創元ＳＦ文庫

MISSION OF GRAVITY

by

Hal Clement

1954

目次

1 冬の嵐 九
2 飛行士 二七
3 地面を離れて 四四
4 故障 六一
5 地図づくり 七八
6 そり 九六
7 石の防塞 一一三
8 高所恐怖症の治療 一三一
9 絶壁を越えて 一五二
10 丸木船 一七二
11 台風の目 一九六

12 風に乗るもの 二二三
13 失　言 二三〇
14 うつほ舟の災い 二五〇
15 高　地 二六九
16 風の谷 二八六
17 エレベーター 三〇二
18 土手づくり 三一八
19 新しい取引き 三三七
20 ブリー号の飛行 三四七

解説／堺　三保 三五三

重力への挑戦

1　冬の嵐

風は、何か生き物のように湾を渡ってきた。海面を、どこで液体が終わり大気がはじまるのか見定められなくなるほど、徹底的にかき乱していた。ブリー号を水びたしにして、木切れのようにはね飛ばすかと思われるほど波を持ちあげようとするが、波が三十センチも盛りあがらないうちに、実体のないこまかい水煙にして吹き飛ばした。

その水煙だけが、ブリー号の高い船尾楼となるいかだにうずくまったバーレナンに届いた。船はずっと前から、海岸に安全に引きあげていた。ここで冬を越すのは確かだと見通しをつけるとすぐに、そうしておいたのだ。だが、それでも多少の不安を感じずにはいられなかった。波はいままでどこの海で経験したものよりも、何倍も高かった。そんなに高く持ちあがるのは重さを欠くためであり、重さを欠くということはつまり、海岸をこんなに遠くまで押し寄せてきても実質的な損害は受けないのだと考えなおしてみても、それですっかり安心するわけにはいかなかった。

バーレナンは、とくべつ迷信深くはなかった。だがこの〈世界の外輪〉近くでは、実際、何が起こるか知れたものではない。どうみても想像力など持ち合わせない連中ばかりの乗組員でさえ、ときどき不安の徴候を示した。ここは縁起《えんぎ》が悪い、と彼らはぶつぶついった——〈外輪〉の彼方に何者が住んでいて、この恐ろしい強風を何千キロも隔てたこの世界に送ってきているのか知らないが、そいつはちょっかいを出されて腹を立てるかも知れない。何か事故があるたび、そのぶつぶついう声がまたしてもあがった。これまでずっと三百キロ近い体重だったのが、突然一キロ少々の重さしかなくなったとあっては、誰だってへまをやりかねないというのは、船長には当然のことに思えた。だがそれを認識するには、明らかに教育が、少なくとも論理的にものを考える習慣が必要だった。

物事をよく心得ているはずのドンドラグマーまでが……バーレナンは長身をさっと緊張させ、もう少しで命令をどなりつけるところだったが、その前に、ふたつ先のいかだで起こっていることをはっきりと見てとった。この航海長は、ときもあろうに、ちょうどこんなときを選んで、明らかに一本のマストの支索《しさく》を調べようとして、体重がないに等しくなっているのを利用し、デッキから身の丈くらいまでマストによじのぼっていた。航海長が体後部の歩行用の六本の肢《あし》で危なっかしげに平衡をとって高いところへのぼっていくのを見るのは、どうにも珍妙な光景だったが、ブリー号の乗組員たちは、いまではそうした軽業《かるわざ》に、だいぶ慣れっこになっていた。バーレナンをはっとさせたのは、そんなことではなかった。一キロ程度の体重では、何かにつかまっていないと、最初のそよ風のひと吹きで吹き飛ばされてしまう。そして、歩行用の六本の肢では何にもつかまれない。バーレナンが自身と行為の舞台を隔てている緩衝地帯を、実際ににじりよろうとしかけて、ふと見ると、航海長はひと揃いの綱を、当人の装具とデッキに結びつけ、手を加えようとしているマストと同じくらいしっかりとからだを縛りつけていた。

バーレナンは、もう一度からだをくつろがせた。ドンがなぜそんなことをしたのか、よくわかっていた――この並はずれた嵐を操《あやつ》っているのが何者であれ、そいつに対する純粋な反抗の行動だった。そして意識的に、その態度を乗組員たちに印象づけようとしたのだ。いいやつだ、とバーレナンは考えた。そして、改めて湾のほうへ注意を戻した。

いま海岸線がどこにあるのか、正確に告げられる者は誰もいないだろう。目をくらますほどの真っ白いしぶきと真っ白に近い砂浜が、ブリー号から百メートル以上向こうのものは、どの方角にもすべて覆い隠してしまっていた。そしていまでは、真っ向から吹きつけるメタンの小滴が、目の殻《かく》に弾丸のようにぶつかって染みになり、船さえも見分けるのが困難になっていた。せめてものことに、バーレナンのたくさんの肢の下のデッキは、まだ岩のようにしっかりしていて、いまは軽くなった船も、さしあたって吹き飛ばされる心配はなさそうだった。船長は、船がいまは何十本ものケーブルで、深く打ちこんだ錨《いかり》と、浜辺に点々と生えている低木《ていぼく》に結びつけてあることを思い出し、そんなことになるはずはないと、沈痛な思いで考えた。そんなことになるはずはない――だが、仮にそうなったとしても、この〈外輪〉

の近くまであえて乗り出してきて行方不明になった最初の船とはいえなかっただろう。おそらく乗組員たちの飛行士への疑惑は、ある程度当たっているのかも知れない。要するに、あの不思議な人物は、ここで冬を越すように船長を説得したのだ。そして、そうするにあたって、船についても乗組員についても、何ら保護の約束はしなかった。それにしても、飛行士が彼らを破滅させようと望んでいたのだとしたら、彼らを口説《くど》いてこんな術策に乗せるよりも、もっと簡単で確実な方法が確かにあったはずだ。重さというものがほとんど意味をなさないここでさえも、飛行士の乗っていたあの巨大な建造物がブリー号に襲いかかれば、そのあとのことはいうまでもない。バーレナンは心をほかの問題に切り換えた。彼はたとえ一時的にでも、自分自身が本当に堅牢な何者かの下に置かれることに対して抱く、普通のメスクリン人の恐怖をとことんまで感じた。

乗組員たちは、ずっと前からデッキ・フラップの下に避難していた——航海長さえ、嵐が現実に襲ってくると仕事をやめた。乗組員は全員そろっている。バーレナンはまだ船全体を見られたときに、保護覆いの下から盛りあがっている瘤《こぶ》を数えてみた。狩りに出ている者はいない。嵐が近づいているという飛行士の警告の必要はなかった。過去十日間、安全な船から八キロ以上離れた者はいなかった。八キロの距離は、この重さのもとでは往《い》き来するのに、ものの数ではなかった。

もちろん、食糧はたっぷりあった。バーレナンは愚かではなかったので、貯蔵物資を無駄遣いしないよう最善をつくした。それに、新鮮な食料はうまかった。彼は、この突拍子もない嵐が、いつまで自分たちを閉じこめておくのだろうかと訝《いぶか》しんだ。厄介事が近づいているのは、さまざまな徴候で予知できたが、さてそれがいつ終わるのかとなると、徴候はあまりはっきりとは教えてくれなかった。たぶん飛行士は知っているだろうが。いずれにせよ、これ以上船をどうこうすることは何ひとつなかった。あの不思議な人物に話しかけてみるといいかも知れない。バーレナンは、飛行士から渡された装置を眺めるたび、信じられないというかすかなスリルを、いまだに感じた。そして何度その力を試してみても、決して飽きることがなかった。

その装置は、バーレナン自身の小さな防護フラップに覆われて、すぐ傍《かたわ》らの船尾楼いかだに載っていた。長さ八センチ、高さと幅がその半分ほどの、一見して堅牢そうな代物だ。一方の端に、ほかは全部白い表面なのに、一点だけ透明になった目のようなものがついていて、明らかに目の役割をしていた。そのほかのたったひとつの特徴は、長いほうの面のひとつにあいた、小さな丸い穴だった。その代物は、その穴のあいた面を上にして置いてあり、目のある端が、防護フラップの下からほんの少し外に覗いていた。フラップ自体は、もちろん風下に向けて口をあけていて、いまはその機械の平らな上の表面にぴったりと貼りついていた。

バーレナンは片腕をフラップの下で動かしてさぐり、ようやく穴を見つけると、そこにはさみをさしこんだ。その穴の内部には、スイッチやボタンなどの動く箇所は何もなかったが、そんなことは少しも気にしなかった——熱や光子、その他のキャパシティー・リレー装置を見たことがないのと同様に、こうした装置には一度もお目にかかったことがなかった。だが経験から、穴に何か不透明体を挿入すれば、どういうわけか飛行士にそれを知らせることができるのがわかっていた。そして、どうしてそうなるのか想像してみても意味がないこともわかっていた。まるで生後十日の子供に航海術を教えようとするに等しい、と彼はときどき悲しく考えることがあった。自分にも知性はあるかも知れないが——とにかくそう考えるのは慰めになった——その背景となる何年もの経験というものが欠けていた。

「チャールズ・ラックランドだ」機械が、突然バーレナンの思考の流れを断ち切った。「バール、きみか」

「チャールズ、こちらはバーレナンだ」船長はだんだん上達してきた〈飛行士〉の言葉で話した。

「きみの声を聞いて嬉しい。このちょっとしたそよ風の一件は当たっていただろう?」

「あなたの予言のとおり、やってきた。ちょっと待ってくれ——そうだ、雪を伴っている。いままで気がつかなかった。でも、埃《ほこり》はまだ見えない」

「やがて来るよ。あの火山は、十立方キロもの埃を空に吹きあげたに違いない。もう何日も、次第に広がっている」

バーレナンは、それには直接の返事をしなかった。問題の火山は、いまだにふたりのあいだで争点になっていた。飛行士は、その火山がメスクリンの一部にあると主張したが、バーレナンの地理の知識では、メスクリンにはそんな場所は存在しなかった。

「チャールズ、ぼくが本当に知りたいのは、この風がいつまでつづくかということだ。あなたたちはこれを上から見られるんだから、どれくらい大きいかわかってると思うんだが」

「もうきみたちは手こずってるのか。冬はまだはじまったばかりなのに——きみたちがここから出ていけるのは、何千日も先のことだよ」

「それはわかっている。量に関しては、食糧はふんだんにある。でも、ときには新鮮なものが欲しい。いつ、狩猟班をひと組かふた組出せるか、前もってわかっていたら幸せだと思うんだ」

「そうか。それにしても、そいつは、時を選ぶのに慎重でなくてはならないと思うよ。わたしはこの前の冬はこちらにいなかったが、冬の季節には、この地域は事実上、ひっきりなしに暴風が吹くんだと思う。きみは前に、実際に赤道に来たことがあるか」

「どこにだって?」

「つまりその——きみたちがいう〈外輪〉と同じものだと思う」

「いや。こんなに近くまで来たのは初めてだ。誰にしたって、どうやればもっと近くまで行けるか、ぼくには見当もつかない。これよりさらに遠くまで海を出ていけば、残っている最後の体重のはしくれまで失ってしまって、ぼくらはどこかへ飛んでいってしまうよ」

「いくらかでもきみの心の慰めになるならいうが、きみは間違っているよ。きみがさらに先へ行きつづけると、体重はまた増しはじめる。きみはいま、まさに赤道上にいるんだ――体重がいちばん小さくなる場所に。だから、わたしはここにいるんだ。これできみが、はるかにもっと北のほうに陸地があると信じたがらない理由がわかってきたよ。前にそのことを話し合ったとき、きみに理解できなかったのは、言葉がわからないからだとわたしは思っていた。たぶん、きみもいまは充分ひまができて、世界の本質についてのきみの考えを説明してくれることができるだろう。それとも、たぶん、きみは地図を持っているだろうね」

「もちろん、ぼくらはここの船尾楼いかだの上に、ボウルをひとつ持っている。でも、おそらくいまは、あなたには見られないだろう。太陽が沈んだばかりで、エッステスは、この雲を通しては、役に立つほどの光を与えてくれないからね。太陽がのぼったら、あなたに見せてあげよう。ぼくの平面地図はたいして役に立たない。どれひとつとして、本当に申し分のない情況を教えてくれるだけの広い範囲を包括していないのでね」

「よしきた。それじゃ、太陽がのぼるのを待つあいだ、口頭で何かきみの考えを聞かせてくれないか」

「ぼくはまだ、あなたたちの言葉を充分話せる自信がないが、やってみよう。

ぼくは学校で、メスクリンは、大きなからっぽのボウルの形をしていると教えられた。大部分の者が住んでいるのは、その底に近い部分で、そこではひととおりの重量がある。哲学者たちの考えでは、重量は、メスクリンが載っている大きな平たい台の引力によって生じるんだそうだ。外輪に近づくにつれて重さは軽くなる。台から次第に遠ざかるからだ。台が何の上に載っているかは、誰も知らない。あなたたちは文明度のもっと低い民族から、その問題について、奇妙な見解をたくさん聞かされることだろう」

「きみたちの哲学者の考えが正しいとすれば、きみたちが中心部から遠ざかるときは、いつでも上り坂をのぼることになるはずで、すべての海はいちばん低い点に向かって流れ落ちると思われる」ラックランドが口を挟んだ。「きみは、それについて哲学者に訊いてみたことがあるか」

「ぼくは子供のころに全体図を見たことがある。教師が見せてくれた図では、たくさんの線が台から上方に向かって伸びていて、それが曲がって、メスクリンの中心部の真上で合わさっていた。それらの線は、ボウルが湾曲しているので、斜めというより直線に近いかたちでボウルを突っ切っていた。重力は、台に向かってまっすぐ下に向かわずに、その線に沿って働くと、教師はいっていた」そう船長は答えた。「ぼくは完全には理解できなかったが、どうやらそれで話は合うように思えた。地図上のいろいろな距離について調べたところ、理論上そうあるべきものとぴったり合い、その理論が正しいと証明されたという話だった。ぼくに理解できるかぎりでは、そうだったんだ。そしてこれは、立派に筋が通っているように思える。哲学者たちが考えたような形でなかったら、標準点からたいして遠く離れないうちに、距離は確かにめちゃくちゃになってしまうだろうからね」

「そのとおりだ。きみたちの哲学者たちは、かなり幾何学《きか》に通じているらしい。わたしにわからないのは、なぜ彼らが距離を正しいものにするには、ふたつの形があると悟らなかったかということだ。要するに、メスクリンの表面は下に向かって湾曲していることが、きみにはわからないのか。きみの理論が正しいとすれば、地平線はきみたちの上方に見えるはずだろう。その点はどうなんだ」

「ああ、それなんだ。だから、たいていの原始民族でさえ、世界がボウルの形をしていることを知っているんだ。ここの外輪近くまで来て初めて、ようすが変わっている。ぼくは、これは何か光線に関係があると睨んでいる。要するに、ここでは夏だって、太陽が昇ったり沈んだりしている。少しくらいものが奇妙に見えたって、驚くにはあたらない。なにしろその——地平線と、あなたはいったね——その地平線さえも、北と南は東と西より近いように見える。船を見ると、東や西にあるときのほうがはるかに遠く見える。光線のせいだ」

「ふむ。きみがいおうとしている点について、いますぐ答えるのは難しいようだ」その声に含まれていた面白がるような口調に気づくほどには、バーレナンは飛行士の言葉に充分馴染んでいなかった。「わたしは、ええと、その——外輪を離れてずっと遠い地表へは一度も行ったことがないし、わたし個人としては今後も行くことはできない。わたしには、きみの話しているような光景はとうてい想像もつかないし、さしあたり、なぜそうなのか見当もつかない。例の小旅行に出かけるとき、きみにあのラジオ・ビジョン・セットを持っていってもらって、そいつを見せてもらいたいものだ」

「あなたがなぜ、ぼくたちの哲学者が間違っているというのか、その説明を聞かせてくれたら愉快だろうね」バーレナンは慇懃《いんぎん》にいった。「もちろん、あなたからそうしてくれるつもりになったらの話だが。さしあたってぼくは、いつこの嵐がやむのか、あなたが教えてくれることができるかどうか、そのほうにまだ幾分か好奇心を持っている」

「ツーレイの観測所から報告をとるのに数分かかる。日の出ごろに、こちらからきみを呼び出すのはどうだろう。そうすれば、きみに天気予報を知らせてあげられる。そして、そのころには充分明るくなっていて、ボウルも見せてもらえるだろう。それでいいかね」

「それはありがたい。待っている」

バーレナンはラジオのそばにうずくまった。嵐がそのまわりを猛《たけ》っていた。メタンの小滴が散弾のように、殻に覆われた背中に当たって跳ね返っていたが、それは気にならなかった——メタン粒は高緯度ではるかにきつく打ちつけたからだ。バーレナンは、ときどきからだをゆすって、いかだに積もりつづけるアンモニアのこまかい粒の吹きだまりを払いのけたが、それさえ、ほんの少々厄介なだけだった——少なくとも、さしあたりは。五、六千日たって冬のただなかになり、太陽光が空いっぱいに広がると、この代物は溶けてしまい、そのあと間もなく、また凍ってしまう。肝心なのは、その二度めの凍結の前に、液体のアンモニアを船から駆逐するか、船がアンモニア水から逃げ出すかすることで、そうしないとバーレナンの部下たちは、二百もあるいかだを浜辺に運び出して、アンモニアの氷を削りとらなければならなくなる。いかだが二百もあるというのは、ブリー号は川船ではなくて、れっきとした大型渡洋船だったからだ。

飛行士は必要な情報を得るのに、約束どおり数分かかっただけだった。湾の上空の雲が、昇る太陽で明るくなったとき、小さなスピーカーからふたたび飛行士の声が響きわたった。

「バール、どうやらわたしのいったことが当たっていたよ。凪はやみそうもない。事実上、北半球全体――といったところで、きみには何の意味もないだろうが、北半球全体の万年氷が煮えくり返って溶けている。嵐は、ほぼ冬じゅうつづくと思われる。南の高緯度では、嵐は分裂して別々に吹いているが、それは、赤道から離れるときにコリオリ偏向によって、非常に小さな個体に粉砕されるためだ」

「何によってだって?」

「ものを投げると何でも実にはっきり左に反《そ》れさせる作用と同じ作用によってだ――きみたちの条件のもとでは一度も見たことがないが、少なくともこの惑星では、事実上そうあるべきはずだ」

「〈投げる〉というのは、どういう意味だね」

「おや。わたしたちはいままでその言葉を使ったことはなかったかな。それではと、きみが、わたしの避難所を訪ねてのぼってきたときに、わたしはきみが跳ぶのを見たが——いや、だめだ、この言葉も使ったことはなかった。きみはどこかでこの言葉を覚えていないか」

「いや」

「そうか。〈投げる〉というのは、きみが何か品物を手に持って——つまり拾いあげて——それを、力をこめて押しやって、きみから引き離し、地面に落ちる前にある程度の距離を行かせるようにすることだ」

「ものの道理をわきまえた国では、そういうことはしない。あるところでは不可能だったり、たいへん危険だったりすることでも、別のところではやれることがたくさんあるにはある。でも、ぼくらの国では、何かを〈投げる〉と、そいつは誰かに——もしかしたらぼくにぶちあたる心配が大いにある」

「考えてみると、それは具合が悪いかも知れないね。ここ赤道では三Gで、それでさえはなはだ面倒なのに、両極では七百に近いからね。それにしても、何かごく小さいもので、きみたちの筋肉で投げられるものだったら、なぜきみたちは、それを投げた場合、ふたたびそれを捕えるな、または、せめてその衝撃に耐えることができないんだね」

「そういう状況を想像するのは、ぼくにはひどく難しい。でも、答はわかっているように思う。時間がないからだ。何かを——投げてもいいし投げなくてもいいが——手もとから離すと、どうするひまもないうちに地面にぶつかってしまう。ものを拾いあげて持ち運ぶのは、それはそれでいい。這いまわるのはそれでいい。だが、投げたり――〈跳ぶ〉といったかね――跳ぶのは、まるっきり別の問題だ」

「きみのいうことはわかる――と思う。わたしたちは、きみたちが重力に相応した反応時間を持っているのだろうと、一も二もなく思いこんでいた。だが、それは人間中心の考え方だったとわかった。どうやら合点《がてん》が行ったように思う」

「ぼくに理解できたかぎりでは、あなたの話は筋が通っているように思える。ぼくたちが、たがいに違っているのは、確かに明らかだ。どれくらい違っているか、完全に悟ることは、たぶん決してないだろう。だが少なくとも、一緒に話し合って――双方にとって有利な協定であって欲しいと、ぼくが望んでいるものをつくれるくらいには、たがいに似通《にかよ》った点を持っている」

「わたしは、そうなると確信している。話のついでだが、われわれの協定をさらに有利なものにするためには、きみは、いまから行きたいとしている場所について、わたしに一応の概念を与えてくれなくちゃならないし、わたしは、きみに行ってもらいたいと思っている場所を、地図上で指摘しなくてはならない。さあ、さっそく、きみのボウルを見せてもらえるかね。このビジョン・セットに充分なくらい明るくなっている」

「もちろん。ボウルはデッキにはめこまれていて動かせない。あなたに見えるようにするには機械を移さなくてはならない。ちょっと待ってほしい」

バーレナンはいかだの上を少しずつにじり寄って、デッキの索止めにしがみつきながら、小さなフラップで覆いをした場所へ行った。バーレナンがフラップを引きはがしてしまいこむと、その下から、くっきりときれいなデッキの面が現われた。それから、バーレナンはまた引き返して、四本のロープをラジオに結びつけ、それを要所要所の索止めでしっかりととめた。そしてラジオの覆いをとり去り、デッキを横切って場所を移しはじめた。ラジオは彼の体重よりはるかに重かったが、体積はずっと小さかった。バーレナンは、風で吹き飛ばされないよう万全の注意を払った。暴風は少しもおさまっていなかった。デッキまでが、ときどき胴震いしていた。バーレナンはラジオの目のあるほうの端を、ボウルにくっつくほど近づけ、反対の端を帆桁《ほげた》で支えて持ちあげ、飛行士が下を覗きこんで見られるようにした。それから当人はボウルの反対側へ行き、説明をはじめた。

ラックランドは、ボウルのなかの地図が論理的に描かれているのを認めなければならなかった。そして、見たところは正確だった。その曲率は、予期していたとおり、当の惑星のそれとかなり厳密に照応していた——いちばん大きな間違いは、原住民が彼らの世界について考えている形状と合致する凹面《おうめん》をしていることだった。さし渡しが十五センチほどで、中央部の深さは三センチほど。地図全体が透明な覆いで——ラックランドの想像では、おそらく氷で——守られていた。デッキに水を流したのだ。そのために、細部を指摘しようとするバーレナンの努力を多少邪魔したが、その氷をとり除けば、ボウルはたちまちのうちにアンモニアの雪でいっぱいになっただろう。アンモニアの雪は、風を避けられる場所ではどこでも堆《うずたか》く積もっていた。浜辺は比較的雪が少なくてすんでいたが、南方の海岸沿いの丘の向こう側がどんなことになっているか、ラックランドにもバーレナンにもよく想像できた。バーレナンは密かに、自分が船乗りであったことを喜んでいた。この地方の陸を旅するのは、向こう何千日かのあいだは決して愉快とはいえないだろう。

「ぼくは地図をできるだけ最新のものにしようと努力してきた」とバーレナンは、飛行士の代理をつとめる目の反対側に陣どっていった。「でも、ボウルには手を加えようとはしなかった。ぼくたちがここへやってくる途中で地図をつくった新しい地域は、ボウルに書きこむほど広くなかったからだ。実際、あなたに詳細に見せてあげられるものはほとんどないといってていいくらいだが、あなたが知りたいのは、ぼくがここを出発できるようになったとき、どこに行くつもりか、そのあらましの計画だろう。

ところで実際は、ぼくはそんなことはたいして問題にしていないんだ。ぼくは、どこでだって売ったり買ったりできる。そしていまのところ、船には食糧以外ほとんど何も積んでいない。冬が終わるころには、食糧もたいしたことはなくなっているだろう。そういうわけで、あなたと話し合ったあとで、ぼくはしばらく重さが少ない地域を巡航して、こちらで入手できる植物生産品を掻き集める計画を立てた——こちらの植物生産品は、食べ物に味をつけるというので、ずっと南のほうの人間が珍重《ちんちょう》しているんだ」

「調味料というわけか」

「そのような品物をそう呼ぶのなら、そうだ。ぼくは前にも持っていったことがあり、一応気に入っている——ひと船で相当な儲けになる。現実に有用だからというより、珍しいので値打ちがある。たいていの商品は、そうだがね」

「すると、ここでいったん積み荷を終えれば、あとはどこに行こうとかまわないわけか」

「そうだ。ぼくが諒解するところでは、あなたの用件を果たすには、ぼくらは〈中央部〉の近くへ出かけなくてはならないんだろう。それはじつにけっこうだ——南へ行けば行くだけ、高値で売りつけられる。あなたが約定どおり助けてくれるなら、余分の長旅をしたところで、たいして危険が増すということもないだろう」

「よし、わかった。それは素敵だ——それにしても、何か現実にきみに支払ってあげられるものが見つかるといいんだがね。そうすれば、きみが調味料集めに時間をかける必要がなくなる」

「それにしても、ぼくらは食べなくちゃならない。あなたたちのからだ、すなわち、あなたたちの食べ物は、ぼくたちのものとはたいへん違った物質からできていると、あなたはいっていたね。だとすると、ぼくらには、あなたたちの食料は利用できない。なかなか欲しいだけの分量が手にはいらないような、原鉱とか、それに類似した物資で欲しいものは、正直いって、何もぼくには思いつかない。そういうわけで、ぼくの気に入った考えというのは、やっぱり、あなたたちの機械類を少し分けてほしいということだ。でも、ぼくらの条件に合わせてその機械が働くようにするには、新しくつくりなおさなければならないだろうとあなたはいっていた。そういう事情だとすれば、ぼくたちが結んだ協定が、このさいわれわれにできる最善のものということになるらしい」

「まったくだ。このラジオさえも、この仕事のために特別につくったものだ。きみには修理できない――きみたちは、わたしの見当違いでなければだが、修理するための道具を持っていない。だがその話は、旅の途中でまたすることにしよう。おたがいに、もっとよくいろいろなことを知り合えば、たぶんもっといい方法が見つかるだろう」

「きっと見つかる」とバーレナンは慇懃に答えた。

バーレナンは、もちろん、当人自身の計画が成功するかも知れない可能性については何もいわなかった。飛行士が承認するとは、とうてい考えられなかった。

2　飛行士

飛行士の予告は当たっていた。四百日ほどたって、嵐は目に見えて静まった。その期間中五回、飛行士はラジオでバーレナンに話しかけてきたが、そのつど、まず最初は簡単に天気予報を告げ、それから毎度、一日か二日間、さらに一般的な話をした。バーレナンはこの不思議な人物の言葉を習っていて、湾の近くの〈丘〉の前哨地を親しく訪れていたころ、早くから飛行士が奇妙に規則正しい、周期的な生活をしているらしいことに気づいていた。いま行けば飛行士は眠っているとか食事をしているとか、ひととおり予言できることがわかった。それはほぼ八十日の周期で反復されているようだった。バーレナンは哲学者ではなかったので——少なくとも彼らを実際的ではない夢想家だと考える一般の傾向を分かち持っていたので——その事実を、一風変わっているが確かに興味深いこの生物につきものの、何かの特質だろうと考えて、ただ肩をすくめただけだった。このメスクリン人の知識には、当人の惑星よりも八十倍も長い時間をかけて地軸を回転する世界が存在することを推定させるような何物もなかった。

ラックランドの五回めの呼び出しは、それまでと違って、いくつかの理由でいっそう歓迎すべきものだった。違っていたという理由の一部は、それが予定外だったということだった。嬉しかったというのは、少なくとも天候回復の予報があったからだ。

「バール！」飛行士は前置きをつける手間はかけなかった――相手のメスクリン人が、いつでもラジオの声が届く距離内にいることを知っていた。「たったいまツーレイの観測所から連絡があった。比較的雲の少ない晴れ間が、こちらへ近づいてきている。風はどんな具合か、はっきりしたことはいえないそうだが、その晴れ間ごしに地上が見えるそうだ。そういうわけで、視度はかなりいいに違いない。きみの狩猟班が出かけたいというのなら、雲が二、三十日間、どこかに行ってしまうまで待ちさえすれば、吹き飛ばされる心配はないと思う。そのあと百日そこそこは、本当にいい天気がつづくだろう。観測所は、充分な余裕をもって、きみのところの連中が船に帰れるように警告してくれるだろう」

「でも、その警告をどうやれば連中に伝達できるんだ。このラジオを連中に持たせてやれば、ぼくはあなたと正規の仕事について打ち合わせができなくなる。持たせてやらないと、どうやって――」

「それはわたしも考えていた」ラックランドが口を挟んだ。「きみは、風がひととおりおさまり次第、こちらへ来るほうがいいだろう。ラジオをもう一台、きみにあげよう――たぶん、何台もあったほうが、きみには便利だろう。きみが、わたしたちのためにしてくれるという旅は危険だと思うし、長くかかることも、わたし自身よく知っている。〈烏《からす》飛び〉（直線距離）でたっぷり五万キロもあり、船旅や陸路ではどれだけの距離があるか、わたしにはまだ見当もつかない」

ラッククランドの比喩がひっかかって、話の進行が遅れた。バーレナンは、〈鳥〉とは何か、〈飛ぶ〉とは何かと説明を求めたのだ。〈鳥〉のほうは簡単に片がついた。生物が自分の力で〈飛ぶ〉ことは、バーレナンにとっては〈投げる〉ことよりも、さらに理解するのが難しく――いっそう恐ろしいことに思えた。ラッククランドが確かに空中を旅行する能力を持っているということは、いかにも異様に思われ、バーレナンにはどうにも腑に落ちなかった。ラッククランドにもある程度、相手のその気持ちがわかった。

「もうひとつ、きみと相談したいことがある」と飛行士はいった。「安全に着陸ができるほど空が晴れると、連中は〈クロウラー〉(のろのろ走るもの)をおろしてくれる。きみもロケットが着陸するのを見学すれば、たぶん、飛ぶという概念について少しは理解を深められるだろう」

「たぶんね」バーレナンはためらいがちに答えた。「でも、あなたたちのロケットが着陸するのを見たいのかどうか、ぼくにも確信がない。ぼくは前に一度見たことがあるんだ。そして――そうだね、ぼくはその場合、乗組員をひとりだってその場所に置いておきたくない」

「それはまたどうしてだ。仰天して勉強になるどころではないというのか」

「そうじゃない」メスクリン人はまったく正直に答えた。「ぼくは自分が仰天しているところを乗組員に見せたくないんだ。ぼくはきっと仰天するに違いないから」

「それは意外だな、船長」ラックランドは言葉におどけた調子を含ませようとした。「だが、きみの気持ちはわかる。わたしが保証するが、ロケットはきみの頭の上は通らないよ。ぼくのドームの壁のすぐそばで待っていれば、わたしがラジオで、操縦士に必ずそうするように指図する」

「しかし、上空をどれくらい近くまでやってくるんだ」

「かなり遠く横にそれると約束する。きみの安心のためと同時に、わたしの安全のためだ。この世界に着陸するのは、ここの赤道でさえも、かなり強力なブラストを使う必要があるだろうから。わたしは自分のドームを爆風でやられたくない。保証するよ」

「わかった。そうしよう。あなたがいうとおり、もっとラジオがあると便利だろう。ところで、あなたのいう、その〈クロウラー〉とは何なんだ」

「きみの船が海できみを運ぶのと同じで、陸でわたしを運んでくれる機械だ。二、三日で、あるいは、もっと早ければ数時間で、きみも見られる」

バーレナンはその新しい言葉を、それ以上質問もせず聞き流した。とにかく意味は充分はっきりしていたからだ。

「それじゃ、出向いて見学することにする」と船長は同意した。

メスクリンの内側の月にいる、飛行士の友人たちの予言は当たっていた。船長が船尾楼にうずくまって、わずか十回の日の出を数えたあと、闇は薄れはじめ、風もおだやかになって、例のとおり台風の目が近づいていることを警告した。船長は自身の経験からして、飛行士がいったとおり、穏やかな期間が百日か二百日つづくだろうということを素直に信じていた。

ラックランドが、そんな高周波の音が聞こえる耳を持っていたら鼓膜が破れただろうと思われるほどの甲高《かんだか》い口笛で、船長は乗組員の注意を促《うなが》し、矢継ぎばやに命令を出しはじめた。

「ただちに狩猟隊をふた組編成する。ドンドラグマーが一隊を指揮し、メアクースが別の隊を指揮する。それぞれ自分で九名の隊員を選んで連れていく。ぼくは船に残って統合指揮をとる。飛行士がもっとたくさん、しゃべる機械をくれることになっている。空が晴れ次第、ぼくはそれを受けとりに〈丘〉へ出かける。その機械は、飛行士が必要とするほかの品物と一緒に、彼の友人が上空から持ってくることになっている。したがって、乗組員全員は、ぼくが帰るまで船の近くにとどまっていろ。ぼくが出かけてから三十日たって出発するように準備するのだ」

「船長、そんなに早くから船を離れるのは賢明でしょうか。風はまだ相当きついでしょう」

航海長は船長にとってこの上なく善良な友人で、その質問は決して無礼なものではなかったが、ほかの船長なら、自分の判断にそんな反省を促されたら気を悪くしただろう。バーレナンは、微笑を意味するおだやかな態度で、はさみを振った。

「きみのいうとおりだ。でも、ぼくは時間を節約したい。それに、飛行士の〈丘〉まではわずか一キロ半だ」

「でも――」

「それに、風下だ。ロッカーに何キロぶんものロープがある。ぼくはそいつを二本、装具に結びつけ――タープラネンとハースでいいと思うが、ふたりの部下を、ドン、きみが監督して、ぼくが遠ざかるにつれて繋柱《けいちゅう》からそのロープをくりだしてくれればいい。ぼくは、もしかしたら、足をとられるかも知れない――おそらくとられるだろうが、風が丈夫な船舶用コードを引きちぎるほど強くて、ぼくを吹き飛ばせるとすれば、いまごろブリー号は何キロも内陸に吹きあげられていただろうよ」

「でも、あなたが足をとられただけでも――あなたが宙に吹きあげられる場合を考えると――」

ドンドラグマーはまだひどく心配していて、彼が口にした懸念は、船長さえも一瞬たじろがせた。

「墜落するというんだね――そうだな――でも、ぼくらは〈縁《ふち》〉の近くにいることを忘れてはいけない――そのことは飛行士もいっている。そして、ぼくは〈丘〉のてっぺんから北を眺めるとき、あの人間の言葉を信じることができる。きみたちの仲間の一部の者が経験で知っているように、ここでは墜落は問題でも何でもない」

「でも、あなたはわたしたちに、平常の体重があるときと変わらずに行動すべきだと命令したでしょう。そうすれば楽に暮らせる土地にまた帰ったとき、危険となるような習慣に染まらずにすむと」

「そのとおりだ。だが、今度の場合は習慣にはならないだろう。普通だったら風に吹きあげられるようなことはないだろうから。とにかくぼくらはそうすることにする。ターブラネンとハースにいって、ロープを調べさせてくれ——いや、きみ自身で調べてくれ。かなり時間がかかるだろう。

当面はそれだけだ。避難所の見張り員は休息していい。デッキの見張り員には錨《いかり》と繋索《けいさく》を調べさせてくれ」

デッキの見張りについていたドンドラグマーは、その命令を、もう引きさがっていいという許可と解して、いつもの能率的な態度でその実行にとりかかった。同時に乗組員をくり出して、いかだといかだのあいだの雪を掃除させることにした。解《と》けてまた凍結すると、どんな結果になるか、船長と同様にはっきりと知っていたからだ。バーレナン当人は、それでやっとくつろいだ気分になって、いったい先祖の誰のおかげで、こんな不愉快な上に、手ぎわよくあとにひけないような事態に当面する羽目になる話にうかうかと乗る癖がついたのだろうと、情けない気持ちで訝《いぶか》っていた。

ロープをつけていくという考えは、そのときのはずみで持ち出したもので、その発案者当人を、航海長に対して使ったのと同じ論法で説き伏せて納得させるには、雲が晴れるまでのほとんど数日間もかかった。そして、風下側のいかだに吹きだまりになっている雪の上におりたち、乗組員のうちでもいちばん力の強いふたりと、そのふたりが操《あやつ》っているロープを最後にふりかえって眺め、風に吹きさらしの浜辺を横切っていよいよ出発したときでさえ、しんから幸福な気持ちにはなれなかった。

実際には、さほど苦にならなかった。デッキが地面から数センチ高かったので、綱に多少、上方に引きあげる力が加わっていた。しかし、浜の斜面にかかると、それはたちまち感じられなくなった。それにまた、健気《けなげ》にもブリー号の繋留柱の役目をつとめてくれている木が、内陸にはいりこむにつれていっそう密生していた。それらの木は、触手のような枝を広げて、低く平たくなって生えていて、たいへん短いずんぐりした幹《みき》をしていて、メスクリンの南半球のずっと遠くの土地で見られる木と、だいたい似ていた。しかしここでは、枝がアーチ状になって、ときどきは完全に地面から離れていた。重力が極地地方の二百分の一以下なので、比較的影響を受けずにすんでいたのだ。やがて立ち木は、だんだんと密生の度を増し、枝が交差するようになり、褐色と黒のケーブルとなってからまり、申し分のない支えになってくれた。バーレナンは、しばらくすると、前方のはさみで何かをつかみ、後ろのはさみを放して、芋虫のようなからだを前方にたぐりよせて、まるでシャクトリムシのように前進しながら、うまく〈丘〉に向かってのぼることができるのを発見した。ケーブルが多少は邪魔になったが、ケーブルも木の枝も、比較的滑らかだったので、たいした面倒は起こらなかった。

浜辺は、最初の二百メートルを過ぎてからは、傾斜がかなり急になっていて、予定の距離の半分くらい行くと、バーレナンは、ブリー号のデッキのレベルから二メートルほども高い場所にいた。そこまで行くとメスクリン人のように目が地面のすぐ近くについているものにでも、飛行士の丘が見えた。そこで船長は、いままでもたびたびそうしたように、ひと息入れて、あたりの風景に見とれた。

　残り一キロたらずは、いま通ってきた道とほとんど変わらず、白、褐色、黒が絡み合っていた。木立ちはいっそう密生していて、さらにたくさんの雪が積もり、露出した地面はほとんど見当たらないか、まったくない場所もあった。

　ごたごたといりくんだ平地をぬきん出て、飛行士の丘がぼんやりと浮かびあがっていた。メスクリン人には、それが人工的な建造物だとは考えられなかった。ひとつには、その途方もない大きさのせいであり、ひとつには、布切れが垂れさがっている屋根よりほかの形の屋根は、彼らの建築の概念とはまったく無縁のものだったからだ。屋根は、きらきら光る金属のドームで、高さ六メートル、直径十二メートルもあって、完全な半球形に近い形をしていた。ところどころに大きな透明の部分があり、二つの円筒状のものが突き出て、出入口になっていた。飛行士は、それらのドアは、人間が出入りしても、一方の側の空気が片方の側に流れないようにつくってあると話していた。出入口の框《かまち》は、その異様な人物が途方もなく巨大だったので、それが通り抜けられるように大きいのは、もちろんのことだった。低い窓のひとつに、間に合わせの傾斜路がとりつけられていて、バーレナンほどの大きさの者でものぼっていけるようになっており、それを這いあがると窓枠に達し、なかを覗き見られた。船長は飛行士の言葉を話し、理解するために勉強していたころ、多くの時間をその傾斜路の上で過ごした。そして、その建物のなかにいっぱいにある不思議な器具や調度品をたくさん見たが、そういったものが置かれている用途については、かいもく見当がつかなかった。飛行士自身は、水陸両棲の生物のように思われた――少なくとも、大部分の時間を、液体を満たしたタンクのなかで浮かんで過ごしていた。からだの大きさを考えると、それは至極《しごく》当たり前だった。バーレナン自身は、自分の同族よりも図体の大きな、メスクリンの土着の生物で、純粋に海か湖水に住んでいないものは、ひとつも知らなかった――そして外輪に近い、この広大な、ほとんど未探査の地域には、体重だけを考えた場合、あるいはそんな大きな生物がいるかも知れないと考えた。しかし同時に、また一方では、少なくとも陸上にいるあいだは、そんな巨大な生物には会うことはないだろうと信じていた。大きさは重さを意味する。これまで体重の調節で苦労してきたバーレナンは、重量をひとつの脅威として完全に無視することはできなかった。

ドーム付近には、相変わらず草木が生えているだけで、ほかに何もなかった。明らかに、ロケットはまだ到着しておらず、しばらくバーレナンは、ロケットが来るまで、いまいる場所で待っていようかと考えて迷っていた。やってくれば、きっと丘のずっと向こう側におりるだろう――バーレナンが到着しないときは、飛行士はそのようにとりはからうに違いない。

それにしても、おりてくる船がバーレナンの現在の位置の上空を通ることを妨げるものは何もなかった。ラックランドには、それをどうすることもできない。メスクリン人がどこにいるか、正確な場所を知らないからだ。草木が縦横にもつれ合って生えている地面を、体長四十センチ、直径五センチの生物が水平に這っていくのを、一キロほども の距離から見分けられる地球人はまずいない。いや、やはり飛行士が忠告したように、まっすぐドームへ行ったほうがいい。船長はまだ後ろにロープをひきずりながら、また前進しはじめた。

充分間に合うことは間に合ったが、ときおり暗闇のときがあって、ほんの少し遅くなった。実際、バーレナンが目的地に着いたときは夜だったが、旅路の最後の部分は、前方のたくさんの窓から射す明かりで、道は適当に照らされていた。しかし、ロープをしっかり結びなおして、窓の外の居心地のよい落ち着く場所に這いあがったときには、太陽が左手の地平線からあがっていた。雲は、いまはすっかり晴れていたが、風はまだ強かった。たとえ、なかの明かりが消えていても、窓ごしに内部が見えただろう。

ラックランドは、その窓から見える部分にはいなかった。メスクリン人は、傾斜路にとりつけられていた、小さな呼び鈴《りん》のボタンを押した。ボタンの傍らのスピーカーから、すぐに飛行士の声が響いてきた。

「よく来た、バール。きみが来るまで、マックを待たせておいたんだ。さっそく、おりてこさせよう。次の日の出ごろには、ここに着くはずだ」

「そのひとは、いまどこにいるんだ。ツーレイか」

「いや。輪の内側の端をぶらついてる、わずか千キロほど上空を。嵐がやむかなり前からそこにいたんだ。だから、きみは、あの男を待たせたことで気をつかう必要はない。彼の到着を待つあいだに、わたしは約束の新しいラジオを持ってくるとしよう」

「ぼくはひとりなので、いまは一台だけ持ってきてくれればいい。なにしろ、持ち運びに厄介な代物だものね、むろん、軽いには違いないが」

「たぶん、持ち出すのは〈クロウラー〉が届くのを待ってからのほうがいいかも知れない。そうすれば、わたしがきみを乗せて、船まで送っていってあげられる――〈クロウラー〉は充分よく絶縁してあるので、きみが外に乗っても、怪我をするようなことはないと保証する。どうかね」

「すばらしい。待っているあいだに、もっと言葉の勉強をしようか、それとも、あなたが来たところの映画をもっと見せてくれるかね」

「映画はいくらかある。映写機の仕度に二、三分かかるだろう。それで、準備ができるころには、いい加減暗くなっているはずだ。ちょっと待ってくれ――わたしが休憩室まで出向く」

スピーカーは沈黙し、バーレナンは部屋の内側が見える窓に目を据えていた。間もなく飛行士が、いつものとおり、彼が松葉杖と呼んでいる人工の肢《あし》の助けを借りて、からだをまっすぐに立てて歩きながら姿を現わした。そして窓に近づくと、巨大な頭で小さな見物人にうなずいてみせ、映写機のほうへ向きなおった。機械が向けられたスクリーンは、窓の真正面の壁にとりつけられていた。バーレナンはふたつの目を人間の動作に据えたまま、気楽に見物できる場所にのんびりとうずくまった。口もきかずに静かに待っているあいだ、太陽はのろのろと頭上を弧を描いていった。陽が真っ向から照りつけて暖かく、じつに気持ちがよかったが、雪が解《と》けるほどには暖かくなかった。北の万年氷原から絶え間なく吹きつける風が雪解けを妨げるのだ。バーレナンがうつらうつらしているあいだに、ラックランドは機械の調整を終わり、重そうな足どりで休養タンクに行き、そのなかにからだを沈めた。バーレナンは、人間の着衣を濡らさないで乾いたままに保つ、そのタンク中の液体表面を覆う薄い膜を、一度も見たことがなかった。見たなら、人類は両棲動物だという考えを修正したかも知れない。ラックランドは、液体の上で浮かんだ姿勢のままで小さなパネルに手を伸ばし、二つのスイッチをひねった。部屋のあかりが消え、映写機が活動をはじめた。十五分間ものだったが、まだすっかり終わらないうちに、ラックランドはもう一度、肢と松葉杖でどっこいしょとばかり立ちあがり、ロケットが着陸しかけているという情報を伝えた。

「きみは、マックの着陸を見物するかね。それとも映画を最後まで見ることにするか」と飛行士は訊いた。「映画が終わるころには、きっと彼も着陸しているだろう」

　バーレナンは、いくらかしぶしぶと、スクリーンから注意を引き離した。

「映画も見たいが、飛ぶものを一度見ておくことも、おそらく、ぼくにとっては有益だろう」バーレナンはいった。「どっちの方角から来るんだね」

「東からだ、と思う。マックには、ここの地形をくわしく説明しておいた。あの男は、映画なら前から持っている。彼が現在やっているように、その方角から近づくほうが多少は楽なことを、わたしは知っている。ちょうどいま時分、太陽がきみの視線を邪魔しているかも知れないと思うが、マックはまだ六十キロくらい上空にいる――太陽の上のほうをよく見てみたまえ」

バーレナンは指示に従って待っていた。たぶん一分間くらいだっただろうが、そのあいだは何も見えなかった。そのうち目は昇る太陽の上方のほぼ二十度の角度に、金属のきらめきを捕えた。

「高度十――水平距離もほぼ同じだ」同時にラックランドが知らせた。「この望遠鏡で見える」

そのきらめきは次第に明るさを増したが、ほとんど方角を変えなかった――ロケットはドームに向かって、だいたいにおいて一直線に飛んできていた。次の瞬間には、その細部が目で見えるほど近接していた――あらゆるものが昇る太陽のきらめきで隠されていなければ見えたはずだった。マックはステーションの上空一・五キロ、東方にも同じくらいの距離をとって、しばらく空に停留していた。そしてベルヌが視線上からはずれると、バーレナンはロケットの円筒状の船体についている窓や排気口を見分けられた。嵐は、ほとんど完全におさまっていたが、今度は、溶けるアンモニアの匂いを含んだ暖かい微風が、排気が地面にぶつかった地点から吹いてきはじめた。半液体のしずくが目の殻《かく》の上に飛び散っていたが、バーレナンは、ゆっくりとおりてくる金属の大塊を凝視しつづけていた。その長いからだの筋肉のひとつひとつが極度に緊張し、両腕でしっかり両脇をつかみ、はさみは鉄線を断ち切るかと思われるほどしっかりと締めつけ、からだの各部の心臓は、くるったようにどきどきしていた。人間と同じような呼吸器をそなえていたら息もできなかったろう。知識の上では、その代物は落下したりしないことを知っていた——そんなことがあるはずはないと、自分自身にいいきかせつづけていた。しかし、信じられないほど頑強なメスクリン人の肉体組織にとってさえ、十五センチの墜落は普通、致命的な損傷を与える環境で育ってきたバーレナンには、その精神の動揺を制御するのは、なまやさしくなかった。バーレナンは無意識に、その金属の船体が視界から突然消えて、その真下の地面にふたたび現われるときには、もとの形をとどめないぺしゃんこの姿となっているだろうと予期しつづけていた。なにしろ、まだ、そいつは百メートルほども高いところにいるのだ……。

コケットの真下の地面は、いままでは雪がすっかり吹き払われ、黒い色をした草木が現われていた。それが突然、炎となって燃えあがった。着陸地点から黒い灰が吹いてきて、地面自体が束の間、真っ赤になった。だがそれがつづいたのはほんの一瞬で、やがてきらめく円筒が、裸の地面のまんなかにふんわりとおりてきた。直後、メスクリンの台風よりもさらにすさまじい轟音が響き渡り、それが突然、ぴたりと消えた。バーレナンはようやくの思いでからだをくつろがせ、はさみを開いたり閉じたりしながら、しこりをほぐした。

「しばらく待っていてくれ、わたしはラジオをとってくる」とラックランドがいった。

船長は飛行士が出かけたのに気づかなかったが、相手はもはや部屋にはいなかった。

「マックが〈クロウラー〉をここまで運転してくるはずだ――やってくるのをきみが見物しているあいだに、わたしは装甲をつける」

実際には、バーレナンは〈クロウラー〉がやってくるのを、ほんの一部しか見られなかった。ロケットの積み荷口がさっと開いて、車が姿を現わすのは見えた。〈クロウラー〉自体については、キャタピラをどうやって動かすのかは別として、何もかもすっかりわかった――と当人は考えた――ほどとくと観察することができた。じつに大きかった。内部に機械が、あまりにもいっぱいに詰まっていなかったら飛行士の同族が数人は楽に乗りこめるほど大きかった。ドームと同様に無数の大きな窓がついていた。前方にある窓のひとつから、船長は、明らかに〈クロウラー〉を操縦している、別の飛行士の装甲をつけた姿を見ることができた。その機械を動かしているのが何だか知らないが、〈クロウラー〉とドームをまだ隔てている一・五キロの空間を越えて聞こえるほどの音は立てなかった。

その一・五キロの距離をほんの少し近づいたとき、太陽が沈み、こまかい点は見えなくなった。小さい太陽エッステスはまだ空にかかっていて、地球の満月よりも明るかったが、バーレナンの目には限界があった。〈クロウラー〉自体がその行く手に、ということは、ドームに向かって真っすぐに投げつけている強烈な光線も、役には立たなかった。バーレナンはただ待っていた。それに、要するに、真っ昼間だったとしても、本当によく観察するには、まだ距離が遠すぎた。それに、日の出ごろにはもちろん〈丘〉に到着するだろう。

それにしても、むろん待たなければなるまい。飛行士たちは、バーレナンが心ひそかに望んでいるような機械の検査には反対するかも知れない。

3　地面を離れて

　タンクが到着し、ドームの表エアロックからラックランドが出現し、ベルヌが昇ったのは、ほぼ同時だった。車は、バーレナンがうずくまっているプラットホームからほんの数メートル先でとまった。運転手もまた姿を現わし、ふたりの人間は、メスクリン人のそばで、しばらく立ち話をしていた。バーレナンはふたりがドーム内部に引き返して横にならなかったのが、なんだか不思議だった。双方とも、メスクリンの重力のもとで明らかに、いささかへこたれていたからだ。しかし新来の客はラックランドの勧めを断わった。

「ぼくは、なるべく社交的でありたいとは思うがね」とマックはそれに答えた。「しかし正直いって、チャーリー、あなたはちょっとばかり、必要以上に長く、このろくでもない泥《どろ》んこ球《だま》にとどまりすぎているんじゃないか」

「それがだ、わたしはツーレイからだって、ほとんど同じくらいに仕事ができるし、今度の問題については、自由軌道上の船からだって、やってやれないことはない」とラックランドはいい返した。「でも、わたしは個人的な接触は大いに意義があると考えている。わたしはまだ、バーレナンの同族について知りたいことがたくさんある――わたしは、われわれが得ることを期待しているものにくらべて、ごくわずかしか彼に与えていない気がする。わたしたちにできることが、何かもっと見つかるといいんだがね。それにまた、彼自身、かなり危険な状況に身を置いている。それで、われわれの仲間の誰かがここにいてやれば、状況はかなり違ってくるかも知れない――われわれ双方にとって」

「それは、どういう意味だね」

「バーレナンは交易船の船長なんだ――いわば自前の探検家で、商人だ。同族の者が住んだり、旅をしてまわっていたりする、定住地域から完全に出離れている。そして北方の極地の万年氷が蒸発して暴風を起こす南方の冬の期間、ずっとここに踏みとどまることになっているんだ。その嵐のものすごさといったら、この赤道地域にいて、実際に見なければ、とても信じられないほどだ――こんなすさまじい嵐は、わたしたちと同様バーレナンも、いままでほとんど経験したことがない。彼に何か起こったときのことを、とくと考えてみるんだね。あらためて別人と接触をするチャンスがあるかどうか。

忘れてならないのは、彼は普段は、地球の重力の二百倍から七百倍近い重力地帯に住んでいることだ。わたしたちは、彼の同族と会うために、その故郷までついていけないことは確かだ。それにまた、彼の同族で、同じ商売をしているだけでなく、郷里からこんなに遠くまで出かける勇気を持っている者は、たぶん百人といないだろう。その百人たらずの者から別人を見つけようとしたって、どれだけのチャンスがある。この海は、彼らが、もっともしばしば往来する海には違いないが、この湾を抱えているこの小さな入海（いりうみ）は、奥行きが一万キロ、幅はその三倍もある――そこへ持ってきて、海岸線がべらぼうに入り組んでいる。空から海でも陸上でも、いるものに目星をつけようったって――なにしろバーレナンのブリー号は、長さがおよそ十二メートルで、幅はその三分の一ほどしかなく、それでいて彼らの遠洋航海船としては、いちばん大きな船のひとつなんだ。そのどの船だって、海面から八センチ以上出ているものはほとんどない。

まったくだよ、マック、わたしたちがバーレナンに出会ったのは千載一遇のチャンスだった。もう一度こんなことがある可能性はない。南方の春が来るまで五カ月ばかり、三Gのもとで我慢しているのは、確かにそれだけの値打ちがある。むろん、この惑星の幅一・五キロ、長さ二十五万キロを越す地帯を捜査した結果、やっと見つけた二十億ドルに近い値打ちのある機械装置を回収することができるかどうか、運試しをしようというのなら――」

「きみのいわんとするところは、よくわかった」相手の人間は認めた。「それにしても、これがきみであって、ぼくでなかったのは嬉しいよ。もちろん、ぼくがもっとよくバーレナンを知っていれば、たぶん――」

ふたりの人間は、胸の高さのプラットホームの上にうずくまっている、小さな芋虫のような恰好をしたもののほうを振り向いた。

「バール、きみにウェイド・マクリランを紹介しなかった無礼は許してくれると思う」とラックランドはいった。「ウェイド、こちらがブリー号の船長バーレナンで、その故郷では名にし負う船乗りだ——自分からそういったわけではないが、ここにこうしているということ自体、その充分な証拠だよ」

「会えて嬉しいよ、マクリラン飛行士」とメスクリン人は答えた。「詫《わ》びる必要はない。あなたたちの話は、ぼくにも聞かせるつもりだったのだと思う」そしてバーレナンは、型どおりにはさみを開いて挨拶の仕草をした。「ぼくはずっと前から、ぼくらが会えたことは双方にとってじつに幸運だったと、心から感謝している。ぼくの望みは、この取引きの自分の役割が完全に果たせることだけで、あなたたちもあなたたちの役割を果たしてくれるものと確信している」

「きみはすばらしく英語がじょうずだね」とマクリランが批評した。「本当に六週間たらずで覚えたのか」

「あなたたちのいう〈一週間〉がどれくらいの長さか知らないが、ぼくがあなたの友人に会ってからまだ三千五百日たらずだ」船長は答えた。「ぼくは、これで立派な言語学者なんだ。もちろん　　商売上必要なのでね。それに、チャールズが見せてくれた映画がとても役に立った」

「きみの声が、われわれの言葉のすべての音を出せるというのは、じつに運がよかったよ。なかなかそうはいかなくて、わたしたちもときどき困ることがある」

「そのためにといっていいか、まずはそんな見当で、ぼくはほかのいろんな言葉よりも、あえて英語を勉強したんだ。ぼくらの使う音はだいたいにおいて、あなたたちの声帯には甲高すぎるからね」

バーレナンは、彼らの普通の会話もたいてい人間の耳にはハイピッチすぎることは、用心して口に出すのをさし控えた。なにぶんラックランドはまだそのことに気づいていないかも知れないし、まっとうな商人というものは、自分の利点をひとに明かす前には少なくとも再思三考するものだ。

「それにしても、チャールズだって、いまブリー号に備えているラジオを通じて、ぼくらを眺めたり、ぼくらの話を聞いたりして、少しはぼくらの言葉を覚えたと思うよ」

「ほんの少しね」とラックランドは白状した。「わたしが見たわずかばかりのことから察すると、きみはじつによく訓練の行き届いた乗組員を持っているようだ。日常の仕事の大部分は命令なしで行なわれている。きみがときどき動作を伴わずに部下に話しかける言葉は、わたしにはちんぷんかんぷんだ」

「それは、ぼくがドンドラグマーやメアクースと話しているときのことか。あのふたりは、ぼくの一等航海士と二等航海士で、ぼくがいちばんよく話しかける連中だ」

「気を悪くしてもらっては困るが、わたしにはきみたちの見分けがまったくつかない。なにしろ、きみたちを弁別する特徴に、まだ充分馴染んでいないのでね」

バーレナンはもう少しでふきだしかけた。

「ぼくの場合は、もっと困りものだ。ぼくの見たあなたたちが人工的な覆いをしているのかいないのか、まったく確信がないんだからね」

「それはそうと、話が仕事からひどく横道にそれたようだ——こんなにして、せっかくの昼間をだいぶ無駄にしてしまった。マック、きみは早くロケットに帰って、重さが何の意味もなく、人間が風船玉になる場所から逃げ出したいんだろう。向こうに着いたら、この四つのセットのための送受信機を、なるべく近くにひとまとめにしておいて、たがいにレジスターできるようにしておいてくれ。電気連結をする手間はかけなくていいと思うが。連中はこれを、別々の隊同士の連絡用にしばらく使うことになっていて、セットはそれぞれ周波数が違っているのでね。バール、ラジオはエアロックのそばに置いてある。それで、きみとラジオを〈クロウラー〉の屋根に載せて、マックをロケットに送り届け、それからきみと機械をブリー号に運んでやるのが、どうやらわたしにとっては、いちばん都合がいいやり方のようだ」

ラックランドは、誰も何も答えないうちに、明らかにもっとも賢明な方法である、その提案に従って行動を開始した。その結果、バーレナンはもう少しで頭がおかしくなりそうになる目に会った。

飛行士の装甲した手がさっと伸びてきて、メスクリン人の小さなからだをつかみあげた。魂も凍るようなその一瞬、バーレナンは自分が地上数メートルもの高度に宙吊りになっているのを感じ、かつ、見た。それから、タンクの平らな屋根に置かれた。何十本もの吸盤のような肢が、本能的に板金にしがみついたのを、さらに加勢しようと、はさみで滑らかな金属面を必死にひっかいたが、その甲斐はなかった。目は、身長のわずか数倍先で、あらゆる方角に屋根の縁をとりまいている虚空を、むきだしの恐怖をもって凝視していた。長い数秒間か——たぶん、まるまる一分間くらい——バーレナンは声も出せず、やっと口がきけたときは、聞いてもらえなかった。意味が通じる言葉を伝達するには、プラットホームにあるピックアップからの距離が遠すぎた——バーレナンはそのことを、いままでの経験で知っていた。そしてその極度の恐怖のさなかでさえ、自分が出したいサイレンのような、恐怖に苦悶する吠え声は、もしもピックアップがうまく捉えたら、ブリー号にいる者全部に等しく聞こえただろうということを思い起こした。船には別のラジオがあったからだ。

そしてブリー号は新しい船長を持つことになっただろう。バーレナンの勇気への尊敬だけが、乗組員をしてこの〈外輪〉の暴風の荒れ狂う地域に乗りこむ決意をさせたのだった。その尊敬がなくなれば、バーレナンはもはや乗組員も船も持てなくなる——そして、何かの実際的な目的に役立つ生命もなくなる。卑怯者は、いかなる資格においても、遠洋航海に出る船には受け入れられない。バーレナンの故郷は、ここと同じ大陸にあったが、五万キロ以上もの海岸線を歩いてたどりつくという考えは思いもよらぬことだった。

こうした考えは、逐一詳細に意識にのぼったわけではなかったが、それらの事柄についての直感的な知識が、バーレナンを都合よく沈黙させた。そのあいだにラックランドはラジオ・セットを拾いあげ、マクリランと一緒にメスクリン人の下方のタンクに乗りこんだ。ドアが締まると、バーレナンの下の金属がかすかに震動し、まもなく車は動きはじめた。車が動きだすと、その人間ではない乗客に奇妙な現象が起こった。

恐怖はバーレナンを狂乱させたかも知れなかった——おそらく、そうなって当然だっただろう。バーレナンのそのときの状況にほぼ近いといえるのは、舗道から四十階もある窓の出っぱりに片手でぶらさがっている人間の場合だけだっただろう。

だが、バーレナンは狂乱しはしなかった。少なくとも、普通に解されている意味での狂気には襲われなかった。いままでと同じように理性を保っていて、その友人たちの誰も、その人柄に何ひとつ変化を見いだすことはなかった。ラックランドよりももっとよくメスクリン人を知っている地球人であったら、船長は少し酔っ払っているのかなと、あるいは疑ったかも知れない状態に、ほんのしばらくなっただけだった。しかし、それさえも、すぐ回復した。

そして、それと一緒に恐怖も消え去った。地表から身長の六倍近い高さがある場所で、バーレナンは気がついてみると、ほとんど冷静にうずくまっていた。むろん、しっかりつかまっていたことには変わりなかった。あとになって思い出してみてさえ、風がひきつづいて次第に弱くなったのはじつに幸運だったが、それにしても、滑らかな金属板は、吸盤のついた足でつかまるのに、ことのほか都合がよかった。そんな場所からものを見るのは本当に驚くべきことで、じつに楽しい見物場所であり――実際、楽しかった。そして、ものを上から眺めるというのは勉強になった。いっときにあれほど広い地面の景色が、驚くほど完全によく見られる。まるで地図を眺めるようだった。そしてバーレナンは、いままで一度も、上空から見た景観として地図を見たことがなかった。

〈クロウラー〉がロケットに近づいて停車したとき、ほとんど酔いしれるような勝利感がバーレナンを満たした。メスクリン人は、マクリランがタンクの明かりのまぶしい光のなかに出てきたとき、愉快でたまらないといったようすではさみを振りまわし、相手の人間がそれに応えて手を振り返したときには、底抜けに嬉しかった。タンクはただちに左に向きを変えて、ブリー号が横たわっている海岸に向かった。マックは、バーレナンが防具を何も身につけていなかったのを覚えていて、思いやり深く一キロ以上遠ざかるのを待ってから、自分の機械を空に舞いあがらせた。明らかに何のつっかい棒もないのに、ゆっくりと上昇していくその光景は、ほんの一時、また古い恐怖を呼び覚ましかけた。しかしバーレナンは、その感覚と必死に戦いながら、ロケットが沈む太陽の光のなかに姿を消すまで、勇を鼓して見守っていた。

ラックランドもまた見守っていたが、金属の最後のきらめきが消えると、時をおかずタンクを運転して、ブリー号が横たわっている地点までの残りの短い距離を走らせた。そして船から百メートルほど手前で車を停めたが、かなり船に近かったので、デッキの上のびっくりまなこの連中には、船長が屋根にとまっている姿がよく見えた。ラックランドが、バーレナンの頭を棒の先に突き刺して近づいてきたとしても、これほどには彼らを狼狽させなかっただろう。

ブリー号の乗員のなかでは――船長も例外ではなく――いちばん聡明で冷静なドンドラグマーまでが、しばらくのあいだ麻痺したように棒立ちになっていた。最初に動いたのは目だけだった。そして、外側のいかだの上にある火炎塵のタンクと〈シェーカー〉を、残念そうにちらりと見た。バーレナンにとって運がよかったのは、〈クロウラー〉が風下にいなかったことだった。気温は例によって、タンクの塩素の溶解点以下だったからだ。風向きさえよければ、航海長は船長が生きているかも知れないとは思いもせず、車のまわりに炎の雲を送りつけただろう。

〈クロウラー〉のドアが開いて装甲姿のラックランドが姿を現わしたとき、集まっている船員のあいだから怒りのかすかなざわめきが起こった。彼らの半ば通商、半ば海賊の生活は、仲間の誰かに対していささかでも脅威となる徴候があれば、ためらうことなく、よしきたとばかり戦う連中だけを残していた。卑怯者はとっくの昔に脱落し、利己主義者は死んでしまっていた。ラックランドが彼らの視野に浮かび出たとき、その生命を救われたのは、ただひとつ習慣のおかげ――百メートルを一足《いっそく》とびに跳ぶことを妨げた条件反射のおかげだった。彼らの体重をもってすれば、百メートル跳ぶのは、いちばん弱い者にとってさえ、そのからだの筋肉をわずかにひとひねりするだけでこと足りただろう。しかし彼らはそうはせず、その生涯を通じてやってきたように、這いながら、いかだから赤と黒の滝のように流れ出て、異様な機械のほうへ向かって浜辺に展開した。むろんラックランドには彼らがやってくるのが見えた。しかし、その動機を完全に誤解して、とくに急ごうともせず、〈クロウラー〉の屋根に手を伸ばしてバーレナンをつかみあげ、地面におろした。それから車のなかにまた手を突っこんで、約束のラジオを取り出し、それを船長のそばの砂の上に置いた。そのころには船長が生きていて、見たところ怪我もしていないことが乗組員たちにわかりはじめていた。なだれは混乱をきたして停止し、船とタンクの中間でどうしたらいいか決しかねたようすで揉み合っていた。そしてラジオのスピーカーに再生できるかぎりの深いバスから最高の音調までの種々雑多な声の不協和音が、ラックランドの服につけた受信機でがなりたてていた。

ラックランドは、バーレナンがそれとなく指摘したように、いままでに聞いた原住民の言葉のあるものについて、その意味を見つけようと最善の努力をしていたが、いま乗組員のいっていることはひとつとして理解できなかった。それはラックランドの心の平和にとって、まったくいいことだった。メスクリンの八倍の表面気圧に耐えるだけの装甲ができたとしても、メスクリン族のはさみにかかっては、それはほとんど、あるいはまったく意味のないことだと、ずっと前から気がついていたからだ。

バーレナンは、ラジオの再生音でラックランドの耳が最初からある程度きかなくなっていなかったら、おそらく装甲を通してでも直接聞こえただろうと思われるほどの叫び声をあげて、ざわめきをとめた。船長は、部下が心中で何を考えているかすっかりわかっていて、ラックランドの凍結したこま切れが砂浜に散乱しているのを見たくなかった。

「静かにしろ」バーレナンは、自分が危険だと見て乗組員が示した反応に、きわめて人間的な心暖まる感じを抱いたが、いまは部下を激励するときではなかった。「この土地に来てから、重さがないせいできみたちはさんざんな目にあったんだから、ぼくには何の危険もないことくらい、みんな心得ているはずだ」

「しかし、あなたは自分から禁じて――」

「わたしたちの考えでは――」

「あなたはあんな高いところに――」

異議のコーラスが船長に答えたが、船長はそれを遮った。

「ぼくは自分で禁じたのをわかっているし、その理由も諸君に話した。重量の重い、まともな生活に戻ったとき、思慮なくそんな危険なことをするようになるかも知れない習慣をつけてはならない――」バーレナンははさみが先についた肢を、タンクの屋根に向けて振った。「諸君はみんな、平常の重さの場合、どんなことになるかわかっているが、飛行士はわかっていない。飛行士はそんなことは考えもせずに、ぼくをあそこに持ちあげ、諸君が見たとおり、また下におろした。この人間は、重力が事実上まったくないところからやってきたのだ。

そこでは、この人間の身長の何倍もの高さから落ちても怪我をしないのだと思う。諸君が自分で見たって、それはわかるはずだ。高い場所にいるとき、当然持つべき感覚を持っていたら、どうして飛ぶことができるだろう」

大部分のバーレナンの聴衆は、その演説のあいだ、なんとかして大地をしっかりつかんでおこうとするかのように、そのずんぐりした肢で砂地をしきりに掘っていた。彼らが船長の言葉をすっかり消化したかどうか、あるいはすっかり信じたかどうかは疑わしかったが、少なくとも彼らの精神はラックランドに対してとろうとした行動からそらされた。かすかな会話のざわめきがふたたび彼らのあいだからあがったが、それが主として意味するものは、怒りよりもむしろ驚きのようだった。ドンドラグマーだけがひとり、ほかの連中から少し離れて立ち、沈黙を守っていた。船長は航海長にだけは、何事があったかいっそう用心していっそう完全な話をしてやらなければなるまいと考えた。ドンドラグマーの想像には深い知性の裏打ちがあり、バーレナンの最近の経験がその神経にどんな影響を与えたか、すでに怪しんでいるに違いなかった。それにしても、それはまた折を見て始末をつけたらいい。乗組員のほうがもっとさし迫った問題だった。

「狩猟隊の準備はできたかね」バーレナンは質問し、もう一度ざわめきを静めさせた。

「わたしたちはまだ食事がすんでいません」メアクースが少し心配そうに答えた。「しかし、ほかはみな——網も武器も——用意ができています」

「食事の仕度はできているのか」

「あと一日でできます」コックのカロンドラシーが答えて、あとの命令も待たずに船のほうへ引き返していった。

「ドン、メアクース。きみたちはこのラジオを一台ずつ持っていけ。船でぼくが使うのを見てわかっているだろう――肝心なのは、すぐ近くで話すことだけだ。これがあれば、本当に効果的な挟み撃ち作戦ができる。双方の隊長が、たがいに見えるようにするために小巻きにする必要はないからな。

ドン、ぼくは初めの計画のように、船から指揮をとってはどうかと思っている。飛行士の旅行機械の屋根からだと、驚くほど遠くまで見えるとわかったんだ。飛行士が承知してくれれば、ぼくはきみたちの狩り場の近くまで一緒に乗っていこうと思う」

「でも船長」ドンドラグマーは驚いた。「そんな――そんなことをすれば、あの代物が、見えるかぎりの獲物をみんな怯えさせて、追い払ってしまいませんか。百メートルも先からやってくるのが聞こえ、姿が見えるんですから。してみると、あけはなした場所だと、どれだけ遠くから見えるかわかりませんよ。それに――」

航海長は自分がいちばん異論のある点をどう表現すればいいか迷って言葉を切った。

「つまり、ぼくがそんなに地面から高いところにいるのが見えていては、心配で猟に専念できないというんだろう――そうじゃないか」

航海長は黙ったまま、はさみで、そうだという身振りをし、その動作は待っている乗組員の大部分に見ならわれた。

いっとき船長は部下たちに説教してやりたくなったが、そうする前に、そんなことをしても無駄だと気づいた。バーレナンはごく最近まで、乗組員たちと分かち持っていた見解にふたたびかえることはとうていできなかったが、それと同時に、以前なら、いま〈道理〉と考えていることに耳を傾けなかったろうということも、よくわかっていた。

「わかった、ドン。その考えはやめるとしよう——きみのいうことは、たぶん正しいかも知れない。きみたちとはラジオで連絡をとるが、姿は見せないようにする」

「しかし、あの代物には乗るんでしょう。船長、いったいあなたはどうしたんですか。この〈外輪〉では、一メートルくらい墜落したって実際は何ということもないくらい、わたしだってわかっているつもりです。でもわざわざそんな墜落を求める気にはとうていなれません。誰だってそんな気になれないと思います。あんなものの屋根に自分がのぼるなんて、思いもよらないことです」

「きみはしばらく前に、身長の高さぐらいまでマストにのぼっていたよ、ぼくの記憶が正しければ」バーレナンはそっけなく答えた。「それともぼくが見た、帆柱をはずしもしないで繋索を調べていたやつは、誰か別の者だったたか」

「それとは話が違います——わたしは片方の端をデッキにのせていたんです」ドンドラグマ

ーは少しばかり当惑したように答えた。

「それにしても、きみの頭は、落ちるとしたらかなり高いところまでのぼっていた。ぼくは、ほかの連中もそんなことをしているのを見たことがある。きみも覚えていると思うが、ぼくたちがこの地方に最初に船を乗り入れたとき、ぼくはそのことについていっておいたはずだ」

「そうです。船長、確かに。そしてその命令は、いまだに生きています、思うに――」

航海長はまた言葉を切ったが、いいたいことは前よりさらにはっきりしていた。バーレナンはとっさに、かろうじて頭を働かせた。

「あの命令は忘れることにしよう」船長はゆっくりといった。「ぼくが挙げた、そんなことは危険だという理由は、充分筋が通っている。しかし、高い重力の地方に帰った場合、それを忘れて、何か厄介事を引き起こしたとしても、それはめいめいの責任だ。いまからは、そうした問題については、きみたち自身の判断に従って行動したまえ。ところで誰か、ぼくと一緒に行きたい者はいないか」

言葉と身振りが合わさって、強い否定のコーラスを演じた。ドンドラグマーは、ほかの連中よりほんの少し、それが間延びしていただけだった。バーレナンは、もしそうできる肉体的器官を備えていたら、にやりとしたことだろう。

「狩りの仕度にかかってくれ――ぼくは、きみたちからの連絡を待っている」

船長は聴衆に解散を命じた。乗組員たちは命令に従って、おとなしくぞろぞろとブリー号へ引き揚げ、船長は話の内容を適当にはしょって伝えようと、ラックランドのほうへ向きなおった。バーレナンは、いま終わったばかりの会話で、いくつか新しい思いつきが心中に浮かびあがり、それに少し気をとられていたが、それはもっと時間があるときによく考えてみればよかった。さしあたっては、タンクの屋根にもう一度乗って、歩きまわりたかった。

4 故障

ブリー号が接岸していた南の海岸の湾は、奥行き三十キロ、入口の幅三キロほどの小さな入江だった。だいたいにおいて同じ形をした、奥行き四百キロほどの、さらに大きな湾の南海岸に口を開いていて、その湾自体は――北半球に向かって、果てしもない距離まで広がっている、大きな海の入海だった――北半球は永久に万年氷に閉ざされ、はるか彼方にぼんやりと浮かびあがっていた。この三つの水域はすべて、ほぼ東西に向かって延びており、小さいほうの二つは、いずれも北側に、比較的に狭い半島が突き出て、大きいほうとのあいだを隔てていた。船の位置は、その二つの半島によって北の暴風から守られ、バーレナンが心得ていたよりもはるかによく選ばれていた。しかし西へ三十キロほど行くと、この二つの岬《みさき》のうち、近くて低いほうの防壁はおしまいになっていた。バーレナンとラックランドは、狭いけれどその半島があるおかげでいかに助かったか、充分感謝していた。船長は今度は、ラジオを傍《かたわ》らに引き寄せて、もう一度タンクの屋根に安置させた。

右側は海で、湾を守っている岬を越え、はるか彼方の水平線まで広々とひろがっている。背後の浜は、船が横たわっている浜と似たり寄ったりで、ゆるやかな傾斜の砂地がつづき、メスクリンのほぼ至るところを覆っている黒い蔓枝《つるえだ》を持つ植物が黒々と生えていた。しかし前方は、ほとんど完全に、何も生えていなかった。斜面までがいっそう平らになって、砂地の幅が見渡すかぎりさらに広くなっていた。まるっきりはだかというわけではなかったが、根の深い植物さえも見当たらなかった。波うつ帯状の砂の広がりのそこここに、最近の嵐の名残りの黒ずんだ遺物が散乱しているばかりだった。

そのあるものは、海草や草木の大きな、もつれ合った塊《かたまり》で、それと知るにはたいした想像力は要しなかった。またあるものは海の動物の遺骸で、図抜けて大きなものさえあった。ラックランドはいささか驚いていた——驚いたのは、その動物たちの大きさに対してではなかった。想像するに、それらの動物は、生きているときは彼らが浮かんでいた液体でからだを支えていたに違いないからだ。ラックランドが驚いたのは、彼らの横たわっている場所が、渚からあまりにも遠く隔たっていることだった。ひとつの途方もなく大きな遺骸は、一キロ近く内陸に打ちあげられて転がっていた。地球人は、メスクリンのこの地方のような重力しかない場合、波を起こすのに百キロほどの海面しかない場所でも、風がどれだけの仕事をやってのけるか、ようやくわかりはじめた。ラックランドは、外から守ってくれる半島さえ欠いている海岸まで行ってみたかったが、それには百五十キロ以上旅する必要があった。

「バーレナン、ここまで届いたような波がきみの船を襲ったら、どんなことになっただろうか」

「それはある程度、波のタイプと、ぼくたちの居場所によりけりだ。外洋だとぼくらは、どんな波でも、何の苦もなく乗り切れる。しかし、いまのようにブリー号が接岸していれば、波のタイプによっては、あとに何ひとつ残らないだろう。いうまでもなく、この外輪近くでは、いったいどれくらい高い波が来るか、ぼくには見当もつかない――でも、よく考えてみると、ここでは重さというものがないので、どんなに大きな波でも、おそらく、比較的無害だろうと思う」

「わたしの考えでは、いちばん問題なのは重さではない気がする。きみの最初の印象のほうが、きっと正しかったかも知れない」

「ぼくは、越冬のためにあの地点に避難したときは、もちろんそんな考えを抱いていた。この外輪地方で、波が現実にどれくらいの高さに達するか、それについては何の見通しもなかったことは認めるがね。この緯度の界隈で、探検家たちがかなりたびたび行方不明になるのも、たいして驚くには当たらない」

「この界隈は、決して最悪の場所ではない。あの第二の岬があり、わたしが正確に写真を覚えているとすれば、あれは、かなり山が高くて、この海域全体を守っている」

「第二の岬とは？　あなたがいっているのは、あの半島の反対側にあるのは別の湾にすぎないということか」

「そうだ。わたしは、きみたちがたいていは陸が見える範囲を航海しているのを忘れていた。

すると、きみは西から海岸沿いにこの地点に来たんだろう」

「そうだ。このあたりの海は、誰にもほとんど知られていない。この海岸線をとりあげていえば、ほぼ西方に向かって、およそ五千キロも延びている、あなたもたぶんそれは知っているだろう——ぼくは、空からものを見おろせることが、あなたたちにどれほどの便益を与えているか、やっとわかってきたところだ——それから海岸線は、次第に南に向けて曲がっている。たいして規則的にではないが。ある場所では三千キロぐらい、また東に向かって延びている。しかし、ぼくの故郷の港の真反対の側に達する、現実の直線距離は、南方に向かっておよそ二万五千キロくらいだと想像する——東に行ってから、もちろん、さらにたいへんな距離を沿岸沿いに行かなくてはならない。そして、およそ二万キロ、外洋を西に横断するとぼくの国に着く。もちろん、そのあたりの海域は、きわめてよく知られていて、海で出会う普通の危険はあるにしても、どんな船乗りでも横断できる」

ふたりが話しているうちに、タンクはのろのろと海から遠ざかって、最近の嵐で打ちあげられて転がっていた、巨大な怪物の遺骸へ近づいていった。もちろんラックランドは、それを詳細に調べてみようと思った。それまでメスクリンの動物は、事実上なにひとつ見たことがなかったからだ。バーレナンもまた、それを調べてみたいと思った。いままでいろいろな海を航海して、そこに群がるたくさんの怪物を見てきたが、いま目の前にある動物は何物か見当をつけかねた。

その形は、ラックランドにもバーレナンにも、たいして驚くほどのものではなかった。並はずれて流線形をした鯨か、きわだってふとった海蛇といってよかった。地球人は三千万年ほど前に、自分の世界の海を横行していたジューグロドン(原始的な鯨の仲間)を思い起こした。しかし、地球上に住んで、人間に研究させるため化石を残していった何者も、この代物の大きさの足もとにも寄れなかった。それは二百メートルにわたって、ひっそり閑《かん》とした砂地の上に横たわっていた。生きているときは、明らかに円筒状で、直径も二十五メートルを超していたに違いなかった。いまは、いままでそのなかで生きていた液体の支えを奪われ、暑い太陽光線のなかに、あまりにも長く放り出されていた蠟細工のようだった。肉は、地球生物の半分くらいの密度しかないと推定できたが、そのトン数となると、概算しようとしたラックランドを瞠若《どうじゃく》させるものがあった。そして、地球の三倍もある重力が、それに加勢していた。

「海でこんなものに出会ったら、きみはどうする」と飛行士はバーレナンに訊いた。

「見当もつかない」メスクリン人はそっけなく答えた。「前にもこんなものを見たことがあるが、ほんのときたまにだ。普通は、深い恒久の海にひそんでいて、外には出ない。海面にいるのをたった一度見ただけだ。そして、こいつと同じように浜に打ちあげられているのは四頭見た。何を食っているのか知らないが、明らかに、食べものは海のずっと底のほうで見つけるんだ。船がこんなものに襲われた話は、一度も聞いたことがない」

「聞いたことがないはずだよ」ラックランドは辛辣な返事をした。「そんなことがあって生き延びた者がいようとは、想像もできないからな。こいつが、わたしたちの世界の鯨のようなものの食い方をしているとすれば、きみの船の一艘くらい丸呑みにして、そのことにもきっと気づかないだろう。ちょっと口のなかをのぞいてみよう」

ラックランドはふたたびタンクをスタートさせ、その大きな図体の頭の先とおぼしいほうへ運転していった。

その代物は口を持っていたし、頭蓋骨のようなものもあったが、頭蓋骨と思われるものは、それ自体の重みで無残に押し潰されていた。しかし、その食事習慣についてのラックランドの推定を修正させるだけのものは残っていた。その歯から判断して、肉食獣に違いなかった。最初ラックランドは、それが歯だと弁別できなかったが、肋骨《ろっこつ》にしては変な場所についていたので、やっと本当のことがわかった。

「バール、きみは安心していい」やがて飛行士はいった。「こいつは、きみたちを攻撃しようなどと思わないだろう。きみたちの船には、そんな努力をするだけの値打ちがない、食欲に関するかぎり――ブリー号の百倍の大きさのものでも、こいつは気がつくかどうか怪しいものだ」

「深海には食べられる肉が、たくさん泳ぎまわっているに違いない」メスクリン人は考えこむようにして答えた。「でも、誰にも、たいして役に立つとは思えないな」

「まったくだ。ところで、きみはさっき恒久の海とか何とかいっていたが、あれはどういう意味だね」

「ぼくがいったのは、冬の嵐がはじまるすぐ前までまだ海のままの区域のことだ」というのがその答だった。「大洋の水位は春のはじめ、嵐が終わるころがいちばん高い。そして冬のあいだじゅう海底を満たしている。一年のあとの残りは、水位はふたたび下がってしまう。この外輪では海岸線がじつに急勾配で、たいした違いはないが、ものの重さがまっとうな地方では、春と秋とで海岸線は三百キロから三千キロまでのあいだでさまざまに移動する」

ラックランドはかすかな口笛を洩らした。

「言葉を換えていうと」ラックランドは半ば独り言のようにいった。「きみたちの海は、われわれの年で四年以上も絶え間なく蒸発をつづけて、極北地域にメタンを凍結させ、それから五カ月ほどでそれをすっかり回収して、それを春から秋にかけて、北半球が消費するというわけか。わたしがあの暴風に驚いたとしても、それで話はわかったよ」

そういってラックランドは、いっそう目前にある問題に話を戻した。

「バール、わたしはこのブリキの箱から出るよ。わたしはメスクリンに動物がいることを発見してから、組織標本を手に入れたいと思っていたが、なにしろきみの皮を剥いだりできないからには、わたしはこの動物の標本をとっておきたい。こいつは死んでから、たぶん相当な時間がたっているだろうが、そのあいだに肉がひどく変化しているだろうか。きみにはある程度見当がつくだろう」

「ぼくらが食うぶんには、まだまったくさしつかえないだろうが、あなたの話から察すると、あなたにはとうてい消化できないだろう。肉類は乾燥させるか何かの保存法を講じないと、数百日たてば普通は有害になり、そのあいだに味がだんだん変わる。なんならぼくが、これをひと切れ試してみよう」

そしてバーレナンは返事も待たず、乗組員の誰かがその方角にやってきていないか確かめようと何か悪いことでもするかのようにあたりを見まわしたりもせず、タンクの屋根から傍《かたわ》らの巨大な代物のほうへ乗り移った。しかしひどく目測を誤り、その巨体を越えてもろに滑り、ほんの一瞬、それこそ狼狽してひやりとしたが、向こう側でうまく踏みとどまったときには、すっかり自制心をとり戻していた。そして今度は、よく距離をはかってはねもどり、ラックランドが車のドアを開けて出てくるのを待った。タンクにはエアロックはついておらず、ラックランドはまだ気密装甲服を着ており、ヘルメットを閉ざしただけで、メスクリンの大気がはいりこむままにしておいた。白い結晶体のかすかな渦巻きが、その背後に尾をひいていた——氷と二酸化炭素で、内部の地球型の空気が、メスクリンの痛烈な寒気に触れて凍結したのだ。バーレナンは嗅覚を持っていなかったが、酸素のかすかな風が吹きつけてくると、呼吸気孔が焼けつくような感じがし、あわてて後ろにとびすさった。ラックランドは、その動作の原因を適確に推測し、適当な警告を与えなかったことをしきりに詫びた。

「何でもないよ」と船長は答えた。「それくらいのことは前もってわかっていていいはずだった——前にも一度、あなたが住んでいる丘からあなたが出てきたとき、同じ感じがしたことがある。それに、あなたたちが呼吸する酸素は、ぼくたちの水素とたいへん違っていることは、確かに何度も聞かされていたからね——覚えてるだろう、ぼくが、あなたたちの言葉を習っていた当時」

「それはそうだったろう。だが、違った世界や違った大気についての知識になじまずに育った者が、四六時中、万一の場合のことを考えているように期待するのは、とうていできない相談だ。何といっても、これはわたしの失策だったよ。それにしても、何も害はなかったらしいね。わたしはまだ、メスクリンの生化学について充分な知識がなくて、これがきみたちにどんな影響を与えるか想像もつかない。だから、この生物の肉の標本が欲しかったんだ」

ラックランドは装甲の外側にとりつけた雑嚢にさまざまな道具を入れて持ってきていた。彼が気密手袋をはめた手で、それをあれこれと掻きまわしているあいだに、バーレナンは最初の標本の採取にとりかかった。四対のはさみが、皮とその下の組織を少しばかり切りとって口に持っていき、しばらく考えこむようにして嚙んでいた。そして、やがて「まずくはない」といった。

「あなたの実験に、こいつが全部必要ではないなら、狩猟隊をここに呼ぶのもいい考えかも知れない。嵐がまた来る前にとりこむ時間が充分あると思う。確かに、ほかでこれ以上の肉が手にはいる当てはないだろう」

69

「いい考えだ」

ラックランドは上の空でいった。飛行士は相棒のほうにはほとんど注意を払わず、もっぱら目の前にある巨体のどの部分を切りとるかという問題に気をとられていた。この途方もなく大きな動物をそっくり全部、実際に使うという滅相もない思いつきも——メスクリン人は確かにユーモア感覚を持っていた——飛行士の注意をそらすには足りなかった。

ラックランドはもちろん、この惑星の生物の組織は極度に頑丈に違いないと察していた。バーレナンやその同族は小柄ではあるが、その肉が単に地球上の生物並みの密度だったとしても、メスクリンの極地の重力のもとだと、てもなくぺしゃんこになってしまったろう。ラックランドは、その怪物の皮を突き通す道具を見つけるのは困難だろうと予期していたが、いったん皮を切り開けば、肉を切りとるのはとくに面倒はあるまいと、ある程度、ひとりぎめしていた。ところが、それは見込み違いだったことがわかった。内側の肉は、まるでチーク材のように硬そうだった。外科用のメスは超硬度の合金で、単に筋力を使っただけでは何物に対しても、刃こぼれするようなことはなかったが、その巨塊を突き刺すことはできなかった。それで、結局は削りとるしかなかった。そしてわずかばかりの細片を削りとると、それを採収瓶にしまった。

「こいつには、どこかもっと柔らかい部分はないものだろうか」ラックランドは仕事の手を休めて目をあげ、興味ありげに眺めていたメスクリン人に訊いた。「ツーレイの連中を満足させるだけのものを、こいつから切りとるには、動力つきの道具が必要なようだ」

「口のなかのどこかの部分だと、少しは手軽にいくかも知れない」とバーレナンは答えた。「でも、ぼくがあなたのために、小切れをはさみ切ってやるほうが、もっとやさしいだろう。きみが欲しい大きさと場所をいってくれたらいい。それで間に合うかね。それとも、あなたの科学的実験には、何かの理由で金属器具を使って標本を切りとる必要があるのか」

「わたしが知っているかぎり、そんなことはない――たいへんありがたい。お偉方は、それで気に入らなかったら、自分でやってきて、自分で切りとったらいいんだ」とラックランドは答えた。「じゃあ、すぐにとりかかってくれ。もうひとつのきみの提案もやってもらうことにして、口からもう少しばかりとってほしい。どうやら、ここの皮は、わたしにはお手あげみたいだ」

ラックランドは重い足を引きずるようにして、漂着したビヒモス（ヨブ記の巨獣）の頭をまわり、重力でぺしゃんこになった唇のあいだから、歯や歯茎や舌らしいものが見える個所に行った。

「この瓶の口に詰まらずにはいるくらいの、小さい塊《かたまり》を切りとってくれ」

地球人はためしにもう一度メスを使い、舌はその前の標本よりも少しは頑固ではないことがわかった。一方、バーレナンはいわれたとおり、希望の大きさの断片を切りとった。そして、ときどき、そのひと切れを口に運んだ――バーレナンは、とくに腹が減っているわけではなかったが、なにぶんそれは新鮮な肉だったのだ――だが、そうした浪費にもかかわらず、どの瓶もたちまちいっぱいになった。

　ラックランドはからだを起こしながら最後の容器をしまいこみ、柱のような歯を残りおしげに眺めた。そして、「こいつを一本抜くには爆破ゼラチンが必要だろうな」と、なんだか悲しそうにいった。

「それは何だい」とバーレナンが尋ねた。

「爆薬だ——たちまちガスに変わって大きな音を出し、衝撃を与える物質だ。わたしたちはその材料を使って土を掘ったり、不用な建物や邪魔になる地所をとり除いたりするし、ときには戦争にも使う」

「あの音は爆薬ではなかったかい」バーレナンが訊いた。

　ラックランドはしばらく返事をしなかった。原住民が爆薬のことを何も知らず、ほかに人類がひとりもいない惑星で、しかもちょうど爆薬の話が出たばかりの、信じられないほど恰好の時を選んで、きわめて強烈な、どかんという音が聞こえたというのは、どうにも妙だった。ラックランドが驚いたといっただけでは、まだいい足らなかったろう。ラックランドには、バーレナンのラジオと、自分の聴音器とで同時に聞いたその爆音の距離も大きさも正確には判断がつかなかったが、一、二秒たつと、ごまかしようのない不快な疑惑が心中に湧いた。

「爆薬にとてもよく似た音だった」

遅まきながら、ラックランドはメスクリン人の質問に答えた。その上、死んだ海の怪物の頭をまわって、タンクを残してあった場所のほうへ、のそのそと引き返しはじめた。発見しようとしているものが怖かった。バーレナンはさらに好奇心が高まってきて、乗り物に乗るよりもいっそう自然な、自分本来の旅のしかた、つまり這いながら、そのあとについていった。

タンクが見えてきたとき、一瞬ラックランドは、たとえようのない大きな安堵を感じた。しかし車のドアのそばまで達したとき、その安堵は同じくらい深い衝撃に変わった。車の床に残っていたのは、曲がった薄い金属のスクラップで、あるものはまだ車体の仕切りの底部にぶらさがり、あるものは操縦装置や、その他の内部の造作に絡みついていた。床の下にあった推進機はすっかりむきだしになっており、狼狽した地球人には、ひと目見ただけで、手のつけようがないまでに破壊されているのがわかった。バーレナンは、そのすべての出来事に強烈な興味を覚えた。

「あなたは何か爆薬をタンクに積んでいたんだね」と船長はいった。「この動物から欲しい標本をとるのに、なぜそれを使わなかったんだ。それにしても、まだタンクのなかにあったのに、どうして爆発したんだ」

「きみは難しい質問をすることにかけては天才だ」ラックランドは答えた。「第一の質問については、わたしはそんなものは積んでいなかったと答えよう。第二の質問については、どちらも当てずっぽうだという点で、きみの想像もわたしの想像も似たようなものだ」

「それにしても、きみは何か積んでいたに違いない」とバーレナンは指摘した。「それが何だったにしろ、タンクの床の下で起こったものだということは、ぼくにだってわかる。そいつが床下から出たくなったんだ。メスクリンにこんな働きをするものはない」

「きみの論理を認めるにしても、床の下には、爆発すると想像できるものは何もなかった」と人間は答えた。「電気モーターや蓄電池は、爆発物ではない。念入りに調べてみれば、何だったにしろ、何か容器にはいっていたとすれば、その痕跡がきっと見つかるだろう。破片は、事実上何ひとつタンクの外へ飛び出ていないからね――でも、バール、わたしには、その前にまず解決しなくてはならない、もっと厄介な問題がある」

「何だね」

「わたしは食糧の貯蔵場所から三十キロも遠くに来ている。いま手もとにあるのは、この装甲服のなかに持ってきているものだけだ。タンクは壊れてしまった。三Gのもとで、八気圧の耐熱装甲をつけて三十キロ歩ける地球人が、かつて生まれたことがあるとしても、わたしは確実にその人間ではない。わたしのエアは、この藻《も》と、充分な太陽光があれば無限にもつだろう。だが、基地に帰りつく前に飢え死にしてしまうだろう」

「あの速いほうの月にいる友人にいって、ロケットを送ってもらい、それに乗って帰るわけにはいかないのか」

「できないことはない。誰かがラジオ・ルームにいて、この話を聞いていたら、きっと連中は、もうこの事件を知っているだろう。困るのは、そんな援助を受けると、ロステン博士はきっとわたしを、冬のあいだツーレイに帰らせようとするに違いないことだ。わたしはロステンを、こちらに踏みとどまっているよう説き伏せるのにひどく苦労したんだ。タンクのことは報告しなくてはならないが、わたしはそのことを基地から報告したい――援助を求めないで向こうに帰ったあとで。そうはいっても、このあたりにはわたしを連れ戻してくれるエネルギー源は何もないがね。そして、この装甲の下の容器に、きみたちの大気をはいらせないで、もっと食糧を入れることができたとしても、きみには、基地まで行って食糧を持ってきてくれることは、できそうもない」

「とにかく、ぼくの部下を呼び寄せることにしよう」とバーレナンは持ちかけた。「連中はそこにある食糧を利用できるし――できるだけのものを運んで帰れる。それに、ぼくには別のいい考えもあるように思う」

「船長、わたしたちはそちらへ向かっています」

ラジオからドンドラグマーの声がして、ラックランドを驚かせた。それぞれのラジオがたがいに通話できるように手配しておいたのを忘れてしまっていたのだ。船長自身も驚いていた。航海長がそれほどまでに英語をよく勉強していたとは知らなかったのだ。

「せいぜい二、三日でそちらに着きます。出発するとき、だいたい飛行士の機械と同じ方角をとったのです」

航海長が伝えたその情報は自国語だったので、バーレナンはラックランドに通訳した。

「きみは当分のあいだ、腹を減らさずにすみそうだね」と人間は、傍らの肉の山をなんだかうらめしそうに、ちらりと眺めていった。「ところで、きみの考えというのはどんなことだ。わたしの問題の解決に役立ちそうかね」

「少しはね」とメスクリン人は、口に充分な柔軟性さえあったら微笑するところだった。

「ちょっとぼくの上に乗ってみてくれないか」

何秒間か、ラックランドはその注文に驚いて、からだをこわばらせて突っ立っていた。何といっても、バーレナンは、ほかの何物よりも芋虫に似ていた。そして人間が芋虫の上に乗ると――そこまで考えて、ラックランドはふと思いついたことがあって、緊張をほぐし、微笑さえした。

「よしきた、バール。ちょっとのあいだ、ぼくはこの土地の条件を忘れていたんだ」

ラックランドがためらっていたあいだに、メスクリン人はその足もとに這い寄っていた。ラックランドはそれ以上ためらうことなく、注文されたとおりバーレナンの上に乗った。たったひとつだけ、困難があることがわかった。

ラックランドの体重はほぼ八十キロあった。装甲はそれ自体が技術的奇跡といってよかったが、同じくらいの重さがあった。従って、メスクリンの赤道では人間と装甲を合わせて、四百キロ以上もの重さになった――ラックランドは、足に巧妙なサーボ装置をつけていなかったら一歩も動けなかった――そしてこの惑星の極地地方におけるバーレナン自身の重さより、ほんの四分の一程度重いだけだった。それだけの重さを支えるのは、メスクリン人にとって難しいことではなかった。その試みを失敗に終わらせたのは、単に幾何学《きか》の問題だった。だいたいにおいて円筒形をしていて、長さが四十センチ、直径が五センチしかなく、装甲をつけた地球人がその上に乗ってバランスをとるのは物理的に不可能だった。

メスクリン人はあわてていた。解決法を思いついたのは、今度はラックランドだった。タンクの側面の下方の部分の金属板で、内部の爆発によって引きはがされたものがいくつかあった。ラックランドの指図で、バーレナンはだいぶ骨を折って、その一枚を完全にもぎとることができた。幅六十センチ、長さ二メートルほどもあり、原住民の強力なはさみで、一方の端を少しねじ曲げると、素敵なそりができあがった。だがバーレナンは、その惑星のこの地域では体重が一・五キロほどしかなく、なんとしてもその代物を引っぱるのに必要な牽引力がなかった――そして錨に使えるかも知れないいちばん近い植物は五百メートルほど先にあった。ラックランドは、赤面することが、この世界の原住民には特別な意味を示さないのが嬉しかった。ラックランドが、この大失敗がわかったとき、たまたま太陽が中天にあったからだ。それまでラックランドとバーレナンとは、嵐雲がなくて、小さいほうの太陽とふたつの月が充分な明かりを提供してくれていたので、昼夜兼行で働いたのだった。

5　地図づくり

何日かして乗組員たちが到着し、ラックランドの問題は、ほぼ即座に解決した。もちろん、原住民の数が増えただけでは、何のたしにもならなかった。二十一人のメスクリン人では、まだ荷物を積んだそりを動かすのに充分な牽引力がなかった。バーレナンは橇をかついでいこうと考えつき、何人かの乗組員を橇のそれぞれの角《かど》の下に配置しようとした。大きな物体の下にもぐるのを怖れる、普通のメスクリン人の条件反射を克服するには相当に骨が折れた。そして、やっと乗組員たちにそれを承知させることに成功したときは、その努力が無駄だったことがわかった。そうしたやり方をするには金属板が薄すぎた。装甲をつけた人間の重みで金属板は曲がってしまい、支えられている四つの隅を除いては、全体がまだ地面に貼りついていた。

ドンドラグマーはそれを見てもとりたてて批評しようともせず、ほかの連中がその実験に従事しているあいだ、普通は狩猟用の網に使うロープをくりだして結び合わせていた。つなぎ合わせると、いちばん近い植物に届くには充分すぎるほどの長さになった。それらの草木の根は、普通はメスクリンのどんな激しい風にも耐えることができ、必要なつっかい棒として申し分がなかった。四日後、タンクからはぎとれるだけの金属板を全部引きはがしてつくったそりの行列が、ラックランドと莫大《ばくだい》な量の生肉を積んで、ブリー号に向けて帰途についた。そして時速一・五キロのかなり着実な速度を保ちながら、六十一日で船にたどりついた。さらに二日働いて、さらに大勢の乗組員が加勢し、船とラックランドのドームのあいだに横たわる植物地帯を通り抜け、装甲をつけた飛行士を安全に、そのエアロックのなかに送り届けた。それは決して早すぎたとはいえなかった。風がすでにぶりかえして、加勢の乗組員たちはブリー号に帰るのに地面を這っているロープを伝っていかなければならないほどになっていた。そして空では、ふたたび雲足が速まっていた。

ラックランドは、タンクがどうなったか正式に報告する前に、まず食事をとった。そしてもっと完全な報告ができたらいいのにと望んだ。車が現実にはどうしてあんなことになったのか、その原因をつきとめなくてはならない気がした。ツーレイの誰かが不注意で、タンクの床下にゼラチンの塊《かたまり》を残しておいたのだと非難するのは、とても難しいようだった。

ラックランドは、基地＝衛星間セットの呼び出しボタンを現実に押した瞬間に、ふと、その疑問に対する解答を見つけた。そしてロステン博士の皺だらけの顔がスクリーンに現われたときには、どういえばいいかを知っていた。

「博士、タンクがちょっと厄介なことになりました」

「そうらしいね。そいつは電気的なものか、それとも機械的なものかね。重大な故障かね」

「根本的には機械的なものですが、電気装置にも幾分か責任があります。まったく使いものにならなくなったと思われます。残った部分は、ここから西方へ三十キロほど隔たった海岸近くに放り出しておきました」

「まったくけっこうな話だ。その惑星はなにかと、ずいぶん金を食っている。いったい何事が起こったんだね――きみはどうやって帰ったんだ。その重力のもとで、装甲をつけて、三十キロの距離は歩けそうもない」

「歩いたんじゃありません――バーレナンと乗組員たちが引っぱって帰ってくれたんです。タンクについては、わたしに想像がつくかぎりでは、操縦室とエンジン室のあいだの仕切りがエアタイトになっていなかったらしいです。わたしが調査の仕事のために、外に出たとき、メスクリンの大気が――高圧の水素が――洩れてはいりだし、床の下の普通の空気と混り合ったんです。もちろん操縦室でも同じことが起こったのですが、事実上すべての酸素がドアを通してそこから流れ出てしまい、何事かが起こる前に、危険点以下まで希薄になったんです。ところが床下では――そう、酸素が逃げ出す前に火花が出たんですね」

「そうか。何が原因で火花が出たのかね。きみは出ていくときモーターをかけっぱなしにしておいたのか」

「もちろんです――操縦サーボも発電動機も何かも。そうしておいてよかったです。でないと、たぶんわたしが帰ってきて始動させたあとで爆発が起こったでしょう」

ではならなかったのか」

「ふふん」回収隊長は少しばかり不機嫌そうだった。「それできみは、ぜひとも外に出なくてはならなかったのか」

ラックランドは幸運にもロステンが生化学者だったことに感謝した。

「ぜひともそうしなくてはならなかったわけではありません。そこの海岸に漂着していた二百メートルもある鯨の肉の標本をとろうとしていたんです。誰かが興味を持つかも知れないと思ったので——」

「きみはその標本を持ち帰ったのか」ロステンは、ラックランドがみなまでいい終わらないうちに飛びついてきた。

「持って帰りましたよ。いつでも都合のいいときにとりにきてください——そのとき、一緒に持ってきてもらえるほかのタンクがありますか」

「ある。冬が終わったときときみに届けるように考えておく。それまでは、きみはドームのなかにいるほうが安全だと思う。その見本は、何を使って保存してるんだ」

「特殊なものではありません——水素です——ここの大気ですよ。われわれが普通に使う防腐剤では、あなたの見方からすると、標本を駄目にしてしまうでしょう。なるべく早くとりにおいでになるのがいいでしょう。バーレナンの話では、その肉は数百日で有毒になるそうです。なのでわたしは、ここには微生物がいるのだろうと思います」

「いなかったら、それこそおかしい。待っていてくれ。ぼくは二時間ほどで、そっちへおりていく」

ロステンは、それ以上壊れたタンクのことには触れず、連絡を断った。ラックランドにはそれがありがたかった。そして、もう二十四時間近く眠っていなかったので、さっそくベッドにもぐりこんだ。

ラックランドはロケットの到着で——半分だけ——目を覚ました。ロステン自身が下降してきたが、それは驚くには当たらなかった。装甲を脱ぐことさえせず、瓶をとりあげた。ラックランドは酸素による汚染の機会を最小限にとどめるために、標本瓶をエアロックに残しておいていた。ロステンは、ラックランドをちょっと覗いてみて、その状態を知ると突然、ベッドに戻るように命じた。

「この代物は、おそらく、あのタンクくらいの値打ちがある」ロステンは手短にいった。「きみは、さしあたって睡眠をとりたまえ。きみにはさらに解決を要する問題がある。きみがもしぼくのいうことを万一覚えていたら、そのときにまた話そう。では、またあとで」

エアロックのドアがロステンの後ろで閉じた。

ラックランドは実際はロステンの帰り際の言葉を覚えていなかったが、何時間もたってもう一度眠り、もう一度食事をしたときに思い出した。

「バーレナンの旅行が望めないこの冬は、まだあと三カ月半はつづくだろう」隊長は前置きなしに話しはじめた。「われわれはここに、何千枚という望遠写真を持っている。だがまだ、実は地図としてつなぎ合わせてない。しかし、場所だけはだいたいつき合わせて調べてある。判断が難しいので、われわれの手では本物の地図がつくれなかったんだ。それで、この冬の残りの期間のきみの仕事は、この写真ととりくんでもらうことになるだろう。そして、きみの友人のバーレナンに手伝わせて、利用価値のある地図をつくり、われわれが回収したいと思っている代物に、もっとも早くたどりつくには、どの道をとればいいか定めてほしい」

「しかしバーレナンは、急いでそこに行くことは望んでいませんよ。彼に関するかぎり、この旅行は探検と交易が目的で、われわれの仕事を引き受けたのは片手間にすぎない。これだけの大きな援助をしてもらって、その礼としてわれわれが提供できるのは、バーレナンの日常の仕事の参考になる継続的な気象報告だけです」

「それはわかっている。きみがそこにおりていっているのもそのためだくらいは、きみにもわかっているだろう。きみはいわば外交官というわけだ。ぼくはなにも奇跡を期待しているわけではない――われわれの誰も、そんなものは期待していない――そして、もちろんわれわれは、バーレナンと友好関係を保っていきたいと望んでいる。しかし、あのロケットには二十億ドルの値打ちがある特殊装置があり、それを極地に放っておくことはできないし、あのロケットが集めた記録類は文字どおり金では買えない貴重なものだ――」

「わかっています。最善を尽くしますよ」ラックランドは相手を遮った。「しかし、この仕事の重大性を、原住民に理解させることは、とうていできそうにもない――そういったからといって、わたしはバーレナンの知性を見くびってるわけじゃありません。バーレナンにはただ予備知識がないだけです。あなたはこの冬の暴風の切れ間を見張っていてください。そうすれば天候が許すとき、バーレナンをここに呼び寄せて写真の研究ができます」

「窓のそばに何か間に合わせの掛け小屋のようなものをつくれないものかね。そうすれば、悪天候のときでもバーレナンはそこにとどまっていられるだろう」

「わたしも一度、そのことを持ち出したことがあるんですが、バーレナンは、そんな場合、船と乗組員のそばを離れることを望まないのです。わたしにはそのいいぶんがよく理解できます」

「ぼくにもわかるようだ。それじゃきみは、きみにできる最善をつくしてくれ――それがどういう意味かは、きみにはわかっているだろう。われわれはアインシュタイン以後の誰にもまして、あの代物から重力について多くのことを学べるはずだ」

ロステンは通話打ち切りの合図をした。そして、冬の仕事がはじまった。

遠隔操作によって、メスクリンの南極に着陸した調査ロケットは、思うに、資料の収集を終えたあと、離陸に失敗したのだ。その位置は、測遠送信機によってずっと以前から判明していた。しかしブリー号の越冬地の付近からそこに達する陸路または海路、あるいは海陸併用の道を選定することは、所在を知っていることとはまったく別問題だった。大洋の航海はたいして困難ではなかった。沿岸づたいにおよそ六万キロか七万キロを行くことになるが、その半ば近い水域は、すでにバーレナンの同族によく知られていた。回収隊は、そのつながり合った大洋の許すかぎり、孤立無援の機械にいちばん近い地点まで行ける。ところが不幸にして、そのいちばん近い地点からまだ先が六千キロ以上あった。その沿海地区の近くに、大きな川さえあれば、陸路はかなり距離が縮まっただろうが、そんなものはなかった。

目的地から八十キロたらずの距離のところを流れる、ブリー号のような船なら楽に航行できる川がひとつ、あるにはあったが、その川はバーレナンの同族が航海したことのある海とは、見たところ何のつながりもない大洋にそそいでいた。バーレナンの同族が往き来していた海は、長くて狭い、ひどく不規則な一連の海がつながったもので、だいたいラックランドの基地に近い、赤道の幾分か北よりから、ほとんど惑星の裏側の赤道近くまで延び、その途中、南極のかなり近くを通過していた——かなり近いというのは、メスクリン人が行く場合の距離としてだ。ロケットの近くの川がそそいでいる、いまひとつの大洋はもっと広くて、その輪郭がいっそう整っていた。問題の河口は、その大洋の最南端近くにあり、この海もまた赤道をまたいで広がり、最後は北方の万年氷と合体していた。この海は最初の一連の大洋の東方に横たわり、そのあいだを、極地から赤道にかけて延びている狭い地峡で隔てられているようだった——狭いというのは、これまたメスクリン人の標準からしての話だった。ラックランドは写真をだんだんにつなぎ合わせてみて、その地峡は、幅がおよそ三千キロ一万キロまで、いろいろと変化があることを知った。

「バール、このふたつの海の一方から片方へ通じる水路があって、それを利用できるといいんだがね」

ある日そうラックランドがいった。メスクリン人は窓の外の出っぱりに、楽々と寝そべって、黙ったまま賛成の身振りをした。いまでは冬も半ばを過ぎて、大きいほうの太陽は目に見えて薄暗くなり、空を北方に向かって、急速な足どりで弧を描いていた。

「きみの仲間が、そんな水路をひとつも知らないというのは確かかね。なにしろこの写真はすべて秋に写したもので、きみは春になると海の水位がはるかに高くなるといっていたものね」

「いつの季節だろうと、そんな水路があることはまったく知らない」船長は答えた。「ぼくらは、あなたがいっている海のことを少しは知っているが、たいしたことはわからない。あそこまで行く途中の陸には、いろいろなたくさんの国があって、それほど頻繁な接触がとれていない。隊商が二年に一度くらい出かけるだけだろう。通例は、連中はあんなに遠くまで行かない。そんな旅では、商品はたくさんの手を経るので、地峡の西側の港で、ぼくらの商人がそいつを見るときは、その原産地についてはほとんど何も知ることができない。ぼくらが望むような水路がよしんばあるとしても、それはほとんど誰も足を踏み入れたことのない、この〈外輪〉の近くに違いない——ぼくらの地図——あなたとぼくとでつくっている地図は、まだそこまでは手がついていない。いずれにせよ、秋のあいだはここから南にはそんな通路はない。ぼくはその季節に、南の海岸線沿いをずっとどんづまりまで行ってみたことがあるんだ。でも、おそらくここのこの海岸は、もうひとつの海までつづいているのかも知れない。ぼくらは、この海岸を東へ何千キロも行ったことがあるが、それから先がどれくらいあるかは知らない」

「わたしの記憶では、外の岬を越えて三千キロほど先で、海岸線はまた北へ曲がっていた——だがもちろん、わたしがそれを見たのも秋のことだった。まったく厄介なことになりそうだよ、ものの役に立つ、きみの世界の地図をつくる仕事は。なにぶん、あまりしょっちゅう変わりすぎる。わたしは次の秋まで待ってみればという気がする、そうすれば、少なくとも、わたしたちがつくった地図が使えるだろう。しかしそれには、わたしたちの年であと四年もある。わたしはそう長くはここに滞在していられない」

「あなたは自分の国へ一度帰って、ときが来るまで休んでいればいいじゃないか——あなたと別れるのは、ぼくにはつらいことだが」

「それにしても、そいつはずいぶん長い旅になるだろうね、バーレナン」

「どれくらい遠いんだ」

「それが——きみたちの距離の単位はたいして役に立たない。そうだな、光線はメスクリンの外輪を——そう——一秒の五分の四で一周する」ラックランドはその所要時間を、時計で示し、原住民はそれを興味ありげに眺めた。「その同じ光線は、ここからぼくの国まで届くのに、われわれの年で十一年と少しかかる。つまり——きみたちの年で二年と四分の一だ」

「すると、あなたの世界は遠すぎて、ここからは見えないわけだね。あなたは、そういうことをいままで一度も説明してくれなかった」

「わたしたちの言葉の違いの問題が充分に解決されたかどうか、自信がなかったんだ。そう、わたしの国はここからは見えないが、冬が終わって、きみたちの世界の右側に出たときに教えてあげるよ、わたしの太陽を」

　その最後の言葉は、バーレナンには何が何やらわからなかったが、そのまま聞き流した。バーレナンが知っている太陽は、出たりはいったりして昼と夜をつくる明るいベルヌと、ちょうどそのとき夜空に見えていた、もっとかすかな光を放つエッステスだけだった。半年足らずして、夏の半ばになると、このふたつの太陽は空ですっかり近接して、光のかすかなほうの太陽は見つけるのが困難になる。だがバーレナンは、そうした太陽の運行の理由について、一度も頭を悩ませたことがなかった。

　ラックランドは手にしていた写真を下に置き、何か考えこんでいるようだった。床の大部分はすでに簡略につなぎ合わせた写真で覆われていた。バーレナンがもっともよく知っている地方は、もはやかなりよく地図ができあがっていた。しかし人間の前哨基地が置かれている地区の地図ができあがるのは、まだまだ先のことだ。ラックランドは写真がうまくつながらないので、早くも手を焼いていた。これが地球や火星のような、球体か、球体に近い世界であれば、いまつくっていて、部屋の片側の机の上に乗っている小さいほうの地図に、ほとんど自動的に適当な投影修正を加えることができただろうが、メスクリンはほぼ球体でさえなかった。ラックランドがずっと前から認めていたように、ブリー号のボウル――バーレナンにとっての地球儀といっていいもの――の形状はほぼ正しかった。ボウルはさしわたしが十五インチ、深さ三センチで、湾曲面はなめらかだったが、均等というには遠かった。

写真を組み合わせる困難に加えて、この惑星の表面の多くは比較的なめらかで、これというたはっきりした地形的特長がなかった。山や谷がある場所でさえ、隣接した写真の影をくらべてその相違を見分けるのは困難な仕事だった。明るいほうの太陽が、地平線から出て地平線に沈むのに、九分たらずしか要しないという特性も、普通の写真撮影のしかたに重大な支障を与えた。同じ一連の連続写真がしばしば、ほとんど真反対の方角から照明されていた。

「バール、こんなことをしていたんじゃ、埒《らち》があかない」ラックランドはげんなりしていった。「近道があるかも知れないというのなら、やってみるだけの値打ちがあるが、きみの知っているかぎりでは、そんなものはないという。きみは船乗りであって、隊商の隊長ではない。ちょうど重力がもっとも大きな地点を六千キロも陸の旅をするのは、わたしたちの手に負えそうもない」

「すると、あなたたちは、空を飛べるほどの知識を持っているのに、重さを変えることはできないのか」

「できないんだ」ラックランドは微笑した。「きみたちの南極に着陸したロケットに備えてある機械は、いずれはそれを教えてくれるかも知れない記録をとっているはずなんだ。そのためにあのロケットは送られたんだよ、バーレナン。きみたちの世界の極地は、わたしたちに行ける宇宙のいずれの場所とも較べものにならないほど恐ろしい地表重力を持っている。きみたちの世界よりもっと巨大で、ぼくの国にもっと近い世界がいくつもあるが、それらはメスクリンのような回転のしかたをしない。あまりにも球体に近すぎるからだ。ぼくたちは、あの途方もない大きな重力源のデータを——あらゆる種類のデータを知りたいんだ。あのロケットに積んで送り出すために設計された、いろんな機械の値打ちは、ぼくたちふたりが知っている数値ではいいあらわせないほど高価なものなんだ。あのロケットが離陸信号に応答しなかったとき、十の惑星の政府が崩壊したくらいだ。ぼくたちはそのデータを手に入れなくてはならない。たとえブリー号を向こう側の海に乗り入れるために運河を掘らなくてはならないとしても」

「それにしても、そのロケットにはどんな種類の装置が載せてあるのかね」

バーレナンは尋ねた。そしてその瞬間、その質問をしたことを後悔した。飛行士はそんな特殊な好奇心をいぶかり、船長の本当の意図を疑うようになるかも知れなかった。しかしラックランドはその質問を自然のものとして受けとったようだった。

「バール、残念だが、それはきみに話してもわかりそうにもない。きみには〈電子〉とか

〈中性子〉とか〈磁力〉とか〈量子〉といった言葉がどんな意味を持っているかわかるだけの素養がまったくないものね。ロケットの推進力については、多少はそれよりよくきみにもわかるかも知れないが、それすら怪しいもんだ」

ラックランドはどうやら何も疑っていないらしかったが、バーレナンはその問題をそれ以上追及することはやめにした。

「ここから東のほうの海岸や、内陸地方の写真を調べるほうがよくないだろうか」とバーレナンはいった。

「つながるチャンスがまだ少しはあると思う。わたしはその地域の全体を覚えているとはとうていいえないが、たぶん万年氷のすぐ近くまで行くと――ときに、きみたちは、どれくらいの寒さまで耐えられるかね」

「海が凍ると楽ではないが、それでもどうにか我慢できる――あまり寒くなりすぎないかぎり。どうしてそんなことを訊くんだね」

「きみたちは北の万年氷にかなり近いところまで行かなければならないかも知れないからだ。とにかく見てみよう」

飛行士はバーレナンの体高よりも高いくらいのプリントの山を掻きまわしていたが、やがて薄いひとつの束を引き出した。

「このなかのどれかに……」ラックランドの声がしばらくとぎれた。「あった。バール、これは千キロの上空で外輪の内側から狭角望遠レンズを使って撮ったものだ。主な海岸線と、大きいほうの湾が見えるだろう。大きいほうの湾の南側のここのところにあるのが小さなほうの湾で、ブリー号が接岸している場所だ。この写真は、この前哨地が開設される前に撮ったものだが――あとだったとしても、いずれにせよ写真には出なかったろう。

では、つなぎ合わせにとりかかろう。この写真の東のほうのシートは」

ラックランドはまた言葉を中途で切り、メスクリン人は目の前で、まだ行ったことのない土地のはっきりした地図が形をとっていくのを、うっとりと見守っていた。いっときは、どうやら当てはずれに終わるような気がした。海岸線はラックランドが考えていたように、次第に北方に向けて湾曲していた。事実、西方ほぼ二千キロ、北方ほぼ六、七百キロで海は終わっているようだった――そして海岸線は、ふたたび西に向かって湾曲していった――その地点で、大きな川がひとつ海にそそいでいた。最初、それは東の海に通じる海峡かも知れないという希望をいだかせ、ラックランドは、その大河の上流地帯をうつした写真をつぎ合わせだした。そして、たちまちのうちに、それが海峡だと思ったのは考え違いだったのを知った。四百キロほど上流にさかのぼると、あいついで何カ所もの急流があり、さらに東方へ進むと、その大きな川は急激に細くなり、無数の小さな川がそれにそそいでいた。明らかにその川は、この惑星の広大な地域の主要な排水の役をする大動脈だった。ラックランドは、その川が急速に細流となって分岐しているのに興味を持ち、東方に向かって地図の組み立てをつづけ、バーレナンもそれを興味をもって見守っていた。

本流は、見分けがつくかぎりではわずかばかり方角を変え、さらに南方の方角から流れ出ていた。その方角に写真の寄せ集めを進めていくと、かなりの大きさの山脈が見つかった。地球人はうらめしそうに頭を振り、バーレナンにもその身振りの意味が理解できた。

「まだあきらめないで」船長は忠告した。「ぼくの国はかなり狭い半島だが、その中央にも同じような山脈がある。せめてこの山の反対側では、川がどの方角に流れているかわかるまで、写真の組み立てをつづけてみることだね」

ラックランドはとくに当てにしてはいなかったが——自分の惑星の南アメリカ大陸を思い出してみただけでも、その地域が、メスクリン人の期待しているらしい、シンメトリックな地形をしているとは考えられなかったが——とにかく、原住民の助言に従うことにした。山脈はかなり狭くて、ほぼ東北東から西南西に向かって延びていた。そして、地球人にとってむしろ意外だったのは、山脈の反対側に無数の〈水路〉があり、それがきわめて急速に、ひとつの大きな川に合流する傾向を示していたことだった。その川は何キロも、ほぼ山脈と平行して流れ、下流に行くにつれて幅が広くなり、もう一度希望が湧きはじめた。川は八百キロほど下流でそのどんづまりに達し、大きな河口になって東の大洋の水と合体し、見分けがつかなくなっていた。熱にとりつかれたように働き、ほとんど食事もとらず、メスクリンの途方もない重力のもとではぜひとも必要な休息すらもろくにとらず、ラックランドは働きつづけた。やがて部屋の床は新しい地図で覆われてしまった――東西の線はおよそ三千キロ、南北はその半分に達する地域を包括する長方形ができあがっていた。大きいほうの湾と、ブリー号が接岸している小さな入江は、その長方形の地図の西の端にはっきりと見え、反対の端は大部分、何の特色もない東の海の海面で占められ、その中間に陸の垣が横たわっていた。

その陸の垣は狭く、赤道の北方およそ八百キロの個所がいちばん狭くなっていた。一方の海岸から片方の海岸までは、わずか千二百キロほどしかなかった。そしてその距離は、主要なふたつの川が利用できる、もっとも上流の地点ではかると相当に短縮された。ブリー号で行けるところまで行き、そこから地球人の努力の結晶が着陸している遠い目的地に達する、比較的に容易な道の起点までの距離はおそらく五百キロくらいで、その一部は、山脈を越えなければならなかったが、五百キロはメスクリンの距離からいえば、ほんのひと足だった。

だが不幸にして、それはメスクリンの船乗りにとっては、確かにひと足どころの騒ぎではなかった。ブリー号はまだ、間違った海にいた。ラックランドはまわりの寄せ集めの写真地図を長いあいだ黙って見詰めていたが、やがてそのことを小さな相棒に向かって率直に話した。返事は期待していなかった。返事をしてもせいぜい、がっかりしてラックランドの意見に同調するのが関の山だと予期していた。ラックランドがメスクリンの船乗りには手に負えないといったのは真実で、わかりきったことだった――ところが相手の原住民は、飛行士を小馬鹿にしたような返事をした。

「あなたとあの肉を積んで帰ってきたような金属板が、もっとたくさんあれば、やれないことはない」というのが、即座にバーレナンの口をついて出た返事だった。

6 そり

　また長いあいだ、ラックランドは、窓の外の船乗りの目を見つめていたが、そのうち、その小さな生き物のいった言葉の含みが心中に浸みわたってきた。そこで、重力が許すかぎり、きっぱりとした態度に近いようにからだをこわばらせた。

「きみはわたしを運んだようにして、ブリー号をそりに載せて引っぱって山越えをしようというのか」

「必ずしもそうではない。船はぼくらには重すぎて、前のときと同じに引っぱるのはいささか困難だ。ぼくが考えているのは、あなたに曳いてもらうことだ、別のタンクで」

「そうか――わかった。確かにやってやれないことはないだろう。タンクが通れないような地帯にぶつからないかぎり。だが、きみやきみの乗組員は、そんな旅をする意思があるかね。余計な苦労をして、きみの国からさらに遠くへ出かけて、わたしたちがきみにしてあげられるわずかばかりのことで、償《つぐな》いがつくだろうか」

　バーレナンは笑う代わりに、はさみを広げた。

「そうすれば、ぼくらが最初に計画したよりもずっとうまい話になるだろう。東の海の岸からはぼくらの国へいろいろな交易品が来ている。陸を横断して隊商が運んでくるんだ。でも、その商品がぼくらの海の港に着くころには、それこそ目が飛び出るほど高価な値がついていて、正直な商人にはたいした儲けにならない。いま話したようにして、直接手にはいるとすれば——そうとも、ぼくにとってはまったくやってみるだけの値打ちがあるというものだ。もちろん、ぼくらが帰ってきたとき、あなたは地峡を横断してぼくらを連れて帰ってくれると約束してくれないと困るがね」

「それはじつに公明正大ないいぶんだよ、バール。わたしの国の連中は、きっと喜んでそれを承知するだろう。だがきみは、陸の旅自体をどう考えているんだ。この土地については、きみがいったとおり、きみは何も知らない。乗組員たちは知らない土地を恐れるかも知れない。しかも、高い山がある。きみの国のほうでは見られないような大きな動物がいるかも知れない」

「ぼくらはこれまでも、いろいろと危ない目に会ってきた」とメスクリン人は答えた。「ぼくらは高い場所には慣れることができる——あなたのタンクのてっぺんにだって。動物のほうは、ブリー号には火器が備えてある。それに、陸を歩く動物には海のなかを泳いでいるやつのような大きいのは、いるはずがない」

「それはそうだね、バール。よくわかった。わたしもきみの勇気をくじくようなことはしないよ、もちろん。でも、こんな計画に乗り出す前に、きみは果たして問題をよく考えてみたかどうか確かめておきたい。中途で投げ出せるような仕事とはとうていいえないからね」

「それはよくわかっている。でも、あなたが心配する必要はないよ、チャールズ。ぼくはこれで船に帰らなければならない。雲足がまた早くなっている。ぼくは乗組員たちに、いまからしようとしていることを話すことにしよう。誰か恐怖心を起こす者がいるかも知れないから、そんなことのないように、この旅であげた利益は階級に従って分配すると、もう一度念を押しておこう。金儲けを前にして尻ごみするような乗組員はひとりもいない」

「それで、きみは？」ラックランドはくっくと笑いながら質問した。

「ああ、ぼくは怖がったりなんかしないよ」

メスクリン人はそういいながら、夜の闇のなかに姿を消した。ラックランドには、その言葉が果たしてどの程度真実なのか確信が持てなかった。

ロステンは新しい計画の報告を受けると、ラックランドがタンクを使えるようにしようというので、いろんな思いつきをする点で、確かに頭がいいという意味の皮肉な批評をくどくどと述べ立てた。

「だが、それにしても、ものになるように思える」ロステンはしぶしぶながら認めた。「いったいきみの友人の遠洋航海船のために、どんなそりをつくったらいいんだね」

「ブリー号は長さほぼ十二メートル、幅が五メートルほどです。吃水《きっすい》は十二センチから十五センチだと思います。長さ一メートル、幅十五センチほどのいかだをたくさんロープでつなぎ合わせて、それがかなり自由に動かせるようになっています――理由はわかるような気がします、なにしろここの世界のことですから」

「うむ。ぼくにもわかる。船にそれだけの長さがあって、極地の近くで両端が波に持ちあげられ、まんなかが宙にぶらさがると、そうなるかならないかのうちに船は木《こ》っ端《ぱ》微塵《みじん》になるだろう。で、船の推進力は何だね」

「帆です。二十か三十のいかだに、マストがあります。また、いかだのうちのあるものには、センターボード（垂下竜骨）があるんじゃないかと思います。うまく陸に引きあげられるんですから。もっとも、一度もバーレナンに訊いてみたことはありません。実際わたしは、ここの世界で帆走技術がどれくらい進歩しているか知らないんです。しかし、バーレナンがばかでかい海を遠くまで航海することを無造作に話しているようすからして、風を乗り切るすべを充分心得ていると推定します」

「そうらしい。よかった。では、ここの月で、何か軽い金属で注文のものをつくって、できあがったら、きみのところへ届けるとしよう」

「冬が終わるまで、持ってこないほうがいいでしょう。内陸に放っておくと、雪に埋もれてしまうでしょうし、海岸におろせば、バーレナンが予期しているように水位があがると、誰かが水に潜って拾いあげないとならなくなるかも知れない」

「水位があがるとすれば、なぜそんなに手間どってるんだ。冬はもう半分以上過ぎて、南半球の諸地方では途方もない降雨量があったのを、われわれは知っている」

「そんなことをわたしに尋ねたって、はじまりませんよ。隊員のなかには気象学者がいるんでしょう。その連中がこの惑星の研究でみんな気が違ったなら話は別ですが。ぼくにはこれでぼく自身の気苦労があるんです。で、新しいタンクはいつもらえますか」

「きみが使えるようになったらだ。前にもいったように、冬が過ぎてからだよ。そして、きみがそいつもまた爆発させたら、さらに別のタンクをくれと泣きついてきてもだめだよ。地球まで行かないと代わりはないんだから」

バーレナンは百日ほどたって次に訪ねてきたとき、このやりとりのあらましを聞き、たいへん満足した。乗組員たちは、提議された旅行に大乗り気だった。船長がほのめかした大儲けの期待に釣られたせいもあったろうが、なにしろこの連中は、ひとり残らずしんからの冒険好きで、そのためにバーレナンはこんなに遠い未知の地域まで乗りこんできたのだった。

「嵐が静まり次第、出発するとしよう」バーレナンはラックランドにいった。「地面にはまだ雪が相当にあるだろう。だとすれば、海岸のしまりのない砂地と違った地帯を行くとき、大いに助かる」

「そいつはタンクにとってはたいした違いはないと思うよ」とラックランドは答えた。

「ぼくらには大違いなんだ」とバーレナンは指摘した。「デッキからふるい落とされる危険のないことは認めるが、食事の最中だと、がたぴし揺さぶられるのは迷惑だからね。ところで、陸を横断するにはどのコースがいちばんいいか、見極めがついたかね」

「それをいままで研究していたんだ」ラックランドは、その努力の結果である地図を持ち出した。「わたしたちふたりで見つけた最短距離は、きみたちを引っぱって山越えをしなくてはならないという不便がある。やってできないことはないだろうが、乗組員たちに与える影響を思うと、わたしは気が進まない。その山がどれくらい高いか知らないが、ここの世界ではどんな高さでも、高いということ自体が困りものだからね。

だから、ここに赤線で示しておいた、この道を考えた。つまり、岬のこちら側で大きいほうの湾にそそいでいる川沿いを二千キロほど遡《さかのぼ》っていくんだ——川の小さな屈折は勘定に入れていない。たぶん、いちいちそれに従わなくても行けるだろう。それから陸をまっすぐ横断して、さらに六百キロほど行き、もうひとつの川の上流に達する。たぶんきみたちは、そうしたいならその川を帆でくだれるだろうが、ぼくが引きつづき曳いていってもいい——早いか、または、きみたちにとって楽なほうにすればいい。この道の欠点は、大部分が赤道の五、六百キロ南を走っていることだ——つまり、わたしにとっては、さらに半分くらい大きな重力を受けなくてはならないことになる。でも、それはなんとかなるだろう」

「その道についてあなたに確信があるなら、じつにいい方法だと思うよ」バーレナンは地図を丹念に調べたあと、その意見を述べた。「帆走するより、あなたに曳いてもらったほうが、たぶんもっと早いだろう。少なくともうわてまわしをするだけの余裕が、おそらくはないかも知れない川では」

バーレナンは〈うわてまわし〉というのに、英語ではなく当人たちの言葉を使わなければならなかった。ラックランドはその意味の説明を聞いて満足した。バーレナンの同族が、航海術において、どの程度の進歩をとげているかという点についてのラックランドの推測は、どうやら当たっていたようだった。

とるべきコースについて意見が一致すると、ラックランドがすることはほとんど残っていなかった。そのうち惑星メスクリンは、次の分点に向かって、その軌道をゆるやかに移動して行った。もちろんたいして長くかかるわけはなかった。南半球の真冬はほぼ正確に、その巨大な世界が太陽にもっとも近いときにはじまり、秋と冬のあいだの軌道運動は極端に迅速だった。秋と冬の季節は双方とも、地球の月で二カ月と少しくらい、陽の光が薄れていた——これに反して春と夏は、それぞれ地球の日で八百三十日ほどを占め、ほぼ二十六カ月に及んでいた。問題の旅行をするには、たっぷり時間があるはずだった。

ラックランドの強制された怠惰な生活とはうって変わって、ブリー号の船上は多忙をきわめていた。陸路の旅の準備は、乗組員たちの誰ひとりとして、船が当面しなくてはならない事態について、正確なことは何も知っていなかったために、複雑多岐をきわめた。全旅程を貯蔵食糧でしのがなければならないかも知れない。途中、乗組員を養ってくれるに充分なだけでなく、皮や骨が適当なものだったら交易品になるだけの動物が住んでいるかも知れない。

今度の旅は、船乗りたちが陸路の旅はみなそうしたものだと心から信じているように安全かも知れない。それとも地勢とその土地に住んでいる生物の双方からの危険に直面しなくてはならないかも知れない。第一の貯蔵食糧の問題については、彼らにはどうすることもできなかった。それは飛行士の受け持ちだった。第二の問題については、武器を最大限度まで用意した。ハースやターブラネンのような強力者《ごうりき》でさえ高く振りあげられないような、大きな棍《こん》棒《ぼう》がつくられた。茎《くき》のなかに塩素の結晶を貯えている植物がいくつか見つかり、その塩素で火炎タンクを満たした。もちろん、弾丸を発射する武器はなかった。固くて支えのない物体は、目にもとまらぬ速さで落下するので、住民がそんなものを見たこともない世界では、ものを発射するという考え自体が発達するはずがなかった。メスクリンの極地で五〇口径の弾丸を水平に発射すれば、最初の百メートルで三十メートル以上も落下してしまう。バーレナンはラックランドに会ってから、ものを〈投げる〉という概念についていくらか知識を持つようになり、その原理に基づく武器製造の可能性について、飛行士に訊いてみようと思ったこともあったが、結局、手慣れた武器をそのまま守りとおすことにした。ラックランドはラックランドで、地峡を横断する旅の途中、弓矢を開発している民族に会うかも知れない可能性について少しばかり考えたことがあった。そしてバーレナンよりは少し余計に、その問題について考慮をめぐらした。ロステンに事情を説明して、牽引用タンクにテルミット弾と炸裂弾を発射できる四〇ミリ砲を備えつけてくれるように頼んだ。ロステンは例によってぶつぶついったが、それを承知した。

そりは容易に、迅速にできあがった。多量の金属板が手もとにあったし、構造はむろん複雑ではなかった。ラックランドの助言に従って、すぐにはメスクリンの表面に持ってこられなかった。暴風がいまだにアンモニアを含んだメタン雪を大量に運んできていたからだ。海の水位は、赤道付近ではまだ目に見えるほどはあがっていなかった。気象学者たちは最初、バーレナンの信頼度とその語学能力について不親切な批評をくだしていたが、春が近づいて、太陽光線がますます遠くまで南半球に届くようになって、新しい写真をうつし、前の秋の写真と較べてみると、気象学者たちも黙りこんでしまい、基地のまわりを上の空で何か独り言をつぶやきながら歩きまわる姿が見られた。高緯度では海の水位は、原住民が予言したようにすでに数百メートルも高くなり、日がたつにつれ、さらに目に見えて上昇をつづけていた。同じ惑星で同じときに海の水位に大幅な差異がある現象は、地球で訓練された気象学者たちにとっては、いささか経験外のことで、遠征に同行した非人類科学者もまた、誰ひとりとしてその問題に光明を投じられなかった。気象学者たちが、まだその脳味噌をしぼっているあいだに、太陽の毎日の弧は赤道を越えて、ゆっくりと南方に移り、メスクリンの南半球では正式に春がはじまった。

暴風は、それよりずっと前に、頻度も烈度もいちじるしく減退していた。それは一部はこの惑星の極端なひらたさが、真冬が過ぎるときわめて急速に北極の頂点の輻射を削減するためと、一部はメスクリンの太陽からの距離が、同じ期間に五十パーセント以上増大するためだった。バーレナンは天文学的に春が到来すると同時に、旅路につく問題について相談を受けると喜んで、一も二もなく同意を示し、台嵐については何ら表に出しての不安を見せなかった。

ラックランドは内側の月の基地に原住民たちの準備が完了したことを報告し、タンクとそりをメスクリンの表面に輸送する作業が即時開始され、数週間も前から用意万端整っていた。そりは軽くて、水素鉄の小塊を使った推進力は想像を絶するほど強力だったが、輸送ロケットは二往復しなくてはならなかった。まず最初にそりが持ってこられたが、ロケットがタンクをとりに戻っているあいだに、ブリー号の乗組員たちにそれを船にとりつけさせようという考えからだった。しかし、ラックランドがロケットに、船の近くに着陸しないよう警告したため、その不恰好な乗り物は、タンクが着いて海岸に曳いていくまでドームのそばにとめおかれた。タンクはラックランドが自ら運転し、ロケットの乗員たちはそれを立って見物しながら好奇心を満足させ、必要な場合は積みおろしの手伝いをするつもりでいた。

だが、人間の援助は必要なかった。地球の重力のわずか三倍しかないこの土地のことなので、メスクリン人たちは自分たちの船を持ちあげて、それを運んでいくのに充分な肉体的能力を持っていた。そんな大きなものの下に、からだの一部でも置くことを妨げる、打ち勝ちがたい精神的条件反射は持っていたが、船にロープをつけて海岸を引きずっていくぶんには差し支えはなく、彼らはそれをやすやすとやってのけた——乗組員ひとりひとりは、むろんそれぞれ一本の木に、後ろのはさみの一対《つい》ないし二対でしっかりとしがみついてロープを引っぱっていた。ブリー号は帆をたたんで、センターボードをひっこめ、砂の上を楽々と滑って、ぴかぴか光る金属の台の上に乗った。バーレナンが長い冬のあいだ警戒を重ねて、船が浜辺に凍りつかないようにしておいた効果は覿面《てきめん》だった。それにまた、二週間ほど前から水位は、さらに南方ではすでに上昇していたように、この地方でもあがりはじめていた。押し寄せてくる液体のために、いまでは船をさらに二百メートルほど内陸に動かす必要ができていた。そういうわけで、たとえ凍結していたとしても、必要な場合は、もちろん海水がそれを溶かしてくれただろう。

遠いツーレイにいるそりの製造者たちは、ブリー号を、乗組員たちがしっかりとそれに固定できるよう、充分な数の穴や索栓《さくせん》をとりつけていた。使用されている綱は、ラックランドには驚くほど細く思われたが、原住民たちはそれに全面的な信頼を示していた。それにはある程度の根拠があると、地球人は反省した。ラックランド自身、安全装甲でなくては外を出歩く気になれなかった暴風の期間、その綱は完全に船を海岸につなぎとめていたからだ。メスクリン人が使っている綱やその材料が、果たして地球の温度に耐え得るのかどうか調べてみるだけの値打ちがあると、ラックランドは考えた。

思考の流れは、バーレナンが近づいてきて、船とそりの準備はすっかり終わったと報告したことで中断された。そりはすでに、曳き綱でタンクに結びつけられていた。タンク自体には、ひとりの乗員が数日間食っていくのに充分な食糧が積みこまれていた。必要が生じれば、いつでもロケットで補給する計画で、飛ぶロケットは、船にいる原住民をあまり混乱に陥れないよう、充分離れて前方に着陸する手筈になっていた。そして、補給は、厳密に必要な度数以上にはしないことになっていた。最初の事故に懲《こ》りたラックランドは、タンクのドアをひらいて外気を入れることをできるだけ避けたかった。

「すると、すぐ出発できるわけだね、バール」ラックランドはバーレナンの報告に答えた。

「わたしはまだ、あと何時間も睡眠を必要としない。そのあいだに、かなり上流まで行ける。きみたちの一日がまっとうな長さだといいんだがね。わたしは暗闇のなか雪の野原を運転するのは、あまりぞっとしない。きみの乗組員たちには、たとえ牽引力があっても、穴に落ちこんだタンクは引き出せないと思う」

「それはぼくも怪しいと思う。この外輪では、ぼくのものの重さの判断能力はきわめて不確かだけれど」船長は答えた。「でも、そんな危険がたいしてあるとは思わないね。雪は、あまりねばっこくないので、大きな穴を完全に塞ぐようなことはできないはずだ」

「吹きだまりになって、すっかり穴をいっぱいにしないかぎりね。わかった、その心配は、そんなことがもし起これば、起こったときにすることにしよう。みんな乗ってくれ」

ラックランドはタンクのなかにはいり、ドアをシールしてメスクリンの大気を追い出し、さっきドアを開ける前にタンクのなかに圧搾《あっさく》してあった地球の空気を解放した。空気を新鮮に保つ役目を持った藻を入れた、小さなタンクが、なかでサーキュレーターが泡を立てはじめると、きらきら輝いた。小さな分光測定〈嗅ぎ分け器〉が、大気の水素含有量はきわめて微量だと告げ、ラックランドはそれを確認すると、それ以上ためらうことなく主モーターを始動させ、タンクとその不様《ぶざま》なトレーラーを東に向けて出発させた。

入江付近のほとんど平らだった地形は、次第に変わっていった。四十日ばかりたって、ラックランドが睡眠をとろうとして停車したときは、およそ八十キロくらい進み、百メートルほどの高さの丘が起伏する地帯に出ていた。そりを曳くほうにも、そりに乗っているほうにも、厄介事は何ひとつ起こらなかった。バーレナンはラジオで、乗組員たちがその経験を楽しんでいることと、いままでと打って変わった安逸無為の生活に、へこたれた者はまだ誰もいないと報告してきた。タンクと曳かれている船は時速八キロで、普通のメスクリン人が這うよりも、かなり快速だった。しかしほとんど無視していい――彼らにとっては――重力しかないので、乗組員のある者は船外に出て新しい旅行方法の実験をしていた。まだ誰も、現実にジャンプしてはいなかったが、バーレナンが新しく覚えた、落ちることに平気な能力を等しく備えたチャンピオンが、まもなく輩出しそうだった。

それまでは、どんな動物も見かけなかったが、ときどき雪の上に小さな足跡があり、明らかにブリー号の乗組員が冬のあいだ食糧として狩り立てていたのと同じ生物がつけたものだった。植物ははっきりと違っていた。ある場所では、下の雪が隠れてしまうほど密生した、雑草のようなものが生えていた。一度などラックランドには、むしろずんぐりした背の低い木に思えた植物に出会って、乗組員たちはすっかりたまげてしまった。メスクリン人たちは、いままで地面からそこまで高く伸びた植物を見たことがなかったのだ。

ラックランドが窮屈なタンクのなかで、できるだけからだを楽にして眠っているあいだに、乗組員たちは周囲の土地へ思い思いに出かけていった。少なくとも一部の動機は、新鮮な食べものが欲しかったからだったが、彼らを駆り立てた真の目的物は、市場性のある商品だった。乗組員たちはすべて、ラックランドが調味料と呼んだものを産出する、非常にたくさんの種類の植物によく通じていたが、そうした植物はその近辺には、どこにも生えていなかった。種子をつけた植物は無数にあり、そのほすべてがさまざまな形の葉のようなものをつけ、根があった。しかし困ったことに、口に入れて安全かどうかを知る方法がなく、ましてやうまいかどうかについては知るよしもなかった。バーレナンの船員たちは誰も、見たこともない植物の味だけでも試してみようとするほど無分別でも、あるいは無邪気でもなかった。あまりにも多くのメスクリンの植物は、恐るべき効きめを持つ毒で身を守っていた。そうした場合の普通の実験方法は、メスクリン人が愛玩物として飼っている、数種の小動物の感覚を信用することだった。パルスクやテルネーが食うものは安全だった。不幸にして、ブリー号にいたたった一匹のそういった動物は、冬を――いや、むしろ赤道を、生き延びることができなかった。持ち主が、うまく間に合うように縛りつけておくのを怠ったので、冬の嵐の先触れのひと吹きで吹き飛ばされてしまった。

船員たちは、実際、いかにも見込みのありそうな無数の種類の植物を船に持ち帰った。だが誰ひとりとして、当人が見つけてきたものをどうするか、実際的な提言ができなかった。ドンドラグマーだけが、その旅を成功だったと呼べるかも知れない収穫をあげてきた。仲間のものよりも想像力に富んでいたドンドラグマーは、ものの下を覗いてみようと思いつき、じつにたくさんの石をひっくり返してみた。最初こそ。いささか不安だったが、その神経質ないらいらは、やがて消滅してしまった。航海長は、この新しいスポーツに対する心からの熱狂の虜《とりこ》になっていた。かなり重い石の下からも、多くのものが発見された。そして、すべてが卵に違いないと見解の一致した代物をいっぱいに抱えて船に戻った。コックのカロンドラシーが、それを引きとった——動物食であれば、どんなものでも誰も恐れなかった——そして結局、一同の見解は確認された。それはまさに卵だった——しかも、たいへんうまかった。そして、すっかり食い尽くしてしまうまで、誰ひとり、それをいくつか孵《かえ》して、どんな動物の卵か見てみようと思いつかなかった。その考えが持ち出されると、ドンドラグマーはさらに一歩進めて、孵ってくる動物はいなくなった〈テルネー〉の代わりの役をするかも知れないと、意見を述べた。その考えは感激をもって迎えられ、いくつもの隊が、ふたたび勇躍して卵探しに出かけていった。ラックランドが目を覚ましたときには、ブリー号は事実上孵化《ふか》器となっていた。

乗組員が全部船に帰ったのを確かめ、ラックランドはタンクをまた出発させ、東方への旅をつづけた。次の数日間、丘は次第に高くなり、二度メタンの川を渡った。幸い川幅が狭かったので、そりを現実に橋にすることができた。丘がゆるやかに高くなっていたのも好都合だった。乗組員たちは少しでも遠くを見下ろすと少し不安を感じたからだ。しかしバーレナンの報告では、それもだんだん慣れっこになっているとのことだった。

そして、旅路の第二のラップにかかってから二十日ばかりして、彼らの精神は高さに対する恐怖を完全に忘れてしまうような経験をした。双方の乗り物にいたすべての者の注意力を奪い、釘づけにしてしまうものを目にしたのだ。

7　石の防塞

　そのころまでに、大部分の丘はゆるい滑らかな斜面になっていた。凹凸《おうとつ》はとうの昔に風雨で削りとられていたのだ。出発前にラックランドが幾分心配していた穴や割れめは、その気配もなかった。丘の頂はどれも滑らかに丸くなっていて、それを越えるのに、さらに速度を出しても気づかないほどだった。ところがいま、そういったのぼり坂をまたひとつ越え、同じような景色を眺めながら、ある丘のてっぺんに達したとき、前方に現われた次の丘の姿はまったく違っているのが、一同の目を捉えた。

　行く手に横たわっているのは、それまで越えてきた大部分の丘よりも峰が長く、丸い丘というよりも尾根に近かった。だが、もっとも大きな違いはその頂《いただき》で、仲間の丘のように風雨に削られた滑らかな曲線を描いておらず、ひと目見ただけで、明らかにぎざぎざになっているようだった。さらに近づいてよく見ると、てっぺんに、知恵を働かせてそうしたとしか考えられない、規則正しい間隔をおいて一列に丸石が並べてあるのがわかった。その並べられた岩は、ラックランドのタンクに負けないくらいに巨大なものから、バスケットボールの大きさほどのものまで、いろいろあった。どの石も、細部はでこぼこだったが、だいたいにおいて球形をしていた。ラックランドはタンクを少し停めて、望遠鏡を取り出した――一応、装甲は着ていたが、ヘルメットはかぶっていなかった。バーレナンは、そばに部下がいることも忘れて、ブリー号とタンクを隔てている二十メートルの距離を、ひと飛びにやってきて、タンクの屋根にしっかりと腰を据えた。そこにはずっと前から、彼の便宜《べんぎ》のためにラジオをとりつけてあった。そしてバーレナンは、屋根に足がつくかつかないかのうちに、すでに話しかけていた。

「チャールズ、あれは何だ。あなたが自分の国のことを話してくれたときにいっていたような町だろうか。あなたが見せてくれた写真とは、だいぶ違うようだが」

「こっちが教えてほしいと思っていた」というのが返事だった。「町ではないことは確かだ。石は大部分の個所であいだがあきすぎていて、壁とか砦《とりで》とは思えない。きみには、あの石のまわりに何か動いているものが見えないか。この望遠鏡では何も見えないが、きみの目がどれくらいよく見えるか、わたしは知らないのでね」

「ぼくには、丘のてっぺんがでこぼこしているのがわかるだけだ。あの頂にあるのが、ばらばらにまかれた石だとしても、もっと近づいてみないことには、ぼくには、あなたの言葉を、そのまま受けとっておくしかない。確かにぼくには、動いているものは何も見えない。だが、何といっても、あの距離ではぼくくらいの大きさのものだったら、見えるはずはないと思うよ」

「あれぐらいの距離なら、わたしは望遠鏡を使わなくてもきみが見えるだろうが、きみの目や手肢の数は数えられない。望遠鏡で見たところでは、あの丘の頂には何もいないのは、かなり確かだ。それにしても、あの石は偶然あそこにあるんじゃない。それは保証してもいい。何者があれをあそこに置いたにせよ、用心するに越したことはない。きみの乗組員にも注意しておいたほうがいい」

ラックランドはバーレナンの視力が弱いことを記憶にとどめた。彼は原住民の目の大きさから視力の判断をつけられるような生物学者ではなかった。

ふたりは、太陽が移動して、前は影になっていた地区の大部分が見えるようになるまで、二、三分、見守りながら待っていた。しかし、影が移動しただけで、ほかには何事もなく、やがてラックランドはタンクを発進させた。斜面をくだるうちに、太陽は沈んでしまった。タンクには探照灯がひとつついているだけで、ラックランドは、それでずっと、行く手の地面を照らすようにしたので、上方の岩のあいだで何かあったとしても見ることができなかった。太陽がまた昇ったときには、ちょうど、さらに別の細流を渡っていたところで、ふたたび上り坂になるとともに、一同の緊張も高まった。太陽が旅行者たちの真正面にあったので、一、二分間は何も見えなかったが、やがて太陽はかなり高くのぼり、前方の景色がはっきりしてきた。丘の頂に釘づけになった目のどれにも、前日のようすと変わったものは見当たらなかった。ただラックランドは、石の数が前日より増えたような、ぼんやりした印象を受け、それはメスクリン人たちも同様だった。しかし、前に数えてみた者はいなかったので、確かなことはいえなかった。そしていまだに、目に見える動きは何もなかった。

その丘をのぼりきるには、タンクの八キロの時速で五、六分かかり、頂上に着いたときには、太陽はすっかり一行の後方になっていた。ラックランドは、大きい石の間隔が数カ所でタンクとそりが通り抜けられるほど広くなっているのを発見した。それで、尾根のてっぺんに近づいたとき、その隙間のひとつに向かってタンクを進めた。そのとき、小さな丸石をいくつか轢《ひ》き砕き、タンクが急停車した。後方の船にいたドンドラグマーは一瞬、その丸石でタンクが故障したに違いないと思った。しかしバーレナンがまだ車の屋根に乗ったままでいるのが見え、彼のすべての目は真下の光景にそそがれていた。車内の飛行士の姿は、むろん見えなかったが、ブリー号の航海長はすぐに、飛行士もまた前方の谷間にすっかり気をとられて車の運転を忘れたのに違いないと悟った。

「船長。どうしたんですか」

ドンドラグマーが大声で尋ねると同時に、身振りで武器係の船員たちに合図し、火炎タンクのほうを指さした。船員たちは命令も待たず、手に手に棍棒《こんぼう》、ナイフ、槍《やり》をひっさげて、外側のいかだに沿って展開した。長い時間、バーレナンは返事をしなかった。航海長はもう少しで、乗組員の一隊に、船を出てタンクを防衛するように命令するところだった——ドンドラグマーは、ラックランドが手もとに置いていた応急速射砲の性能については何も知らなかったのだ――そのとき船長が振り返って、何が起こっているか見てとり、落ち着けという身振りをした。

「大丈夫だと思う」と船長はいった。「動くものは何も見えないが、どうやら町のようだ。ちょっと待て。飛行士にいって、きみたちをもう少し前に引き出してもらい、船から出なくても見えるようにしてやる」

そして英語に切り換え、ラックランドにその注文を伝え、ラックランドはさっそく対応してくれた。その行動で事態はたちまち一変した。

ラックランドが最初に見たのは――バーレナンには、それほどはっきりとは見えなかったが――彼らがいままでに通ってきた数多《あまた》の丘と同じ型の丘に、すっかりとり囲まれた、広々として浅い、ボウル形をした渓谷《けいこく》だった。その底には、かつて湖水があったに違いないと、ラックランドは思った。しかし、雨や解《と》けた雪のはけ口らしいものは、どこにも見えなかった。そのうちにラックランドは、丘の内側の斜面に雪がないことに気づいた。地形はまるはだかだった。じつに奇妙な地形だった。

自然のものとはとても思えなかった。尾根から少し下にさがった個所から、広い浅い通路が、いくつもはじまっていた。その配置は驚くほど整然としていた。道路がはじまっているすぐ下あたりの丘の横断面は、大洋の波のうねりを思わせた。通路は谷間の中央に向かって、丘をくだっていくにつれて狭く深くなっており、雨水を中央の貯水池に導くために設計されたかのようだった。この仮説にとって不運だったのは、全部の通路が中央で合体していないことだった——すべて谷間の比較的平らな小さな底には達していたが、全部が全部は中央まで届いてはいなかった。通路自体よりも興味を引いたのは、それぞれの通路のあいだにはさまって高くなっている土地の形だった。それはもちろん、通路が深くなるにつれて、いっそう壁が高くなっていたが、斜面の上半部では、なだらかな、丸味を帯びた背になっていて、目がそれを追ってさがるにつれて、その側面は険しくなり、最後の部分では通路の床と、直角に交わっていた。そうした小さな壁のうち二つ三つは、ほぼ谷の中央まで達していたが、全部が同じ地点に向かっているのではなく、進路がゆるやかに湾曲していて、車輪の輻というよりも、遠心ポンプのフランジに似ていた。そしてそのてっぺんは狭すぎて、人間には歩けそうになかった。

ラックランドは通路も、そのあいだの壁も、はじまる個所での幅は五メートルほどだと判断した。従って、壁自体はかなり厚いので、なかで生き物が充分住むことができた。とくにメスクリン人のように小さいものには、それだけの厚さがあれば充分だった。壁の下部には無数の口があいていて、実際にそこに住んでいる者がいるという考えを強めた。望遠鏡で見ると、それらの口は、通路の床に直接接しているのではなく、傾斜路をのぼって壁の穴に達していた。ラックランドは生き物を見つける前、すでに、自分が眺めているのは町だと確信していた。明らかに住民は、別々の壁仕切りのなかに住んでいて、すべての住居の構造は雨を避けるように工夫されていた。水を避けたいなら、なぜ外の丘の斜面で暮らさないのかという疑問は、ラックランドには思い至らなかった。

　ラックランドがそこまで考えたとき、バーレナンが、太陽が傾いてものがよく見えないようになる前にブリー号を丘の出っぱりまで引き出してくれと求めてきた。タンクがちょうど動きだしたとき、二十あまりの黒い姿が、ラックランドが出入口だろうと見当をつけていた穴の口に現われた。その距離ではこまかい点は見分けられなかったが、それは、何者だとしても、生き物に違いなかった。ラックランドは、タンクを停めてもう一度大急ぎで望遠鏡をとりあげたい欲求を雄々しくも抑えて、見晴らしのよく利く場所までブリー号を引っぱっていった。

　しかし結局は、急ぐ必要はなかったことがわかった。それはじっと身動きもせず、明らかに新参者を見守っていて、そのうちに曳き船作業は終わった。ラックランドは、日没までの数分を、それの検討にたっぷり費やすことができた。望遠鏡をもってしても、細部のあるものは見分けがつかなかった――ひとつの理由は、相手が住居から完全には出ていなかったからだ。だが、見えたかぎりでは、彼らはバーレナンの一族と同じ種族に属していることを強く示していた。からだが長くて芋虫に似ており、複数の目が――その距離では数えるのは困難だった――からだの先端についていて、手肢がバーレナンのはさみのついた手と同じではないにしても、きわめてよく似ていることが、その証拠だった。色は赤と黒のまだらで、ブリー号の乗組員と同じく黒のほうが勝《まさ》っていた。

バーレナンには、そのすべては見えなかったが、ラックランドは下の町が夕闇のなかに消えて見えなくなるまで、熱心に説明してやった。ラックランドが話をやめると、船長はそれを煎《せん》じつめた要領を当人たちの言葉で、熱心に待っていた乗組員たちに伝えた。それが終わると、ラックランドは尋ねた。

「バール、きみは、こんな外輪近くに何者かが住んでいるという話を聞いたことがあるか。あの連中は、きみたちとどうやらお近づきになれそうじゃないか、それに同じ言葉を話すのかも知れない」

「ぼくは、それは大いに疑問だ。ぼくらの種族は、あなたも知っているように、あなたがいつかいった〈百Gの線〉の北に行くと、ひどく気分が悪くなる。ぼくはよその言葉をいくつか知ってるが、そのなかに、ここで話されている言葉があるとは、とても考えられない」

「では、どうすればいいだろう。この町を避けて通っていくか、それとも連中に敵意がないことを当てにして、町を突っ切るか、どっちにしたものだろうね。わたしとしては、白状すると、もっと近くに行って見てみたい。とはいえ、わたしたちには、しなくてはならない重要な仕事がある。それが成功するチャンスを駄目にしたくない。きみに少なくとも、わたしには及びもつかないくらい、きみたちの種族のことをよく知っているが、あの連中は、われわれにどんな反応を示すと思う？」

「そういった問題については、決まった規則というものはないんだ。連中は、あなたのタンクや、ぼくがそれに乗っているのを見て、驚いて気がふれたようになるかも知れない――もっとも、外輪のこのあたりでは、高さについて普通の感覚を持っていないかも知れないけれど。ぼくらはいままで、旅先で奇妙な連中にたくさん会ってきた。簡単に交易できたこともあるし、戦わなければならなかったこともある。でも、だいたいは、武器を見えないように隠しておいて、交易の商品を持ち出して目立つようにすれば、連中は乱暴する前に、少なくとも一応は検分するのが普通だ。ぼくは下までおりていってみたい。そりは、この通路を下まで通り抜けられると思うかね」

ラックランドは口をきかずに考えこんでいた。

「わたしは、それは考えつかなかった」しばらくして、そう認めた。「わたしはその前に、もっと慎重に連中のことを見極めたい。それから、まずタンクだけがおりていくのがいいだろう。きみと、それから、屋根に乗っていく気ならほかの誰でもついてきていい。そのほうが、より友好的に見えるだろう――連中は、きみの部下が持っていた武器を見たに違いないし、それをあとに残しておけば――」

「ぼくらよりも、はるかにいい目を持っていないかぎり、連中には武器は見えなかっただろう」バーレナンは指摘した。「でも、ぼくらがまず先におりていって、一応見極めをつけるのはいいことだ、賛成するよ――それとも、最初に船を曳いて谷をまわって、向こう側に持っていっておいて、寄り道しておりていくのが、もっといいかも知れない。こんな狭い通路で船を危険にさらす必要はないからね」

「それも一案だ。そうだ、それが、いちばんいい考えだと思う。わたしたちで定めたことを乗組員に伝えて、あとで一緒におりていきたい者がいるかどうか訊いてくれ」

バーレナンは同意し、仲間に話しにブリー号へ戻った――そして、漏れ聞かれて相手に内容がわかってしまうような危険が実際にあるとは感じていなかったが、声をおとして話をした。

乗組員たちはだいたいにおいて、船は町なかを通らせないで、丘をまわったほうが得策だということは認めたが、そのあとの点については少しばかり難色を示した。彼らはひとり残らず町を見たいと望んでいたが、船長がタンクの屋根に乗っても何の怪我もしなかったのをあれほどたびたび見ていながら、誰ひとりとしてタンクに乗ろうという者はいなかった。ドンドラグマーが、それなら船員たちは、ブリー号の見張りに残る者は別として、ほかの者はタンクのあとについて町へ行けばいいという案を持ち出し、行き詰まりを打開した。なにもタンクに乗っていく必要はない。タンクが、そのころ出していた速度であれば、誰でも遅れずについていけたからだ。

その議論に数分を費やしているうちに、太陽がまた地平線に昇った。そしてバーレナンの合図で、地球人はタンクを九十度方向転換させ、丸石の冠のすぐ下の個所を通って丘の縁をまわりはじめた。出発前に町を一応眺めてみたが、生命の徴候はどこにも見えなかった。しかし、タンクと船とが運動を開始した途端に、またいくつもの頭が小さな出入口から現われた——今度は、さらに数が多かった。ラックランドは、からだが自由になってもっと綿密に調べられるようになったときも、その頭の持ち主たちはまだそこにいるだろうと、いまでは確信し、運転に注意力を集中できた。そりを谷の向かい側にまわすのに数日を要し、ラックランドはその間、その仕事に専念した。それから曳き綱を解き、タンクの鼻先を丘の下に向けた。

舵をとる必要はほとんどなかった。車は、最初に乗り入れた通路をひとりでに滑って、ラックランドが——かくべつにこれといった根拠もなく——町の市場だとひとり決めした広場に向かっておりていった。ブリー号の半分の乗組員がその後につづいた。残りの者は二等航海士が指揮して、見張りのために船にとどまった。バーレナンはいつもどおりタンクの屋根に乗り、わずかばかりあった交易商品のほとんど全部を、その後ろに積みあげていた。

丘のそのほうの側から町におりていくと、朝日を後ろから受けることになり、展望がよくきいた。見るものがたくさんあった。見慣れないものが近づいてくるのを目にして、町の住民のある者は、住居から完全に外に出てきた。そうして出てきた連中は、すべて広場のずっと向こうにいて、近づいていく旅行者に近い側の者は、すっかり住居のなかにひっこんで隠れていたことに、ラックランドもバーレナンも、何か意味があるとは考えなかった。

距離がせばまると、ひとつのことが明らかになった。そこの連中は最初の見かけと違って、バーレナンと同じ種族ではなかった。実際、よく似ていることは似ていた。からだ、形、釣り合い、目や手肢の数――すべてが好一対をなしていたが、町の住民のほうははるか南方からやってきた旅行者の三倍もの体長があった。通路の石の床にからだを伸ばすと、一メートル半もの長さがあり、からだの幅も厚みもそれに釣り合っていた。連中のある者は近づいてくるタンクをもっとよく見ようとして、長いからだの前部三分の一ほどを、後ろに高く持ちあげていた――その仕草は、大きさとともに、彼らをバーレナンの同族からはっきり区別するものだった。そして、タンクを見守りながら頭を軽く左右に振っているところは、ラックランドが地球の動物園で見たことのある蛇にどこかしら似ていた。この、目にとまるかとまらないほどのかすかな動きのほかは、彼らは身動きもしなかった。そのあいだに異様な金属の怪物は、選んだ通路をじりじりと次第に這いおりてきて、町の住民の住居になっている両側の壁がだんだん高くなると、その陰にほとんど姿を消し、やがてその巨体がかろうじて通れるくらいの幅の路地を抜けて、町の中央の広場に鼻先を突き出した。彼らが話し合っていたとしても、その声はあまりにも静かで、ラックランドにもバーレナンにも聞こえなかった。ラックランドが知っているメスクリン人の会話の場合、あれほど盛んに出てくる、はさみのついた手による身振りさえも彼らには見られなかった。連中はただ黙りこんで見守っていた。船員たちはわずかばかりの隙間を残して、タンクをとりまいて垣をつくり――ラックランドはやっと路地から出終わったばかりだった——土地の連中とほとんど同じくらいに黙りこんで相手を見つめていた。バーレナンの同族の住居は天候に備えて、布切れの屋根をかぶせた十センチたらずの高さの壁で囲まれていた。まわりがしっかりした材料でできているのに、その上に壁や屋根をつくって身を守るというのは、じつに奇妙だった。巨大な町の住民が実際にそのおかしな建物のなかにいるのを、自分の目で見なかったら、バーレナンの部下たちはその住居を、何か新しい種類の自然形成物と解釈したことだろう。

ラックランドは運転台に座ったまま、あたりを眺めながら、あれこれ考えていた。実際、それは無駄な時間つぶしだった。何か建設的な想像を働かそうにも、充分な資料がないからだ。しかしラックランドはすっかり怠けてはいられない種類の精神の持ち主だった。町を眺めながら、この住民たちの日常生活を推察しようとした。そのうちバーレナンの行動がその関心を引きつけた。

船長は時間の無駄をしているとは思っていなかった。ここの連中と交易するつもりだったが、交易を求めないなら、そのとき引きあげればいい。ラックランドが、その注意力を集中した船長の活動は、まずタンクの屋根の上の自身の傍《かたわ》らに置いてあった、包装した交易商品を投げおろし、船員たちに、さあ仕事だと呼びかけることではじまった。船員たちは包みの落下がとまると、さっそく、いわれたとおりにした。バーレナン自身も、最後の包みを落としたあと、地面に飛びおりた——その行為に、黙って見守っている巨人たちはいささかも動じないようだった――船長はそれから商品を展示する仕度にとりかかっている船員たちに加わって、一緒に手伝った。地球人は興味深げにそれを眺めていた。色さまざまな布のようなものを巻いたもの、乾燥した草木の根か、ロープの切れ端のようなものの束《たば》、蓋《ふた》のついた小さな壺、大きな空の壺――いろいろな、けっこうな商品が展示されていたが、その用途となると、ラックランドは大部分をただ想像するばかりだった。

それらの品物が正体を現わすと、原地民たちは群れをなして前に進み寄りはじめたが、ラックランドにはそれが好奇心によるものか、脅《おど》しのためか、見当がつかなかった。船員たちは、見たところ誰も恐怖心にとらわれてはいなかった――ラックランドは、彼らのそういった感情を、ある程度識別する能力を持つようになっていた。船員たちの準備が終わったらしいころには、原地民たちはほとんど完全な輪となってタンクをとり巻いていた。彼らの長いからだで閉ざされていないのは、タンクがおりてきた道の方角だけだった。その奇妙な生き物のあいだには、まだ沈黙がつづいていて、ラックランドはそれが気になりはじめた。一方、バーレナンは、それには無関心なのか、それとも自らの感情を押し隠すかしていた。そして地球人にそれとわかるような特別な選択方法は使わず、群集のなかのひとりを選び、その商売にとりかかった。

バーレナンにどうやってそれができたのか、ラックランドには皆目《かいもく》理解できなかった。船長はその言葉が、この連中に理解できるとは期待していないといっていた。しかし、しゃべっていた。その身振りは、ラックランドには何の意味もなかったが、バーレナンは盛んに身振りを使っていた。どうやって少しでも意志を通じることができたのか、異邦の観察者にはまったく謎だった。しかもバーレナンは、ある程度成功したらしい。むろん、困ったことにラックランドは、この奇妙な生物とはわずか数カ月の知り合いでしかなく、彼らの心理についての洞察力はまだ爪の垢ほども持ち合わせていなかった。そして、それは責めるにはあたらなかった。専門家でさえ、何年もたってまだこれには戸惑わされている。メスクリン人の動作や身振り手真似は、そのからだの肉体的機能と直接に結びついていて、同族が見れば、その意味は自動的に明瞭だった。ここの町の巨大な住民は、正確にはバーレナンの種族ではなかったが、からだのつくりはよく似ているので、意思疎通はラックランドが最初思ったほど問題ではなかったのだ。

　さほど時間がたたないうちに、大勢の町の住民たちが、明らかに交易を望んで、いろんな品物を住居から持ち出してきはじめた。そしてブリー号のほかの船員たちも、進んで取引きの交渉に乗り出した。商売は、太陽が空を横切るあいだはもちろん、暗闇の期間も、ぶっとおしでつづけられた――バーレナンがラックランドに、タンクから照明するように頼みこんだ。その人工光線が、よしんば巨人たちをたまげさせたとしても、その気配は、バーレナンにさえ察知できなかった。彼らは目の前の取引きにすっかり注意を奪われていて、ひとりが自分の手持ちの品物を始末するか、欲しいものを手に入れるかすると、その者は当人の住居に引きあげて、別の者に場所をあけてやった。当然の結果として、バーレナンの手持ちの交易商品が持ち主を変えてしまうには、わずか数日を要しただけで、新しく入手した品物はタンクの屋根に移された。

それらの品物は、最初の交易品がそうだったのと同じように、ラックランドには奇妙なものだったが、なかでもふたつのものが、とりわけ注意を引いた。双方とも生きた動物であることは明らかだったが、あまりにも小さくて、こまかいところの見極めはつかなかった。双方とも飼い馴らされているらしく、それを買いとった船員のそばにじっとうずくまって、逃げ出そうとする気配はなかった。そして、ラックランドの想像が当たっていたことがわかった――これら生き物は、船員たちが食べられるかも知れない植物を実験するために飼っておきたがっていたものだった。

「きみたちの取引きは、それですっかり終わったのか」

ラックランドは、最後に残っていた現地民が、タンクのそばからぶらぶらと去っていったとき、声をかけた。

「これで店じまいだ」バーレナンが答えた。「もう交易するものはない。あなたのほうに何か考えがあるかね。それとも旅をつづけることにしようか」

「わたしは、連中の家のなかがどんな具合になっているか、とても見てみたいんだが、たとえこの装甲をとることができても、わたしにはあの入口を通り抜けられそうにもない。きみでもいいし、誰かきみの部下でもいいが、なかをちょっと覗いてみようという者はいないかね」

「それは賢明かどうか、わからないよ。あの連中は、おとなしく取引きはしたものの、どうもぼくには気がかりな点がある。それが何なのか、ぼくにはつかめないけれど。たぶん連中は、ぼくらの値段をむやみに値切ろうとしなかったせいかも知れない」

「すると、きみはあの連中を信用できないというのか――きみにはもう交易する品物がなくなったのを見て、一度渡したものをまたとり戻そうとするとでも考えているのか」

「必ずしも、そういう意味ではない。いまもいったように、ぼくは、どうしてそんな気がするのか、はっきりした理由がわからないんだ。こうすればいいだろう。まずタンクを谷の縁まで持って帰って、船につないでいつでも出発できるようにしておく。そして、さしあたりこの連中から何も迷惑をかけられるようなことをなくしておいて、ぼくがまたここにおりてきて、自分で覗いてみるとしよう。それなら八方まるく納まるじゃないか」

　バーレナンもラックランドも、会話のあいだ、原地民に何の注意も払わずにいた。しかし町の住民のほうは、そのとき初めて異邦人たちの無関心とはうって変わった態度をとった。いちばん近くにいた巨人たちが振り返って、好奇心をむきだしにして、ラックランドの声が流れ出る小さな箱を眺めていた。それから話がつづいているうちに、彼らはだんだん近づいてきて、耳を傾けはじめた。知性のある生き物がなかにいるにしては、箱は小さすぎることくらい彼らにもわかり、その箱に向かって誰かが話しかけている光景は何とも不思議で、タンクを見てさえも何の動揺も示さなかった彼らの慎《つつし》みの壁が、そのときになって初めて打ち破られた。バーレナンの提案に対するラックランドの最終的な同意が、小さなスピーカーから響きわたり、話が終わったことが明らかになると、数名の聴衆が大急ぎで家のなかに姿を消し、すぐにまた、さらにたくさんの品物を持って出てきた。彼らはその品物を、身振りたっぷりに差し出し、船員たちにもいまではその意味がかなりよくわかった。巨人たちはラジオが欲しくて、そのためには充分な見返り品を提供するというのだ。

バーレナンの拒絶は、彼らには腑に落ちなかったようだった。めいめいが、前の者よりも高い値段を申し出た。結局バーレナンは、彼にできる唯一の方法で最終的な拒否の意志表示をした。ラジオ・セットをタンクの屋根に放りあげ、そのあとから自分も飛びあがり、部下に新しく得た財産を自分のほうに投げあげる仕事を再開するように命じたのだ。数秒間、巨人どもはあっけにとられているようだったが、やがて、何か合図でもあったかのように、くるりと向きを変えて、狭い出入口に姿を消した。

バーレナンはますます不安になり、目に見えるかぎりの出入口を警戒しながら、新しく手に入れた品物をしまいこんでいた。だが、危険が訪れたのは、住居のほうからではなかった。見つけたのは、でぶのハースだった。ハースは特別に大きなひとつの包みを船長に放りあげようとして、原地人の真似をしながら仲間たちの頭越しにからだを伸ばして、半ば反《そ》り身になった。そのときたまたま目が後ろにそれて、さっき降りてきた通路が見えた。そして見た途端、とうてい信じられない大きな叫び声をあげ、それは、案の定ラックランドを驚かせ——仰天させた。ハースは叫び声についで、地球人には何の意味もない言葉を喚きたてた。しかしバーレナンにはその意味がわかり、いわれた方角を眺め、その重要な部分をどうにか英語にして伝えることができた。

「チャールズ。上の丘を見ろ。動いてる」

ラックランドは眺め、ひと目見た瞬間、町の不気味な設計の理由を完全に理解した。タンクの大きさの半分は充分にある、巨大な丸石のひとつが、谷の縁のもとあった場所から移動していた。もとの場所は、タンクが降りてきた通路の広い入口のちょうど真上に当たっていた。壁がゆっくり持ちあがって、正確にタンクが通った道に、その石がはまりこむように手引きしていた。石はまだ一キロほど先の、かなりの高い場所にあった。しかしその何トンもありそうな巨塊《きょかい》は、地球の三倍もある重力にゆだねられて、刻々とその降下速度を増していたのだ。

8　高所恐怖症の治療

こと速度に関するかぎり、肉と血には限界があるが、ラックランドはもう少しで新記録を樹立するところまで行った。岩が届く時間を知ろうとして、立ちどまって何らかの微分方程式を解こうとはしなかった。いきなりエンジンを全開して、タンクの向きを九十度転回させ、あやうく片方のキャタピラをねじ切るところだったが、こちらに向かってくる巨大な弾丸を誘導している通路の入口から、車をほかへそらした。そのときになって初めて、町の構造の真の意味が察せられた。それぞれの通路は、ラックランドが最初考えていたように、まっすぐに広場に達しているのではなかった。そうではなく、少なくともふたつの道路が、岩を導いて広場のどこの望みの場所へでも導けるような仕組みになっていた。ラックランドの行動は、最初の危険から身をかわすにはそれで充分だったが、そのことは前もって予見されていた。さらに多くの岩が、すでに落下してきつつあった。ラックランドはしばらく全方向を見まわして、恐ろしい弾丸がさしあたって通過しそうにない場所はないかと探したが、駄目だった。そこで彼は思いきって、タンクの鼻をひとつの通路に突っこみ、丘をのぼりはじめた。その通路からも岩が落下していた。バーレナンには、なかでもいちばん大きな岩に思われた

——それは毎秒その大きさを増していた。メスクリン人は飛行士の頭がおかしくなったのではないかと疑い、飛びおりようと全身の力をひきしめた。そのときバーレナンの声帯で出せるどんなに大きな声も、とうてい及びがつかないような咆哮が、彼のすぐそばから轟き渡った。その神経組織が、大部分の地球動物と同じような反応を示すものだったら、バーレナンは丘の中腹に尻餅をついていただろう。だが、彼らの種族がびっくりしたときの反応作用は、その場に立ちすくむことだった。いったんいすくめられると、あと数秒間はタンクの屋根からバーレナンを退去させるには重機械を要しただろう。タンクから四百メートルほど先で、落ちてくる岩の前方五十メートルくらいの個所の通路が爆発して、炎と土埃《つちぼこり》を巻きあげた。ラックランドの砲弾の信管は、どれほどかすかな衝撃にでも即座に反応するほど敏感だった。一瞬後に、岩は土埃の雲のなかに突入し、速射砲がふたたび唸り、今度は五つ六つの吠え声をあげ、それが一緒に合わさって、区別のつかない轟音となった。土埃の雲のなかから、ほぼ半分になった、もはや半球形とはいえない形をした岩が現われた。砲弾のエネルギーは、ほとんど完全に岩を停止させ、あとの仕事は、タンクへ届くはるか以前に、地面との摩擦が引き受けた。うまく転ぶには平面や凹凸《おうとつ》ができすぎていた。

その通路には、まだほかにも転落姿勢にはいった岩がいくつもあったが、それは落ちてこなかった。明らかに、巨人たちは新しい事態をかなり迅速に分析する能力があって、この方法ではタンクを破壊できないと悟ったのだ。ラックランドには、彼らがほかにどんなことができるか知るすべがなかったが、もっともやりそうに思われるのは、直接的な対人攻撃だった。彼らは疑いもなく、もしくはほとんど疑いもなく、バーレナンと同様に、やすやすとタンクの屋根に飛びあがり、一度売ったものをすっかり、ラジオも一緒にとり戻してしまえるだろう。ラックランドは、船員たちがそれをどうやって食いとめるか、見当がつきかねた。

それで、その考えをバーレナンに持ち出した。

「やつらは実際、そんな企《くわだ》てをするかも知れない」というのが船長の答だった。「でも、やつらが屋根によじのぼってこようとすれば、ぼくらはそれを叩き落としてやれる。飛びあがろうとすれば、こっちには棍棒《こんぼう》がある。空中を飛んでいたのでは、誰だって殴られるのを避けることはできそうにもないからね」

「しかし、四方八方から同時に攻撃されたら、きみひとりでどうやってそれに対抗できるんだ」

「ぼくはひとりじゃないよ」そしてもう一度、メスクリン人には微笑と同じ意味を持つ、はさみの身振りをした。

ラックランドは天井の小さな透明なドームに顔をはりつけずにはタンクの屋根を見られなかった。そして装甲のヘルメットをつけていては、それもできない。そういうわけで、短い〈戦争〉が、町についてきた船員たちにどのような結果を及ぼしたか、見ていなかった。

こうした不幸な連中は、船長が初めてタンクの屋根に乗せられたときに当面したのと同じ、身の毛もよだつ状況に直面させられた。彼らは物体が――恐るべき物体が――自分たちの上に現実に落ちてきているのを見て、当人たち自身は垂直の壁にとり囲まれた地区に閉じこめられて、にっちもさっちもいかなくなっていた。壁をよじのぼるのは、メスクリンの暴風に対しても充分に役立った吸盤のついた肢《あし》があれば、完全にやってのけられる仕事ではあったが、それは思いもよらないことだった。飛びあがるのは、船長がそうするのをもう何度も見ていたが、這いあがるのと同じくらいに――いや、それ以上に怖《お》じ気をふるった。だが、肉体的に不可能なことではなかった。そして精神が役に立たないと、えてしてからだがその代わりをするものだ。ふたりを除いて全部の船員が飛びあがった。そのうちひとりは、一軒の家の壁をよじのぼった――しかもきわめて迅速に、上手に。いまひとりは、最初に危険を見てとったハースだった。たぶんそのすぐれた肉体的力が、ほかにくらべて危険に対する反応を緩慢にしたのか、あるいは普通以上に高さに対する恐怖心を持っていたのだろう。理由はともあれ、ハースはバスケットボールほどの大きさで、ほぼ完全な球形の石が、彼のいた地点を通過したときには、まだ地面にいた。実際的効果からいうと、それは同量の生ゴムにぶちあたったのと同じと考えていいかも知れなかった。メスクリン人の保護殻《かく》は、地球の昆虫のキチン質と化学的物理的に同じような物質からできていて、メスクリンでの生活の一般的特性に適応した堅牢性と柔軟性をそなえていた。岩はハースに激突すると、三Gに抵抗して八メートルも空中にはねあがり、普通ならそれを受けとめて停止させるはずの壁に正面衝突してはねかえり、通路の反対側の壁の角にぶつかってまたはね返り、新しい通路の壁から壁へとはね返りながらエネルギーが消耗されてしまうまで転がっていった。岩が、だんだんゆっくりとした転がり方になって広場に戻ってきたころには、〈戦争〉の主要部分は終わっていた。広場にまだ残っていたのは、ハースひとりだけだった。ほかの連中は、最初の狂気のような跳躍のあと、ある程度の自制心をとり戻し、ある者はすでにタンクの屋根の船長のそばに陣どっていて、ある者は大急ぎでそこに飛び移ろうとしていた。さっきのよじのぼりの船員までが、もっと速い跳躍に移動方法を変えた。

ハースは地球の標準からいうと信じられないくらいタフだったが、それでも、いま受けたばかりの一種の刑罰を完全に無傷で乗りきることはできなかった。肺がなかったので、呼吸がとまることはなかったが、かすり傷や打ち傷を受け、衝撃で目眩《めまい》がした。タンクのあとを追うための、調整のとれた身体活動をするのに充分な制御力をとり戻すには、まるまる一分間かかった。その一分のあいだになぜハースが攻撃を受けなかったのか、ラックランドにもバーレナンにも、ハース自身にさえも、満足のいく説明がつかなかった。あれだけの痛打を受けて、なおかつ動けるということが町の住民を驚かせ、そうした考えを捨てさせたのだろうと、地球人は考えた。メスクリン人の心理について、もっと正確な観念を持っているバーレナンは、彼らは殺しよりも盗みに関心を持ち、ひとりぼっちの船員を襲ったところで何の利益もないと考えただけだろうと解釈した。理由はともあれ、ハースは欲しいだけの時間をかけて感覚をとり戻し、仲間のところへ帰っていくことを許された。ラックランドは結局、たったいま起こった事態についての見極めをつけて、ハースを待っていた。ハースがやっと車にたどりついたときには、ふたりの乗組員が下におりて、ハースを事実上屋根に放りあげなければならなかった。そして、屋根の上では、ほかの者が急いで応急手当をしてやった。

乗客の全員が安全にタンクの屋根に乗りこむと、あまりにも混み合っていて、ある者は屋根の縁のすぐ近くに陣どることになり、新しく身につけた、高さに対する無頓着さも、いささか動揺をきたしたが、ともかくラックランドは、改めて丘をまたのぼりはじめた。ラックランドは船員たちに砲口の邪魔をしないよう警告し、砲を前方に向けたままにしておいた。しかし尾根には何の動きもなく、もはや岩も落ちてこなかった。明らかに、岩を落下させた原地人たちは、町に通じているトンネルのなかに退却してしまったのだ。しかし、だからといって、もはや出てこないという保証はなかったので、タンクのなかの者も外の者も一様に、何か動きはないかと厳重な見張りをつづけていた。

彼らがよじのぼっていた通路は、おりたときのとは同じでなく、従って直接そりのある場所に通じていなかったが、てっぺんに達する前、タンクの丈《たけ》が高かったので、いくらか距離を隔ててブリー号は向こうに見えはじめた。あとに残してきた船員たちはまだそこにいて、みな明らかに不安そうに町を眺めおろしていた。ドンドラグマーが当人たちの言葉で、全般的な警戒をしていない間抜けぶりについて何かぶつぶつと不平をいい、それをバーレナンが敷衍《ふえん》して、英語でくり返した。だが心配はとり越し苦労だったことがわかった。タンクは立往生していたそりのそばまで着き、向きを変え、それ以上邪魔されることなく曳き荷に連結された。ラックランドは改めてタンクを出発させながら、巨人どもは砲の威力を過大評価したのだと考えた。近接攻撃をかければ――例えば、岩を転がす役をした連中が隠れていたに違いない秘密のトンネルの口から出現すれば――砲は完全に無力になっただろう。高性能爆薬もテルミット弾も、ブリー号やその乗組員に近いところでは使えなかったからだ。

ラックランドはたいへん慎重で、ブリー号が東の海に達するまでは、もはや二度と探検などするまいと決めた。バーレナンはその結論について意見を求められ、賛成することは賛成したが、心中でいくらかの留保をつけた。確かに飛行士が眠っているあいだに、その部下たちは相変わらず船を出て働くつもりでいた。

遠征がふたたび開始され、中断による物的な収穫が大急ぎで、いまは跳ぶことを覚えたメスクリン人たちの手でタンクの屋根から船へ移されると、ラックランドはツーレイを呼び出した。ロステンはラックランドが何をしていたか知ると、予想していたとおり、かんしゃくを破裂させたが、ラックランドはそれをかしこまって聞き、例によって、容器を届けてくれれば、たくさんの植物標本があると報告してロステンを沈黙させた。

ロケットがメスクリン人たちの神経組織に障《さわ》らないようにするため、ラックランド一行の行く手のはるか先に着陸し、一行の到着を待って新しい植物標本を受けとり、タンクが離陸の爆風の到達圏外に安全に去るまで、改めて待機するまでに、さらに数日を費やした。その日々は、ロケットの到着を除いては比較的平穏無事だった。数キロ行くごとに、丸石をてっぺんに戴《いただ》いた丘が見えたが、一行は用心してそれを避け、町の外に出ている巨人の原地人はひとりも見うけなかった。その事実はむしろラックランドを悩ませた。いったい彼らがどこでどうやって食糧を得ているのか想像がつかなかった。運転するという、どちらかといえば退屈な仕事のほか、頭を使うことは何もないので、ラックランドは、当然その奇妙な生き物についていろいろと仮説を立てていた。そして、それをときどきバーレナンに説明して聞かせたが、この偉人は、それらの仮説のどれが当たっているかを定めるのにはたいして役に立たず、ラックランドはその会話から、価値のあるものはほとんど何ひとつ引き出せなかった。

しかしながらラックランドは、自分自身のさまざまな思いつきのうち、ひとつの考え方に特別にかかずらっていた。彼は、巨人たちがなぜ町をあんなつくり方にしたのだろうと訝《いぶか》しんだ。タンクやブリー号が押しかけてくるのを予期していたとは、とうてい考えられない。彼らと同じような別の種族の侵入を防ぐ方法としては、実用向きとはいえない。相手が同種族なら、その共通の習性からして、明らかに不意を襲われるというのは、とてもありそうになかった。

とはいえ、あるいはという理由がひとつあった。それは仮説にすぎなかったが、町の設計、近郊に原地民の姿が見えないこと、町の近傍に農地らしいものがひとつもないことの説明になりそうだった。そうした考え方をするにあたっては、まずラックランドはたくさんの「もし……ならば」の前提を置かなければならなかった。なのでバーレナンには、その話をしなかった。それにまた、一行がいままで何の邪魔も受けずにこれほど遠くまで来られたという事実については、まだ説明がついていなかった――ラックランドのその考え方が当たっていたら、いまごろ速射砲の弾薬は、はるかにたくさん使い果たされているはずだった。そういうわけで、バーレナンには何も話さず、ただ怠《おこた》りなく警戒の目を光らせていた。しかしある日、日の出のころハースが負傷した町から、たぶん三百キロほども行ったとき、行列の前方にあった小さな小高い丘が、突然何十本ものずんぐりとした象のような脚に支えられて持ちあがり、六メートルもある首の上に乗った頭を精一杯に高くもたげて、長いあいだ、ひと揃いの目を凝らしてこちらを凝視し、やがてやってきているタンクに向かって、のそりのそりと近づいてくるのを見たとき、ラックランドは、かくべつ驚きもしなかった。

バーレナンはそのときにかぎって、いつものようにタンクの屋根に乗っていなかったが、ラックランドの呼び声に即答した。地球人はタンクを停め、そのけだものが現在の速度でやってくれば、彼らのそばまで達するには数分間はかかるので、その前にとるべき手段を定めようとした。

「バール、きみはきっと、あんなものをいままで見たことがないだろう。きみたちの惑星の生物の筋肉組織はじつに頑丈だが、あの重さでは赤道を越えてたいして遠くまで行かれっこなしだ」

「そのとおりだ、ぼくは見たことがない。聞いたこともない。危険なものかどうかも知らない。知りたいのかどうか、自分でもわからない。それにしても、あれは生肉だ。もしかすると……」

「あれが肉を食う動物か、植物を食う動物か知りたいというのなら、わたしは賭けてもいいが、あれは肉食動物だよ」ラックランドは答えた。「自分よりも大きいかも知れないものを見て、さっそくそのほうへ向かっていくというのは、植物を食っている動物としてはきわめて異例だろう――タンクを同族の雌ととり違えるほどの間抜けだったら話は別だが、ぼくにはそうは思えない。それに、あの巨人どもが町の外に出ている姿を一度も見たことがなく、あんなに効果的な罠《わな》をつくっているのは、大きな肉食動物がいるからだというのがいちばん簡単な説明だと考えていたところだった。連中はおそらく、あんな動物が丘の頂にやってくると、わたしたちにしたのと同じように、穴の底に姿を現わしてそれをおびき寄せ、わたしたちのタンクに試みたのと同じに、岩でそいつを殺すんだろう。それが玄関先に肉を配置してもらう、たったひとつの方法なんだ」

「それはまったくそうかも知れないが、当面の問題ではない」バーレナンは多少じれったそうに答えた。「こいつをどうするかが問題だ。あなたのあの武器は、岩をぶち壊したくらいだから、たぶんこいつを殺せるだろうが、そうしても、たいした分量の肉は手にはいりそうもない。かといって、ぼくらが網を持って出かけて、何か面倒事が起きた場合は、あなたはぼくらがすぐ近くにいては危なくてあの武器を使えないだろうしね」

「するときみは、あんなにでかいものにきみたちの網を使おうと考えてるのか」

「もちろんだ。うまく追いこめられさえすれば、網は充分持ちこたえるだろう、その点は自信がある。厄介なのは、あいつの脚がでかすぎて網の目を通らないことで、あいつの通り道に網を張っておくいつものやり方はたいして役に立たないだろう。捉えるには、なんとかしてからだや脚に網を巻きつけて、それから締めあげなくては」

「そうするのに、何か方法の当てがあるのか」

「ない――いずれにしても、そういうことをするだけの時間は、たいしてないだろう。もうすぐここまでやってくる」

「きみは跳びおりて、そりをはずすんだ。わたしはタンクで乗り出していって、きみがそうして欲しいなら、しばらくやつを引きつけておく。そしてきみたちがあいつを引きつける決心をして、あとで手こずるようなことがあれば、きみたちは、わたしが砲を使う前に、大急ぎでその場から跳び退くことができるはずだ」

バーレナンは、ラックランドの提案の前半を躊躇《ちゅうちょ》せず文句もなく受け入れ、デッキの後部から滑りおりて、すばやく一気にタンクの曳き綱の結びめを解いた。そして、仕事が終わったことをラックランドに知らせようとに、吠え声をひとつ出してブリー号の船上に跳びあがり、新しい事態のいきさつを大急ぎで乗組員たちに説明した。それが終わったころには、船員たちは自分の目で見ることができた。飛行士は脇に寄って、巨大な動物が彼らによく見えるようにしながら、タンクを前進させていたからだ。しばらくのあいだ船員たちは、タンクがその生きた片割れをあしらうさまを、たいへんな興味と幾分かの驚きをもって見守っていたが、これといった恐怖は感じていなかった。

相手の動物は、機械がまた前進行動に移ると、立ちどまって頭を地面から一メートルほどの高さまで垂れ、長い首をまず片方へ、できるだけ遠くまで振り、それから反対側に持っていきながら、無数の目で、可能なあらゆる角度から情勢を偵察していた。ブリー号には何の注意も払わなかった。乗組員たちの小さな動きに気づかなかったのか、タンクのほうをさらに切迫した問題と考えたためだろう。ラックランドが一方の横腹のほうにまわりこんでいくと、相手は、その巨大なからだをねじり、常に真正面に向かい合うようにした。いっとき地球人はタンクを百八十度転回させて、船と直接真正面に向かい合うようにしようかと考えたが、そうすれば砲を使わなければならなくなったときブリー号が直接火線にはいってくると思い出し、旋回運動を途中でやめた。そのとき切り離されたそりは怪物の右側にあった。その位置だと、目の配置からいって、怪物にはそりの後部の乗組員の動きも前部の動きも等しく見えるだろうと、ラックランドは反省した。

そこでラックランドは、もう一度動物に向かって前進した。タンクが旋回をやめたとき、相手は地面に腹をつけて座っていたが、タンクが近づいてくるのを見ると、そのたくさんの肢でまた立ちあがり、頭をその大きな胴体のなかにすっぽりとはいるくらい後ろに引いた。それはどうやら防御態勢らしかった。ラックランドはまたタンクを停めて、カメラを取り出し、その動物の写真を数枚写し、それから相手はとくに攻勢を急いでいるようでもなかったので、一、二分、ただ眺めていた。

その動物の図体は、地球の象よりわずかに大きく、八トンないし十トンの体重があるらしかった。体重は十対《つい》の脚に平均してかかり、脚は短く、途方もなくでかかった。ラックランドは、こいつはいままで見た以上に、たいして速くは動けないだろうと考えた。

一、二分待つうちに、相手はいらいらしはじめ、頭を少し前に突き出して、ほかの敵でも探すかのように前後に振りはじめた。ラックランドは相手の注意が、いまは孤立無援のブリー号とその船員たちに集中されるのを心配して、さらに五十センチほどタンクを前進させた。相手はたちまち、もとの防御態勢に戻った。そういうことが数回くり返され、合い間は次第に短くなった。その牽制運動は、西方の丘の背後に太陽が沈むまでつづいた。ラックランドは空が暗くなると、この動物が夜間に戦うことを好むのか、あるいは戦うことができるのかについて、何もわからなかったので、タンクの照明を全部つけて情況を一変させた。そうしておけば、相手にとっては確かに新しい、異様なものに違いない、この情況のもとで、何らかの行動に出る意志を持ったにしても、暗闇の彼方にあるものは何も見えないだろうと推測した。

明らかに相手はその照明を好まなかった。いちばん明るいスポットライトが目を照らしつけると、数回またたきし、大きな瞳孔が収縮するのがラックランドには見えた。そして悲しげな唸り声をタンクの屋根のスピーカーが捉えて、車内の人間にはっきり伝え、相手はのっそりのっそりとタンクのほうへ二、三メートル進み出て、いきなり攻撃を加えた。

ラックランドは、相手がそんなに近くにいたとは——いや、もっと正確にいうと、そんなに遠くまで届くとは知らなかった。首はラックランドが最初に見当をつけていたよりも長く、それをさっと、ぎりぎりいっぱいの長さに伸ばし、巨大な頭を前方にわずかばかり片寄せて突き出した。そして伸びきったところで、頭をわずかばかりかしげ、横ざまにさっと振った。大きな牙が一本、タンクの装甲にぶち当たり、がちゃんとすごい音を立て、それと同時に、いちばん大きなライトがぱっと消えた。ふたたび甲高い唸り声が聞こえ、ラックランドはライトの電流が装甲を伝って、怪物の頭のどこかに触れたのだと想像した。しかし、その可能性について分析する手間はかけなかった。大急ぎでタンクを後退させ、そうしながら車内の全部の照明を消した。たったいまタンクの上部の装甲に加えられたような強力な牙の痛撃を、車室のドアにまで加えられたくなかった。いまでは、車の前方に低くはめこまれ、厳重に装甲で囲まれた走行用のライトだけが、その場面を照らし出していた。ラックランドの退却に勇気づけられた怪獣は、ふたたび前方へよろめき出て、そのライトのひとつに打ちかかった。

地球人は思いきってそのライトを消す気にはなれなかった。そうすると、完全に何も見えなくなってしまう。なので、そうはせず、くるったようにラジオに呼びかけた。

「バール、網をなんとかしてるのか。すぐ行動に移れないなら、肉がとれようがとれまいが、わたしはこいつに砲を使う。そのときは遠のいていなくちゃいけない。やつはすぐ間近にいるので高性能爆薬は使えない、タンクが危ない。だからテルミット発火器を使わなければならない」

「網の仕度はできていない。でも、そいつをあと数メートル後ろのほうに引き寄せてくれれば、船の風下になる。そうすれば、ぼくたちは別の方法でそいつを片づけられる」

「よし」

ラックランドは別の方法というのが何かわからず、それが何であるにしても、効果についてはちょっとやそっとの疑い以上のものを持っていたが、後退するのが船長にとって都合がいいというのなら、協力は厭《いと》うところでなかった。そして、バーレナンの武器がタンクを危険に陥れるかも知れないとは、一瞬たりとも考え及ばなかった。そして、どこまでも公平にいって、それはたぶんバーレナンにも思い及ばなかったことだろう。地球人はほとんどいつも同じ動作をくり返し、大急ぎで後退することで牙が装甲に触れないようにしていたが、怪物のほうにはその動作の先まわりをするだけの知恵はないらしかった。そのかけひきを二、三分間つづけただけで、バーレナンは満足した。

バーレナンのほうもその二、三分、忙しかった。風下のいかだの上には、格闘している怪物とタンクのほうに向かって、ふいごに非常によく似た形の仕掛けが四つあり、そのノズルの上方に、じょうご形のホッパーがとりつけてあった。ふたりの船員が、それぞれのふいごを受け持って、船長の合図で持てるかぎりの力を出して、ふいごの操作に着手した。同時に、三人目の係がホッパーを操《あやつ》って、ノズルから出る気流のなかにこまかい粉末をそそぎかけた。その粉末はふいごに煽られ、風に乗って、格闘している戦士のほうへ運ばれていった。暗いので、その進行状態を測定するのは困難だったが、バーレナンは風速を測ることにかけては名人で、ほんのしばらくふいご作業がつづいたあと、突然別の命令をどなった。

ホッパー係は、風を吹きつけているふいごのノズルに、何かすばやく細工をした。そうすると、途端に炎の帯が唸りをあげて、ブリー号から風下に向かって広がり、戦っている怪獣とタンクの双方を押し包んだ。船の乗組員たちは、そのときはすでに防火防水キャンバスの後ろに避難していて、〈砲手〉たちも、その武器の一部となっている布製のフラップで守られていた。だが、雪から突き出ている草木は、戦い手を守るほど高くもなく密生してもいなかった。ラックランドはバーレナンに一度も教えたことのない言葉をはきちらし、タンクの石英窓のために祈りを捧げながら、おおあわてで炎の雲の外にタンクを後退させた。敵は明らかに身をかわそうともがいていたが、必要な制御力を欠いているらしかった。まず一方によろめき、次には反対側によろめきして、逃げ出そうと懸命になっていた。炎は数秒間で消え、あとには濃い白い煙の雲が残り、タンクの走行ライトに照らされて光っていた。しかし、そのわずかな時間の炎で充分だったのか、それとも、煙もまた致命的な毒性を有していたのか、どちらかだった。怪獣の狼狽ぶりはますますひどくなった。でたらめな足並みはいよいよ短くなり、次第に弱まって脚は次第に巨体を支える力を失い、やがてよろよろすると、横倒しに転がってしまった。そして、脚をしばらくくるったように振りまわし、長い首を代わるがわる縮めたり精一杯伸ばしたりして、牙の突き出た頭をくるったように宙や地べたに叩きつけていた。日の出ごろには、残っている動きといえば、頭や脚をときたま痙攣《けいれん》させることだけだった。それから一分間たらずのうちに、巨獣の活動は完全にとまってしまった。ブリー号の乗組員たちは、すでに、船から群れをなして飛び出し、焼かれて雪が解け、黒い帯になっている地面を伝ってきて巨獣にたかり、その肉を剝ぎとっていた。恐ろしい白い雲は、いまではるかに風下に去って、次第に消えていた。ラックランドは、雲が通り過ぎたあとの雪の上に、黒い粉のあとがついているのに気づいて驚いた。

「バール、いったい、地球にかけて――いやむしろメスクリンにかけて――きみが炎の雲に使ったものは何だったんだ。そして、きみはあの代物がタンクの窓をめちゃくちゃにするかも知れないとは考えなかったのか」

船に居残って一台のラジオのそばに頑張っていた船長は、大急ぎで答えた。

「すまなかった、チャールズ。あなたのタンクの窓が何でできているか知らなかったんだ。

そして、ぼくたちの炎があなたのでかい機械に危険だとは考えもしなかった。いまからは、もっと用心するよ。あの燃料は、ある種の植物から取った粉にすぎない——かなり大きな結晶になっていて、撒くには、たいへん用心することが必要で、光にはいっさい当てないようにしなくてはならない」

ラックランドはゆっくりうなずき、その新知識を噛みしめていた。ラックランドの化学知識は貧弱だったが、その燃料の本質について一応の見当をつけるには充分だった。光によって点火し——水素のなかで白い煙を出して燃え——雪の上に黒い斑点を残すといえば、彼の知っているかぎり、そんなものはひとつしかない。メスクリンの温度では、塩素は固形になる。塩素は水素と急激に化合する。地面で煮えて解けるメタン雪もまた水素を放出し、それは貪欲な元素と化合して炭素を残す。この世界には、じつに興味深い、変わり種の植物がある。ツーレイにまた報告しなくてはならない——それとも次にまたロステンの感情をそこねたときのためのご機嫌とりにとっておくほうがいいかも知れない。

「あなたのタンクを危ない目に合わせて、本当にすまなかった」バーレナンはまだ恐縮しているようだった。「こんなけだものは、きみに任せて鉄砲で片づけてしまえばよかったかも知れない。それとも鉄砲の使いかたを、ぼくらに教えてくれたほうが。ラジオと同じに、メスクリンで使えるように特別製になっているのかね」

148

船長は、その提案は行きすぎだったかも知れないと一応考えたが、いってみるだけの値打ちはあったと思った。バーレナンには、ラックランドが返事に代えてした微笑を見ることができなかったし、見たところでその解釈はつかなかったろう。

「いいや、バール、この砲はこの世界で使うためにつくりなおしたものでも改良したものでもない。ここでは、ひととおり役に立つが、きみの国ではほとんど無用の長物だろうと思うよ」ラックランドは計算尺を取り出して、しばらくそれをひねくっていたが、やがて、もうひとことつけ加えた。「きみたちの極地で、これで撃てる最長距離は、だいたい五十メートルそこそこだろう」

バーレナンは失望して、それ以上何もいわなかった。死んだ怪獣の肉の始末をするのには何日もかかった。ラックランドは、ロステンの雷に対する、もうひとつのお護《まも》りとしてその頭蓋骨をとっておき、一行はまた旅をつづけることにした。

何キロも何キロも、くる日もくる日も、タンクとそれが曳く船はのろのろと前進をつづけた。まだときおり〈岩ころがし〉族の町を見かけ、二、三度、ロケットがラックランドのために途上に残しておいた食糧を拾いあげた。そして、たびたび大きな動物に出くわしたが、そのあるものはバーレナンが火炎で殺したのと同じで、あるものは大きさもつくりもまったく違っていた。二度、巨大な草食獣が網で捕獲され、乗組員たちが食用のために殺したが、そのやり方にラックランドはひどく感心した。乗組員とその動物の大きさの違いは、地球の象と、それを狩るアフリカのピグミー族の差よりも、はるかに大きかった。

土地は、進むにつれて山が多くなり、土地が高まるとともに彼らが何百キロも断続的にたどってきた川はだんだん末細りになって、いくつもの細流に分かれていた。支流のうちふたつは渡河がかなり困難で、ブリー号をそりから切り離し、曳き綱の先に繋いで川に浮かべ、タンクとそりは、水にもぐって河床を行かなければならなかった。しかしそのうち、川はすっかり狭くなって、いまではそりを橋にして渡れるようになり、そんな手間はかけずにすむようになった。

長い長い旅路の果て、ブリー号が越冬した場所からゆうに二千キロを隔て、赤道の南方ほぼ五百キロの地点に達し、ラックランドがさらに二分の一Gの増加に耐えなくてはならなくなったとき、川の流れはだいたいにおいて、彼らが目的とする方角をとりはじめた。ラックランドもバーレナンも数日、それを口にするのをひかえていた。確信を持ちたかったからだが、やがて一行が東の海に通じる分水嶺《ぶんすいれい》にいることは、いささかの疑いもなくなった。それまで士気は一度も低くなったことはなかったが、さらに目に見えて高まり、いまでは常時数人の船員がタンクの屋根に頑張って、ひとつの丘の頂に達するごとに、海の最初のきらめきを捉えようと意気ごんでいるのが見られた。ときには、吐き気がするほど飽きあきしていたラックランドの顔色までが明るくなった。そして事実上、何の前触れもなく、突如として絶壁の縁にぶつかったときは、安堵感が大きかっただけに、それに比例して衝撃も大きかった。

二十メートルを越える、ほぼ垂直の断崖が、目に見えるかぎりどこまでも遠く、彼らの進路と直角に横たわっていた。

9　絶壁を越えて

長いあいだ、誰も口をひらかなかった。旅行用の地図をつくるのに使った写真を、あれほど慎重に調べたラックランドとバーレナンのどちらとも、ことのあまりの意外さに言葉もなかった。乗組員たちは決して創意を欠くというのではなかったが、ひと目見ただけで、集団的に、この問題を船長とその異邦人の友人に任せることにした。

「どうしてあんなものが、あそこにあるのだろう」バーレナンがまず口をひらいた。「見たところ、あの写真を撮った船にくらべれば、それほど高くはない。それにしても、日没前の数分は、下のほうの地面にかなり遠くまで影を投げるはずじゃないか」

「それはそうだ、バール。それが、わたしたちの目につかなかった理由が、ひとつだけ考えられる。きみも覚えているだろうが、あの写真には、それぞれ何平方キロもの地域が写っている。ひとつの写真だけでも、いまここから見える全部の土地よりもっと広い地域が写っている。この地域を写した写真は、影がない、日の出と正午のあいだに写されたものに違いない」

「すると、あの断崖は、ひとつの写真に写っている区域を越えてまでは延びていないということか」

「たぶんね。それとも、これも単に、もしかしたらだが、あの二、三枚の連続写真は、すべて朝のうちに写されたものかも知れない――わたしは、写真ロケットがどんな進路をとって飛んだか、まったく知らないのだ。もし、これもわたしの想像だが、東西の方向に飛んだとすれば、一日のほぼ同じ時間のあいだに、あの断崖を数回横切ったとしても、たいして偶然とはいえないだろう。

それにしても、そんな問題をあれこれ詮索してみたところで役には立たない。断崖は現に目の前に存在するんだから、本当の問題は、どうやってぼくたちの旅をつづけるかだ」

その問題は新しい沈黙を生み、それはしばらくつづいた。その沈黙を破ったのは、少なくともふたりにとって意外なことに、一等航海士だった。

「どうでしょう、ずっと上のほうにいる飛行士の友人たちに、この絶壁が、双方の方角にどれほど遠くまでつづいているか、教えてくれるよう頼んでみるのがよくないですか。たいして回り道をしなくても、斜面をくだれるやさしい道が見つかるかも知れません。

飛行士の友人たちは、最初の写真では、この絶壁を見落としたとしても、新しい地図をつくるのは、それほど難しいことではないでしょう」

航海長自身の言葉で述べられたこの発言を、バーレナンは通訳した。ラックランドは眉をつりあげた。

「バール、きみの友人は、自分でも英語がうまく話せるらしいね――わたしたちのいまの話がわかるくらいには英語を知っているようだな。それともきみは、わたしが知らない何かの通信方法で航海長に話したのかね」

バーレナンは驚いて、航海長のほうへくるりと向きなおり、しばらくあっけにとられていた。船長はラックランドとの会話の内容をドンドラグマーに伝えたりしてはいなかった。まさに飛行士がいったとおりだった――航海長は多少は英語を勉強していたのだ。だが不幸にして、ラックランドの二番めの想像――飛行士の知らない方法で通信ができるということ――も当たっていた。バーレナンはずっと前から、自分の発声器官が出す音の多くが地球人には聞きとれないものと確信していたが、なぜかは想像がつかなかった。バーレナンは、ドンドラグマーの英語能力と彼らの通信の秘密を、双方とも一緒に打ち明けて話したほうがいいかどうか、また航海長と話すのに飛行士に聞こえないほど速く話せるものかどうか決めかね、数秒迷った。そして、できるかぎりの最善を尽くした。

「どうやらドンドラグマーは、ぼくが考えていたよりも頭がいいらしい。ドン、きみは飛行士の言葉を、本当にいくらか勉強したのか」

船長はそこまでは英語で、ラックランドに聞こえる速度で尋ねた。それから自分たちの言葉でしょっちゅう使われる、さらに甲高い口調でつけ加えた。

「実をいうと――ぼくは、ぼくらが飛行士に聞こえないようにして話ができることを、できるだけ長く秘密にしておきたいんだ。ドン、できれば飛行士の言葉で返事をしたまえ」

　航海長はいわれたとおりにしたが、その考えに至っては、船長すら想像し得なかったことだった。

「チャールズ・ラックランド、ぼくは、あなたの言葉をずいぶん勉強した。しかし、あなたに異議があろうとは知らなかった」

「ドン、ぼくはそんなことはまったく気にしてないよ。たいへん嬉しいくらいだ。だが、正直いってびっくりした。きみが基地にやってくれれば、バーレナンと同じように、きみにも喜んで教えてあげただろうに。きみは独学までして勉強したんだから——ぼくたちの会話と、そのあとの船長の行動をくらべて勉強したのだと想像するが——どうか、ぼくたちの話し合いに加わってほしい。ところで、さっききみが持ち出した案だが、あれはいい思いつきだ。さっそくツーレイの基地を呼び出すことにしよう」

　月のオペレーターからは、ただちに応答があった。いまではメスクリンの外輪を遊弋《ゆうよく》しているいくつものリレー・ステーションを通じて、タンクの主要発信周波数を四六時中注意していたからだ。ツーレイ基地は問題を理解したらしく、できるだけ早く調査を行なうことを約束した。

〈できるだけ早く〉ということは、しかし、メスクリンの日に直すとかなりの日数を意味した。待っているあいだ、三人は断崖を、ほどほどの距離で迂回《うかい》できない場合の別の計画を立てることに、もっぱら努力を傾けていた。

船員のうち一、二名が進んで、断崖を飛びおりると申し出て、船長を心配させた――たとえ全船員が、いまではよじのぼったり跳ぶことを進んでやってのける意思を持っていたとしても、高さに対する生まれついての恐怖心に代えるのに、高さを完全に軽蔑してはならない、というのが船長の考えだった。ラックランドは、そんな向こう見ずな連中を説得するのにひと役買わされ、二十メートルの絶壁を落下するのは、彼らの故郷の国で三十センチの高さから墜落するのと同じだという計算をして、どうにかその役目を果たした。その話は連中に子供時代の経験を思い出させ、その計画を思いとどまらせた。船長はあとになってこの出来事を考えてみて、当人の長い生涯の標準から見て、そのときの乗組員は全部が全部おかしくなっていて、しかも、異常さの程度において尖端を切っていたのは自分だったのだと悟った。しかし同時にまた、この種の錯乱形態は、今後きわめて有用だろうということを、ひととおり確信した。

こうした計画よりももっと実際的な案は、さしあたり見つかりそうもなかった。ラックランドはその機会をとらえて、ひどく必要としていた睡眠を補った。その間、一度、腹いっぱい食事をしただけで、寝棚で長い二度の睡眠をとったあと、調査ロケットからの報告が届いた。短い、がっかりさせられる報告だった。絶壁は、現在の地点から北東へは、およそ千キロ走って海に突入していた。その反対の方角へは、およそ二千キロつづき、きわめて緩慢に低くなって、五Gの緯度ですっかり消えていた。完全な直線になってはおらず、ある地点では大洋からずっと深くはいりこんで、大きく湾曲しており、タンクがぶつかったのはその地点だった。二本の川が断崖の縁を越えて、その入りこんだ湾内に滝になって落下していた。タンクはそのふたつの川のあいだに、すっぽりとはまりこんでいた。どちらの川も途方もない激流で、共通の安全のためにはまず何キロも上流に遡《さかのぼ》らずには、ブリー号を曳いて渡河することは不可能だった。滝のひとつは五十キロほど隔たっていて、ほとんど真南にあった。いまひとつは北方ほぼ百五十キロの距離にあって、断崖が東に向かって湾曲した個所にあった。もちろんロケットはある程度の高度を維持しなくてはならず、絶壁の総体を詳細に調査することはできなかった。しかし、説明してくれた男は、タンクが通れる個所がどこかにあるということは、きわめて疑問としていた。しかし一か八《ばち》か賭けるとすれば、いちばんいいのはひとつの滝の近くだろう。そこには浸食作用のあとが見られ、もしかすると通れる道ができているかも知れないと考えられるとのことだった。

「いったいどうして、こんな形の絶壁ができたんだろう」ラックランドは、以上のことを聞き終わると、恨めしそうに訊いた。「二千キロの高い崖だけだって厄介なのに、それを乗り越えなくてはならないんだ。賭けてもいいが、この惑星には、こんなやつはこれひとつだろう」

「あまりたくさん賭けないほうがいいね」と調査係は告げた。「さっき、その話をすると、地文学の連中が面白そうに頭を振った。そのうちひとりは、きみがもっと早くそれと同じくらいのやつにぶつからなかったのが不思議だといっていたよ。そしてもうひとりが、はたと膝を叩いていったのは、そんなものはたいてい赤道をもっとはるかにさがったところにあるときみは予期していたんだ、だから、きみが驚いたのも当然だ、ということだった。連中は、ぼくが別れたときもまだ、その話に夢中になっていたよ。それにしても、きみの小さな友人が旅の大半を同行してくれて、きみも運がよかったと思うね」

「わたしもそう思う」ラックランドは別の考えが浮かんできて言葉を切った。「こんな断層がそこらじゅうにあるのなら、ここと海のあいだに、まだほかにもあるのかどうか教えて欲しい。きみはもう一度、調査する必要はないのか」

「ない。今度の調査に出かける前、わたしは地質学者たちに会い、そして、実地に見たんだ。さっきわたしがいった滝沿いをおりられれば、あとは大丈夫だ――事実、きみは、その友人の船を、絶壁のふもとで川に放してやれる、あとは船がひとりで行ける。残る問題は、その帆船を崖っぷちを乗り越えておろすことだけだ」

「乗り越えておろす――ふむ。ハンク、きみがいっているのは、比喩的な意味だとわかっているが、そこに何かヒントがある気がする。何もかもありがとう。またあとで、きみに相談したいことがあるかも知れない」

ラックランドはラジオのそばを離れて、寝棚に仰向けになり、一心に考えた。ラックランドはブリー号が浮かんでいるところを見たことは一度もなかった。バーレナンに初めて会ったとき、船はすでに陸揚げされていた。そして最近、船を曳いて川を渡ったときはいつも、だいたいにおいて水面下でタンクのなかにいた。従って、船がどの程度高く浮くのか知らなかった。それにしても、液体メタンの大洋で浮くというからには、極度に軽いに違いなかった、メタンは水の半分以下の密度しかないからだ。そしてまた、ブリー号は空洞ではなかった――つまり、地球の鋼鉄船のように、中央に大きな空間があって、平均密度をさげることによって浮かぶわけではない。ブリー号をつくるのに使われている〈木材〉は、メタンの上で浮き、乗組員とともに相当量の積荷を支えられるくらい軽かった。

従って、個々のいかだは百グラム以上あるはずがなく――この世界のこの地点では、おそらく二キロほどのものだった。いずれにせよラックランド自身は、絶壁の縁に立って、同時に数個のいかだを吊りおろすことができる。うまく説き伏せれば、どの船員だってふたりいれば、船の下にはいって、そっくり船を持ちあげられるだろう。ラックランド自身はそりを曳くのに使っているもの以外には、ロープもケーブルも持ち合わせていなかったが、それはブリー号自体に予備品がふんだんにある代物のひとつだ。船員たちは、きっと急場の間に合うだけの吊りさげ装置をつくれるはずだ――つくれるだろうか。地球では、それは船員としての初歩的な心得だ。だがメスクリンでは、持ちあげること、跳ぶこと、投げること、その他高さに関係のあることすべてに対して驚くべき偏見があり、それも理解できることで、事態はまったく違っているかも知れない。それにしても、バーレナンの部下たちは、ものを結ぶぐらいのことはできる。ものを曳くということは、いまではたいして珍しくないことだ。だとすれば、問題は解決できるはずだった。真の、そして決定的な問題は、船員たちが船と一緒に断崖に吊りおろされることに異議を唱えるかどうかだった。ひとによっては、船員を説得するのは厳密に船長自身の任務だとして、知らん顔をしていたかも知れないが、ラックランドは、この問題の解決には、自分もまた力を貸してやらなければならないだろうという、懸念以上のものを持っていた。

とにかく、その点については確かにバーレナンの意見を聞く必要があった。それで重い腕を伸ばして、小さいほうの発信器にスイッチを入れ、小さな友人を呼び出した。

「バール、さっきから考えていたんだがね。なぜきみたちには、船をケーブルで吊るして絶壁をおろせないんだ。一度にいかだをひとつずつおろして、崖下でまた組み立てればいいじゃないか」

「あなたは、どうやっておりるんだ?」

「わたしはおりない。ここから五十キロほど南に大きな川がある。ハンク・スチアマンの報告どおりなら、それを船でくだれば、ずっと海まで行けるはずだ。わたしの案だと、ブリー号を曳いて滝まで行き、わたしもできるだけ手伝って、船を崖っぷちを越えて下におろし、きみたちが川に浮かび出るのを見物して、きみたちの幸運を祈ろうというわけだ——そのあとは、わたしたちにできることといえば、前からの約束どおり、気象と航海情報を与えることだけだ。きみたちはいかだの重さに耐えるロープを持っているだろう、持っていないかね」

「もちろん、持っているよ。このあたりだと、普通の綱で船全体の重さを持ちこたえられるだろう。綱は木か、あなたのタンクか何かにしっかり結びつけておかなければなるまい。乗組員が総がかりでも、船をうまく引っぱれる力は出ないだろうから。でもそれは問題ではない。あなたの案で問題は解決したと思うよ、チャールズ」

「船はそれでいいとして、乗組員のほうはどうする。連中は、そんな方法で吊りおろされることを承知するかな」バーレナンはしばらく考えていた。

「大丈夫だと思う。いかだに乗せておろし、いかだを崖にぶつけないようにするとか何とかいった仕事を与えることにしよう。そうすれば、まっすぐに下を見ずにすみ、すっかり仕事に気をとられて、高さのことを考えるひまがないだろう。それにいまのように、みんな元気いっぱいの状態なら」――ラックランドは心中で唸った――「落ちることなど、いずれにせよ、誰もたいして怖がりはしない。いつもとはまるで違っているといっていい。そのほうはいかね」

「よし」

大丈夫、こちらで引き受ける。そうと決まれば、さっそく滝に向けて出発したほうがよくな
ラックランドは操縦装置に飛びつき、突然ひどい疲れを感じた。これで受け持っていた仕

事は、思ったよりも早く、ほとんど終わってしまった。過去数カ月間にわたってのしかかっていた、果てしない重圧から解放されたくて、からだは悲鳴をあげていたのだった。たぶん越冬すべきではなかった。しかしラックランドは、疲れきってはいたが、自分のしたことを後悔してはいなかった。

タンクは右に方向転換をして、もう一度動きはじめ、絶壁から二百メートル離れ、その縁に併行して進んだ。メスクリン人たちは、高さに対する恐怖心を克服しつつあったが、ラックランドは恐怖心を募らせつつあった。それに、あのメスクリンの怪獣と最初に戦ってから、いちばん主要なスポットライトの修理を一度もしようとしたことはなかった。走行灯のほかに道しるべを持たないで、こんな崖っぷち近くを運転するつもりはさらさらなかったからだ。

一行は、およそ二十日間で一気に瀑布《ばくふ》に達した。到着するずっと前から、原住民たちと地球人はその音を耳にしていた。最初はかすかな大気の震動だけだったが、それが次第に高まっていき、陰《いん》にこもった雷霆《らいてい》となり、メスクリン人の発声器官さえ、瞠若《どうじゃく》させるような轟《とどろ》きを後方に伝えた。滝が実際に見えるようになり、見えた途端にラックランドが思わず車を停めたときは、昼間だった。川は一キロ足らずの幅で崖の縁まで達し、鏡のようになめらかだった——河床には、岩やその他の邪魔物はないらしかった。ただ崖の縁をまわって、下に向かって、ゆっくりと落下しているだけだった。滝は、絶壁の線からたっぷり一キロ以上も後方まで浸食していた。滝口の景観は、それこそすばらしかった。表面の波紋を見ただけでは、その液体の落下速度は見当がつかなかったが、滝壺から巻きあがるしぶきの激しさから、速度のほどが察せられた。この地方の重力、大気の条件にもかかわらず、不断にたちこめた霧の雲が、弧を描いた液体の帯の下半分を隠し、それが次第に薄れて、滝壺から遠ざかるにつれて、下の川の濁って渦を巻く表面が現われた。滝自体によって巻き起こされるもののほかに風はなく、流れは急速に穏やかになって、滑らかに大洋に向かって、その歩みを進めていた。

ブリー号の船員たちは、タンクが停まると、さっそく船を飛び出した。彼らが滝口の縁に並んで下を覗いているのを見ると、降下の途中の士気については心配はなさそうだった。やがてバーレナンは、乗組員を船に呼び戻し、ただちに仕事がはじまった。ラックランドがまた足腰を伸ばしているあいだにロープが引き出され、崖の高さをいっそう正確に測るために、おもり綱が縁からおろされた。船員のある者は、ばらばらになっているいっさいの品物をいかだにくりつける仕事にとりかかっていたが、今度の旅に出る前に、すでに用意は充分してあったので、そのほうの仕事では、することはたいして残っていなかった。ある者は、いかだといかだのあいだにはいりこんで、一緒に絡めてある繋索を解きはじめ、同時に、いかだ同士がぶつかり合わないように、あいだに置かれている緩衝物を点検していた。彼らの仕事ぶりは迅速で、いかだは次から次へと、船の本体から引き離されていった。

バーレナンと一等航海士は、仕事が順調に進んでいるのを見ると、崖っぷちへ行って、どの場所が吊りおろし作業にもっとも向いているか調べていた。滝がある地峡は、すぐ落第と決まった。両側の壁のなかを流れる川は急流すぎて、いかだを浮かべて組み立て作業をするにしても無理だった。しかし、絶壁のほかの面なら、ほとんどどこでも適当なことがわかった。そこで船長と航海長はさっそく、滝口にいちばん近い揚所を選定した。その個所だと、ふたたび組み立ててもばらばらのままでも、船はタンクの助けがなくとも川まで曳いていけそうだった。それに、必要以上に長旅をすることは何の意味もなかった。

マストを組み立てて櫓《ろ》にし、崖の縁にとりつけてロープが岩と擦《す》り合わないように張り出させて吊りさげ点にしたが、マストが短すぎて絶壁の面から、いかだを完全に引き離して支えておくことはできなかった。ラックランドが興味をもって眺めていると、滑車装置が櫓にとりつけられ、最初のいかだが定位置に引き寄せられた。そして、いかだを水平に保つようにロープの吊りさげ装置が調整され、ケーブルが吊りさげ装置に結びつけられ、その反対の端は一本の木につながれた。そして数人の船員がケーブルにつかまり、いかだは崖っぷちを越えて向こうに押し出された。

万事順調だったが、ドンドラグマーと船長はきわめて慎重に、装置の各部分を逐一点検し、それから航海長とひとりの船員が崖縁から数センチほど下方の岩に触れて、少し傾いて宙吊りになっている台の上に這い移った。ふたりが乗り込んだあとしばらく、一同は何か起こるのを予期するように見守っていたが、何事もなく、やがてドンドラグマーはおろすように合図した。ケーブル係を除いて全部の乗組員が崖縁にかけつけて、降下の模様を見守っていた。ラックランドは自分でも見物したかったが、タンクにしろ装甲した当人自身の身柄にしろ、崖縁にそんなに近づけて危険を冒す気にはなれなかった。自分自身が高さに対して不安だった上に、メスクリン人が使っている綱を見ていると、どうにも心配でたまらなくなった。地球人の番頭なら、一キロの砂糖袋を吊りさげるのにも目もくれないだろうと思われる代物だった。

興奮した叫び声があがり、一同が崖縁から退《しりぞ》いたので、最初のいかだが安全に到着したことがわかった。そしてラックランドは、ケーブルが引きあげられ、船員たちがいかだをひとつきりでなく、さらにいくつも積みあげはじめたのを見て、目をぱちくりさせた。明らかに、やむを得ないかぎり、これ以上の時間を無駄にできなかった。バーレナンの判断を信頼していた地球人は急に、自分でもそのいかだの山が吊りおろされるのを見物したくなってきた。そして装甲をつけかけた途端、その必要がないことを思い出して、また緊張を解き、バーレナンを呼んで、ひとつかふたつの小さなラジオの〈目〉を、見たい情景が写るように調整して欲しいと頼んだ。船長はただちにその要求に応じ、ひとりの船員が、櫓に通信機をひとつ結びつけて、ほぼ真下が見えるようにし、いまひとつのセットを、ちょうど吊りおろし装置に縛りつけたばかりの、いかだの山のてっぺんに置いた。ラックランドは作業の進行状態に応じて、ひとつのセットから別のセットへスイッチを切り変えた。第一の機械は、ピックアップ・レンズからほんの二、三メートル先までしか吊り綱が見えず、荷物は何の支えもなく、宙に浮かんでおりていくように見えたので、いささか期待はずれだった。片方の機械は、絶壁の面を見せてくれ、地質学者にとっては確かにきわめて興味深いものだった。いかだの山が半分ばかりおりたとき、ラックランドはツーレイの連中を呼び出して、見物仲間に加えてやったら興味を持つだろうと、ふと思いついた。地質班はすぐにその招待に応じ、あとの作業のあいだ活発な議論を戦わせた。

荷物は次から次へとおりていき、作業をさらに興味あるものにするような変わったことは何もなかった。終わりが近づいて、さらに長いケーブルがとりつけられ、それからは吊りおろし作業は下で行なわれた。そのころには大部分の乗組員がすでに下降してしまっていたからだ。ラックランドは、バーレナンがやがて作業現場から離れてタンクのほうへ跳んでくるのを見たとき、その理由をかんぐった。タンクで使われていたラジオは固定されていて、ほかのラジオと一緒に持っていかれていなかった。

「チャールズ、あと二回分の荷物が残っているだけだ」船長は口を開いた。「最後の荷物について、ちょっとした問題がある。ぼくたちは、できれば全部の装具を持っていきたい。ということは、吊りおろしの滑車に使ったマストを解体して、下におろすということになる。あれは、もしかするとこわれるかも知れないので、ぼくらとしては、投げおろしたりはしたくない——下の地面はひどく固いんだ。それで、どうだろう、あなたが装甲をつけて、最後の荷物を手でおろしてくれないか。何本かのマストとついている滑車とぼく自身とを、ひとつのいかだに積みこめるように、ぼくのほうで手配する」

ラックランドはその最後の項目に仰天した。

「するときみは、わたしがすでに通常の重力の三倍と二分の一も多い重力を受けていて、その上に装甲の重さが加わることを知っていて、わたしの力を信頼するというのか」

「もちろんだよ。装甲の重さは、充分、錨の役目をはたすだろう。そして、あなたがロープをひと巻きからだに巻きつけておけば、少しずつくり出していける。とくに難しいこととは思えない。荷物は、あなたのほうの重量でほんの数キロにしかならないだろう」

「たぶん、その点は問題ではないかも知れないが、もうひとつ問題がある。きみたちのロープはじつに細い、そしてわたしの装甲の手を動かす仕組みは、小さなものを扱うには幾分かぎこちない。綱がわたしの手から滑ったらどうなる」

その言葉でバーレナンはしばらく黙りこんだ。

「あなたがひととおり安全に扱える、いちばん小さな品物といえば、どれくらいの大きさだね」

「そうだな——きみたちのマスト一本というところだろう」

「なら、面倒はない。ロープをマストに巻きつけて、それをウインチに使える。あとでロープとマストを放り投げてくれればいい。マストが一本くらい折れたって、たいした損害ではない」

ラックランドは肩をすくめた。

「きみの生命と財産だ。わたしが口を出すかぎりではないよ、バール。もちろんわたしは注意する。それはいうまでもない。わたしはとくに、自分の怠慢できみの身の上に万一のことがあって欲しくない」

メスクリン人は満足して、作業現場に跳び戻り、残っていたわずかばかりの船員に必要な命令を与えだした。最後から二番目の荷物と一緒に、それらの船員は全部おりていった。そして数分後、地球人はその乗り物から出てきた。

バーレナンはラックランドを待っていた。いまは、ひとつのいかだだけが崖っぷちの滑車につないであり、すぐ吊りおろせるよう仕度ができていた。ラジオが一台と、束《たば》にした櫓の材料の残りが、それに乗っており、船長はロープを巻いたマストをラックランドのほうへ曳きずってきていた。地球人が近づいてくるのは遅かった。一刻ごとに、恐ろしい疲労が加わっているようすだった。しかし、ようやく崖の端から二、三メートル離れた地点に達した。その不恰好な着衣で行けるぎりぎりいっぱいまで達すると、彼を出迎えて、後ろにさがってきた、小さな友人からマストを受けとった。でっかい友人に対して、ひとことの注意を促《うなが》すでもなく、とくに疑いを持ったようすも見せず、バーレナンはいかだのほうに引きかえし、積み荷がしっかりくくりつられているかどうかを確かめ、断崖の端から突き出てぐらぐら揺らぐようになるまで、いかだを押し出しておいて、それに乗り移った。

そしてメスクリン人は、これを最後にラックランドのほうを振り向いて眺め、相手がウィンクしたことに太鼓判を押してもよかった。

「しっかり頼むよ、チャールズ」

声がラジオから流れ、船長は危なっかしげにいかだの平均をとりながら、わざわざ外側の端へ場所を移した。はさみでしっかり結索をつかんでいて、いかだがもう一度、ひと揺れして崖縁を滑って離れたとき、船長を支えていたのはそのはさみだけだった。

ラックランドが持っていたロープは、崖っぷちから五十センチばかり下まで届くのに充分なたるみがあった。いかだと乗り手は、たちまち見えなくなった。急に、ぐいと引かれた、鋭い反動で、少なくともロープはまだ手に握られているのが地球人にわかった。そして、そのすぐあとバーレナンの声が愉快そうに、そのことを確認した。

「さげてくれ」というのが結びの言葉で、ラックランドはそのとおりにした。

それはどこか凧《たこ》を操《あやつ》るのに似ていた。少なくともラックランドが使っていたウインチの形の点では——それは綱を棒に巻いただけのものだった。ラックランドはそれによって子供時代の記憶を呼び覚まされた。しかしこの凧は、ひとたび失うと、ふたたびとり戻すにははるかに多くの時間を要することをラックランドは知っていた。ラックランドの思いどおりうまくマストがつかめなかったので、ゆっくり旋回して、ロープをからだに巻きつけ、そのあとで持ち方を変えてみた。それで満足したラックランドは、ゆっくりとロープをくりだしはじめた。

バーレナンの声が合間をおいては聞こえ、いつも何かとラックランドを元気づけるような言葉をいった。この小さな生物は、ラックランドの精神について不安を抱いているかのようだった。

「あと半分だ」「うまくいってる」「ねえきみ、こんなに高くても、ぼくは平気だよ」「もう少しだ――ほんの少しだ――そらきた。おりたよ。もうしばらくロープを持っていてくれ、頼む。地面の片づけがすめば、そういう。そうしたら投げおろしてくれていい」

ラックランドは引きつづき、いわれたとおりにした。記念にするために、ケーブルの端を四、五十センチ切りとっておこうとしたが、装甲した手でもそれは不可能だった。しかし装甲の締め具のひとつの端が鋭くなっていたので、試してみると、うまくそのロープを断ち切ることができた。ラックランドはその記念品を腕に巻きつけておいて、それから相棒の残りの注文を実行することにした。

「下の品物は片づけたよ、チャールズ。ロープの端は放してくれていい。そして、いつでもマストを放り投げてくれ」

細い綱はずるずると滑って、たちまち姿を消し、ブリー号の主要帆桁《ほげた》のひとつだった三十センチ近い細棒がそのあとにつづいた。三倍の重力のもとで、ものが何の邪魔物もなく落下するのを見るのは、それについて考えるよりも、もっと恐ろしいことを、ラックランドは見て知っていた。たぶん、極地ではそれほど怖くはないだろう――まったく見えないからだ。ものが最初の一秒間に三キロも落下したのでは見えるはずがない。だが忽然として消えるのも、おそらく同じくらいに神経にひびくかも知れない。ラックランドはそうした考えを、肩をすくめて振り払い、タンクに戻っていった。

　ブリー号の組み立てには二時間ほどもかかり、そのあいだラックランドは、ビジョン・セットを通じて作業を見守っていた。一緒に行ければいいのにという、そこはかとない欲求が湧きかけたとき、房状につながったいかだの群れは広々とした流れに押し出され、バーレナンとドンドラグマーと乗組員たちの別れの言葉が聞こえた――船員たちは英語を話せなかったが、それでも声の調子からその意味が推測できた。すでに流れは、タンクの位置から見えるほど、断崖から遠くまで船を運んでいっていた。ラックランドは黙って片手を差しあげて別れを告げ、船が次第に小さくなって、ついに遠い彼方の海に向かって姿を消すまで、その後を見守っていた。

　長い何分間か、ラックランドは黙りこんで座っていたが、やがて立ちあがり、ツーレイの基地を呼び出した。

「出かけてきて、ぼくを拾いあげて欲しい。この地表でできることは、すっかりすませた」

10　丸木船

川はひとたび大瀑布《だいばくふ》の近くから遠ざかると、広くなり流れが緩慢になった。最初は落下する水に煽られた大気が海に向かい、微風を起こし、バーレナンは帆を張ってそれを利用するよう命じたが、やがてその風は落ち、船は流れのまにまに任せられた。しかしこれは目的の方角に向かうことなので、誰にも文句はなかった。それまで経てきた陸地の冒険は興味があり収穫があった。採集した植物のあるものは、故郷に帰ればきっと高値で売れるに違いなかった。しかし誰もふたたび船に乗るのを残念に思う者はいなかった。あるものは瀑布を見えなくなるまで、じっと見守っていた。そしてあるとき、おしひそめた轟きが近づいてきたときには、一同はロケットの片影なりと捉えようと、みな西方を見つめた。だが、だいたいにおいて乗組員の気持ちは期待で膨らんでいた。

進むにつれて、双方の側の岸がますます乗組員たちの注意を引くようになった。陸越えの旅のあいだ、彼らは飛行士が〈木〉と呼んでいた、まっすぐ高い植物がときおりあり、普通は数日ごとに一本くらい目にはいるのに慣れていた。最初のころはそれが珍しくて、実際に試してみると食糧源となることがわかり、国へ持ち帰って売る計画などを立てた。ところがその木が、いまではますます多くなり、いっそう見慣れた、地を這うロープのような植物に、完全にとって代わりそうなほどになった。そしてバーレナンは、ここに入植した部族は、飛行士がまつかさと呼んでいた、その木の実を売って暮らしていけるのではないかと疑いはじめた。

長いあいだ、まるまる八十キロ進んでも、岸沿いには知能のある生物は見られなかったが、動物の数はかなり多かった。川自体には魚がいっぱいいたが、ブリー号にとって危険なほど大きなものは一尾も見当たらなかった。やがて川の両岸とも立ち木の列がつづくようになり、それがどれほど深く内陸に広がっているかは想像もつかなかった。バーレナンは好奇心をそそられて、森――立木の群れをいい表すのに、そうした言葉は知っていなかったが――森がどんなようすか見るために、船を岸に近づけるよう命令した。

森は、木の下でさえかなり明るかった。木は地球で普通に見られるように、てっぺんがそれほど枝を張っていなかったのだ。しかし、じつに異様な姿をしていた。不気味な植物のほとんど影に沿って船をやることは、多くの船員たちに、固いものを頭上にするときの古い恐怖心をふたたび蘇《よみがえ》らせた。そして船長が無言のまま、身振りで舵手に船をふたたび岸から離すよう命じたときには、みなほっとした気持ちになった。

何者かがその土地に住んでいたら、乗組員たちは、それも大いに歓迎するところだった。ドンドラグマーはその意見を口に出し、それに応えて乗組員全員から賛成のどよめきがあがった。不幸にして航海長の言葉は、岸にいた聞き手には聞こえず理解もされなかった。おそらく彼らは、ブリー号の乗組員が自分たちから森を奪いとろうとしていると考えて、現実に心配したのではなかったのかも知れないが、用心するに越したことはないと決めたのだ。そしてふたたび、大重力地方からの訪問客は飛道具の試練にさらされることになった。

今度の兵器は、すべて槍《やり》だった。六本の槍が、音もなく岸の土手の上から飛んできてブリー号のデッキに突き刺さり、ぶるぶる震えていた。さらに二本が船員の保護殻をかすめて横にそれ、いかだの上をがらがらと音を立てて転がっていって静止した。槍が当たった船員ふたりは、純粋に反射作用で発作的に跳びあがり、百メートルも先の川の中に落ちた。ふたりは船に泳ぎつき、助けも借りずに船上に這いあがった。ほかの者の目はすべて、攻撃の本隊のほうへ向けられていたからだ。舵手は命令も待たずに船をさらに急角度で、川の中央部に持っていった。

「いったい何者がこいつを射ったんだろう——飛行士のと同じ機械を使ったのか。それにしても同じ音がしなかった」

バーレナンは答える者のあるなしも考えず、半ば声に出していった。ターブラネンが船に刺さっていた一本の槍をもぎとり、その堅い木の穂先を調べ、後ろに遠ざかっていく岸に向かって、試しに投げ返した。ものを投げるというのは彼にとっては完全に新しい技術で、岩ころがし族の町でタンクの屋根にものを放りあげたときの経験があるだけだったので、子供が捧切れを投げるのと同じような投げ方をし、槍は尖端からくるくると回転しながら森に帰っていった。バーレナンの疑問は部分的に氷解した。船員の腕は短かったが、槍は楽々と川岸に届いた。姿の見えない攻撃者たちは、ラックランドの鉄砲のようなものを必要としなかったのだ。普通人のような肉体を備えていれば、それでよかった。いま現われた攻撃者の正体が何なのかを知るすべはありそうにもなく、船長は直接に調査してそれを見つけるつもりもなかった。ブリー号は川をくだりつづけ、事件の報告は遠いツーレイにいるラックランドのもとに飛んでいった。

森はたっぷり百五十キロもつづき、一方、川はだんだん広くなっていった。ブリー号は、森の住民との一度の出会いのあと、しばらくはコースを中流に保っていたが、それで完全に厄介事を避けられたわけではなかった。槍が飛んできてからわずか数日たったとき、左岸に小さな空閑地が見えた。バーレナンのいた場所は、水面から十センチほどしか高くなかったので、思うように見ることができなかったが、その空閑地には、たしかに調査の価値があるものがあった。少したあらったあと、船長は船をもっと岸に近づけるように命じた。それはどこか木に似ていたが、もっと背が低くてずんぐりしていた。船長にもっと背丈があったら、そのずんぐりしたものには、地面のすぐ上に小さな口があいているのが見え、関心を引いたはずだった。ラックランドはビジョン・セットを通して眺め、すぐにそれが、かつて写真で見たことのあるアフリカ原住民の小屋に似ているのを発見したが、まだ何もいわなかった。

ラックランドは村だとすでに推定していたものの前方にあって、半ば川のなか、半ば川の外に横たわっている無数の別の代物に、さしあたりいっそう興味を抱いていた。丸太かも知れないし、鰐《わに》かも知れなかった。その距離でははっきり見えなかったが、もしかしたらカヌーではないかという疑いを抱いた。バーレナンが彼らの船とはまるきり違った船を見たときに、どんな反応を示すか見物するのは面白いだろう。

しかし、ブリー号の乗組員がその〈丸太〉は、カヌーかあるいは他の奇妙な代物の住居だと気づくまでにはだいぶん時間がかかった。実際、いっときラックランドは、船員たちが何も見つけないで川を押し流されていくのでないかと気を揉んだほどだった。最近の経験で、バーレナンは実際ひどく用心深くなっていたからだ。しかし、船が停まらず、そのままそばを流れ去ることを望まない者は、ラックランド以外にもいた。船が近づいて村の真正面まで進んできたとき、赤と黒の胴体をしたものが、洪水のように川岸に殺到してきて、地球人の推測が正しかったことを証明した。丸太のようなものがいくつも流れに押し出されて、それぞれにどうやらブリー号の乗組員と同じ種族に属するらしい連中が、たっぷり十人は乗りこんでいた。双方の種族は、形といい大きさといい色といい、確かによく似ていた。そして、連中は船に近づくと、ラックランドがときどきその小さな友人たちから聞かされていたのと同じような、耳が裂けるような叫び声をあげた。

カヌーは見たところ丸木船で、乗組員の頭の先だけしか見えないほど深くくりぬかれていた。乗組員の配置から見て、彼らは船内にたがいちがいに陣どって、はさみのついた肢《あし》の前のほうの何組かで櫂《かい》を操《あやつ》っているのだろうと、ラックランドは考えた。

ブリー号の風下の火炎放射器に係員が配置されていたが、バーレナンはこんな条件のもとでそれが有効かどうか、疑問を持った。弾薬係のクレンドラニックはくるったように貯蔵箱をひとつついじくりまわしていたが、何をしているのかは誰にもわからなかった。このような状況の場合どうするか、彼の部署には決まった手順がなかった。船の平常の防衛体制は、無風状態のためにてんやわんやになっていた。大洋ではめったに起こらない事態だった。

そのうちカヌーの船隊が展開して、ブリー号を完全に包囲してしまったので、それ以前ならあったかも知れない、火炎塵を効果的に使用できる機会は去ってしまった。カヌーは四方八方から、ブリー号に二、三メートルまで滑り寄ってきて停止し、一、二分間沈黙があった。ラックランドがひどく困ったことには、ちょうどそのとき太陽が没して、何事が起こっているか、もはや見えなくなってしまった。次の八分ほど、ラックランドはラジオを通じて聞こえる不気味な騒音の意味を知ろうと努力する以外、手の施しようがなかったが、その努力もたいして役に立たなかった。その音のどれひとつとして、彼が知っている言葉の形をとっていなかったのだ。しかし積極的に暴力が用いられていることを示すものは何もなかった。どうやら、双方の乗組員たちはただ、腹のさぐり合いをして、たがいに話し合っているだけらしい。しかし会話に熱がはいるというようすはどこにもなかったので、彼らには共通の言葉が見つからないのだろうと、ラックランドは判断した。

しかし日の出とともに、ラックランドはその夜が必ずしも平穏無事に過ぎたわけではなかったことがわかった。ブリー号は当然、夜のあいだに下流に向かって、いくらかの距離を押し流されているはずなのに、現実にはまだ村の真正面にいた。その上、もはや遠く離れた中流にいないで、岸からわずか数メートルのところにいた。なぜそんな危険をおかしたのか、それにまた、どうやってブリー号をそんな場所に持っていけたのか、ラックランドがバーレナンに訊いてみようとしかけたとき、船長もまた彼と同様に、ことの成りゆきに驚いているのが明らかになった。

いささか困惑したような表情で、ラックランドはそばに座っていた仲間のほうを振り向いていった。

「バールはもう厄介事にはまりこんでいる。頭のいいやつだということはわかっているが、まだ先は五万キロもあるというのに、最初の百五十キロそこそこで早くも足止めをくっているというのは、どうもわたしは気に食わない」

「きみは救援に行かないのか。われわれにとっては、非常な名誉はいうまでもなく、二十億ドルもの金があいつの双肩にかかっている」

「わたしに何ができる。与えられるのは助言だけだ。それに彼は、わたしよりももっとよく情勢の判断ができる。もっとよく事態の見極めがつくし、それに当人と同じ種族を相手にしているんだ」

「ぼくが見たかぎりでは、彼らは南洋の島の住人がクック船長と同族だというのと同じ程度の同族だ。彼らが同じ種族らしいことはぼくも認めるが、もしも彼らが、たとえば共食い種族だったとしたら、きみの友人は、まったく苦境に立たされるかも知れない」

「だからといって、わたしには彼を救ってやれそうにない、救ってやれるかね。言葉も知らず、直接面と向かいもしないで、はらぺこの共食い種族をどうやって説得するんだ。ちんぷんかんぷんの言葉を話す小さな四角の箱に、彼らがどれだけの注意を払うというんだね」

「ぼくは、それほどの読心術師じゃないので、あの連中のことをことこまかに予言できないが、このような場合は怖《お》じ気づかせてやると、ほとんど何でもさせられるんじゃないかと思うよ。ぼくは民俗学者としてきみに保証できるが、われわれの地球を含めて多くの惑星には原始民族がいて、そんな連中はものをいう箱を伏しおがんでスクェアダンスをするのはおろか、生贄まで捧げるだろうよ」

ラックランドは、しばらくのあいだ黙ってそのいいぶんを噛みしめていたが、考えこむように頷いて、またスクリーンのほうに向きなおった。

何人もの船員が予備のマストをつかんで船を川の中央へ押し戻そうとしていたが、成功しなかった。ドンドラグマーは外側のいかだのまわりを簡単に調べたあと、川床に棒杭《ぼうぐい》を打ちこんで柵をつくられており、ブリー号はそのなかに閉じこめられていると報告した。上流の側だけがあいていた。柵がちょうどブリー号を入れられる大きさだったのは、偶然かも知れないしそうではないかも知れないし、そこのところはわからなかった。その報告が行なわれているとき、柵の閉ざされた三方側のカヌーは囲みを解いて、開いているほうの側に集まった。航海長の報告を聞き、船を上流のほうへ押し戻す準備をしていた船員たちは、バーレナンを眺めて指示を待っていた。船長はしばらく考えていたが、船員たちに合図して、船の後ろの端にさがらせ、ひとりで集まっているカヌーに面した端へ這っていった。船長はずっと前から、船がどうしてそんなところまで持ってこられたのか、想像をつけていた。夜になってから、何人かのカヌー漕ぎの連中がそっと川に飛びこみ、泳いでいってブリー号の船底に潜り、望みの場所に押していったのだ。驚くほどのことではなかった。バーレナン自身、川だろうと海だろうと、ある程度の時間底に潜っていられた。水底には普通、大量の水素が溶けこんでいるからだ。船長が頭を悩ませていたのは、いったいなぜ彼らが船を手に入れようとしたのかということだった。

バーレナンは食糧貯蔵ロッカーの前を通り過ぎがてら、扉を引き開けて、肉をひと切れと取り出した。それを持って船縁まで行くと、いまは静まり返っているブリー号の捕獲者の群れに差し出した。すると彼らのあいだで、何をいっているのかわからないが、ぺちゃくちゃとしゃべり合いがはじまった。それが静まると、一隻のカヌーがゆっくり進み寄り、舳《へさき》にいたひとりの原住民が背伸びをして、贈り物のほうへからだを乗り出した。バーレナンはそいつに肉切れをとらせた。相手はそれを味見して何か批評を加えた。それから首領は——それがそいつの地位であれば——肉を引き裂いて、気前よく大きな切れを自分でとっておき、残りを後ろの仲間たちに渡し、自分でとっておいたほうを、ゆっくりと味わいながら齧《かじ》りはじめた。それを見て、バーレナンは勇気が出てきた。首領が全部を独り占めにしなかったということは、この連中に社会意識がある程度発達していることを示すものだ。船長はさらにひと切れ肉を持ち出し、前のとおりに差し出した。だが今度は、相手が手を伸ばしたとき、すぐには手渡さなかった。バーレナンは肉切れをしっかりと握って後ろに隠し、船を閉じこめている棒杭のいちばん近いもののところへ行き、それを指さし、身振りでブリー号を示し、次は川の中央を指さした。その意味は相手にはっきり伝わると確信していたが、そのとおりだった。彼らの言葉は何ひとつ使われなかったが、はるか彼方の上空でその光景を見守っていた人間にも、船長のいわんとするところは理解できた。しかし首領は、何の動きもしなかった。バーレナンはその身振りをくり返し、改めてまた肉切れを差し出した。

首領が持っている社会意識は、どこまでも当人自身の社会と厳密に結びつき、その範囲に限定されているものに違いなかった。船長が二度目に肉切れを差し出すと、一本の槍がカメレオンの舌のようにくり出されて、その食糧を突き刺し、バーレナンの握りしめた手からもぎとり、びっくりした乗組員が誰もどうする間もないうちに、ひっこめられたからだ。そのすぐあと、首領は吠えるようなひと声の命令を与え、それとともに背後にひかえていた各カヌーの乗組員のそれぞれ半分が前方に跳びあがった。

船員たちは、空中からの攻撃に不慣れだったばかりでなく、船長が交渉をはじめたのを見て、幾分か気を抜いていたので、戦闘らしいものは何もなかった。ブリー号は五秒たらずのうちに占領されてしまった。首領に率いられた顧問たちが、さっそく食糧ロッカーの点検をはじめ、その満足ぶりは、言葉はわからないまでも明らかに見てとれた。バーレナンは肉が明らかに、カヌーに移す下準備としてデッキに曳きずり出されるのを、うらめしそうに見守っていた。そして、そのときになって初めて、まだ使っていなかった助言の求め先があったのを思い出した。

「チャールズ」船長は、事件が起こってから初めて英語で呼びかけた。「あなたは見ていたかね」

ラックランドは心配とおかしさの混じり合った気持ちで、すぐに答えた。

「見ていたよ、バール。何事が起こっているか知っている」

ラックランドは話しながら、それがブリー号の捕獲者たちに引き起こす反応を注目していたが、失望させられる理由は何もなかった。ラジオが縛りつけてあった個所の反対側に顔を向けていた首領は、驚いたガラガラ蛇のように長いからだをくるりとひねってまわし、信じられないほど人間そっくりの狼狽のさまであたりを見まわし、声の源《みなもと》を捜していた。ラジオのほうを向いていた部下のひとりが、ラックランドが使ったスピーカーの付いているセットを教え、首領はナイフや槍で箱を突いてみたが、びくともしないので、明らかにその考えは棄《す》ててしまった。その瞬間を選んで、ラックランドはまたしゃべった。

「バール、ラジオでその連中を脅せる見込みがあると思うか」

そのときは、首領の頭はスピーカーから五センチほどのところにあった。そしてラックランドは声量をおとす努力はまったくしなかった。なので、声がどこから来るか、首領にはもはや疑問はなかった。そして、その騒々しい音を立てる箱からゆっくりと後退しはじめた。明らかに自尊心を満足させるのに充分なくらいにゆっくりと、そしてその他の感情に即応するほど迅速に歩こうとしている。そしてラックランドは、そのときもまた精一杯声高く笑えないのが残念だった。

バーレナンが答えるひまもないうちに、ドンドラグマーは肉の山のそばに歩み寄ると、いちばんよさそうな切れを選んで、それをいかにもうやうやしくラジオセットの前に置いた。航海長は、うっかりするとからだにナイフをぐさりと突き刺される恐れがあったが、それを承知で一か八《ばち》かやってみたのだ。だが見張りの連中は、新しい事態にすっかり気をとられていて、航海長の行動をとがめだてしなかった。ラックランドは自分の発言を航海長がどう解釈したかを知り、さらに言葉をつづけ、カヌーの連中にその口調が怒りを和らげたようにとられることを望んで声量を落とし、航海長の行為に心からの賛意を表した。

「よくやった、ドン。きみたちの誰かが、そういったことを何かするたびに、ぼくはそれを喜んでいるふりをしよう。そして、ぼくらの新しい知り合いが何か気に入らないことをしそうだったら、声のかぎり吠え立てることにする。きみは、どうすればいいか、ぼくよりよく知っているのだから、そこのラジオがたいへん強力なもので、本気で怒ると稲妻を出すと連中に思いこませるように、できることは何でもやってみてくれ」

「わかりました。こっちはぼくらが引き受けます」航海長は答えた。「あなたの考えはきっとそうだと、ぼくは考えたんです」

首領はもう一度、勇気をふるいおこして、いきなりいちばん近いラジオを槍で突いた。ラックランドは木の穂先の自然的反動だけで充分骨身に沁みるだろうと考えて黙っていた。船員たちも、飛行士が概略を説明してくれたゲームに進んで参加した。乗組員たちは、人間が敬虔《けいけん》な畏怖《いふ》心にとらわれて、はっと息を呑むのと同じことだとラックランドが解釈した仕草で、その場から顔をそらし、はさみで目を覆った。しばらくしてバーレナンは、それ以上何も起こらないのを見てとると、さらに肉をひと切れラジオセットに捧げ、同時に無知な異邦人の命乞いをしているのだと相手に思わせるような身振りをした。川の住民たちは明らかに、すっかり感銘を受け、首領は少し後すざりして顧問たちを集め、全体の情勢について相談をはじめた。やがて首領の顧問のひとりが、確かに実験のためだったに違いないが、肉をひと切れとりあげて、それをいちばん手近のラジオに捧げた。ラックランドがやさしくお礼をいおうとしたとき、ドンドラグマーの「断われ」という声が聞こえた。なぜかはわからないが、ラックランドは航海長の判断を信頼して音量をあげ、ライオンのような吼え声をあげた。施主は正真正銘恐怖のとりこになって後ろに跳びのき、それから首領が鋭い声で命令すると、またおずおず前に這い出して、気に入らなかった供物をさげおろし、改めてデッキの肉の山から別の切れを選び出し、それを捧げた。

「よろしい」今度も航海長の声だった。地球人はスピーカーの音量をさげた。そして、「さっきは、なぜいけなかったんだ」と穏やかに尋ねた。

「あれは、ぼくのいちばんの敵が飼っているテルネーにもくれてやれそうもない、ひどい肉切れでしたよ」とドンドラグマーは答えた。

「きみの種族とわたしの種族とは、急場になるとじつによく似ているのが、だんだんわかってくる」とラックランドは批評した。「願わくは、この仕事は夜は中休みにしてほしいものだね。暗くては、何が起こっているのか、わたしには見えないんだ。何かわたしが乗り出す必要があるようなことが起こったら、必ずわたしにいってほしい」

その注文は、またもや日没になったので、急いでやっておく必要があった。バーレナンは引きつづいて連絡をとると約束した。船長は落ち着きをとり戻して、ふたたびどうにか情勢の主導権を握っていた――捕われの身にできる範囲内で。

その夜を、首領は協議に費やした。その声はときおり顧問のものに違いない別の声をはさんで、はるか上の地球人のところまではっきり聞こえた。夜明け近くなって、首領はどうやら結論に達したらしかった。顧問たちから少し離れて陣どり、武器を下に置いた。やがて陽の光が、ふたたび斜めにデッキに射しこんできたとき、首領はバーレナンのほうに進み出て近づいてくると手を振って、船長の護衛の船員たちに引きさがるように合図した。船長は相手の希望をすでにかなり推察していたので、静かに待っていた。首領はバーレナンの頭から十センチほど離れて頭をとめ、しばらくもったいをつけて中休みをし、それから話しはじめた。

その言葉は、船員たちにはまだ、当然ながらちんぷんかんぷんだった。しかし、それに伴う身振りで、遠い彼方の人間の見物人たちにさえ、演説の意味ははっきりしていた。

明らかに首領はラジオを欲しいといっていた。ラックランドは気がつくと、いったい首領はラジオにどんな超自然力があると想像しているのだろうと、ぼんやり考えていた。たぶん村を敵から守るためにラジオが欲しいのだろう。それとも、村の狩人たちに幸運がさずかるようにと望んだためかも知れない、だがそれは、実際には重要な問題でも何でもなかった。問題は要求が断わられたときの、その出方だった。あるいは非友好的な態度に出るかも知れないし、ラックランドはいまだに多少それを心配していた。

バーレナンは、人間の友人が分別というよりもむしろ勇気と感じたような態度に出たので、首領の演説に言葉少なに答えた。ラックランドがもうずっと前からその意味を心得ていた、たったひとことの言葉と身振りひとつが、その答えだった。ラックランドが間違いなくその意味を知って覚えた、最初のメスクリン語は〈ノー〉という言葉で、そしていま、その言葉を本当に覚えた。バーレナンの答えは、きわめて決定的だった。

首領は好戦的な態度はとらなかった。それを見て、少なくとも、ひとりの見物人だけは安堵した。首領は、そのような態度に出る代わりに、部下たちに短い命令を与えた。数人の部下がすぐ武器を傍《かたわ》らに置いて、ぶんどった食糧を、もとあったロッカーに返しはじめた。魔法の箱をひとつ手に入れるのに釈放だけでは足りないというのなら、首領はもっと支払ってもいいつもりだった。バーレナンもラックランドも、相手は相手の所有本能がひどく高まってきて、いまでは暴力を使うのを恐れているのだという、推定以上のものを持っていた。

食糧を半分返すと、首領はその要求をまたくり返した。そして、前と同じに断わられると、驚くほど人間によく似た諦《あきら》めの身振りをして、残りの食糧を返すように命じた。ラックランドは心配になった。

「バール、今度また断わったら、そいつはどうすると思う」

ラックランドはそっと訊いた。首領はわが意を得たようにラジオの箱を眺めた。たぶん持ち主を説いて、相手が欲しがるものを与えてやるように命じているのだと、考えたらしかった。

「ぼくには、あえて予言をするだけの確信がない」メスクリン人は答えた。「運がよかったら、こいつは村からもっと品物を持ってきて値を引きあげるだろうが、そこまで運がいいかどうかはぼくには確信がない。ラジオがこれほど貴重なものでなければ、いますぐくれてやるんだが」

「何てことをいう」ラックランドのそばに座っていた民俗学者が、そこで文字どおり爆発するような声をあげた。「きみはそんなくだらない駆け引きをやって、安っぽいビジョン・セット一台にしがみつき、きみときみの部下の生命を危険にさらしている」

「安っぽいどころじゃない」ラックランドはつぶやいた。「あれはメスクリンの極地で、メスクリンの大気のなかで持ちこたえ、メスクリンの原住民の手で操作できるように特別な設計がしてある」

「冗談いっちゃいけない」文化学者がぴしゃりといった。「情報を得るためでなかったら、何のためにあのセットをあそこへおろしたんだ。一台、野蛮人どもにくれてやれ。置き場所としてこんなにいいところが、ほかにどこにある。まったく違った種族の日常の生活を観察するのに、あの目を通じるくらいいい方法は、ほかにはないじゃないか。チャールズ、ぼくはときどききみには呆れるよ」

「そうすればあと三つバーレナンの手に残り、うちひとつは絶対に南極まで持っていかなければならない。きみのいうことはわかるが、こんなに早く、途中で実際に手放す前に、ロステンの承認を得たほうがいいと思う」

「なぜだ。あの男がこれと何の関係がある。あの男はバーレナンのような危険は何も冒していない、そしてわたしたちの仲間のように、あの種族の社会を観察する興味も持っていない。わたしは手放したほうがいいと思う。バーレナンもきっと手放したいに違いない。いずれにせよ、最後の決定権はバーレナンにあると、わたしは思う」

船長はもちろんそのやりとりを聞いていたに違いなく、口を挟んだ。

「チャールズのご友人、あなたはラジオがぼくのものではないことを忘れているよ。チャールズがぼくに安全措置としてラジオを渡してくれたのは、それは確かに、ぼくの申し入れによるものだった。それでほかのは、やむを得ない事故でぼくからとりあげられても、一台だけはぜひとも目的地まで持っていくことになっている。そういうわけで、ぼくには、最後の決定権を持つものは、ぼくではなくてチャールズだと思われる」ラックランドは即座に答えた。

「バール、きみが最善と考えたとおりにすればいい。きみは現場にいるんだ。きみは、わたしたちの誰も及びもつかないほどよく、きみの世界と、きみの種族を知っている。きみが、そこの種族のために一台残してやることに決めたら、それはきみも聞いたように、わたしの友人たちにとっても、何かの役に立つだろう」

「ありがとう、チャールズ」

船長の決心は、飛行士の話が終わった途端についた。幸いにして首領はそのやりとりに気をとられていて、話がつづいているあいだ、当人自身の利益を推進しようとする企《くわだ》ては何もしなかった。そこでバーレナンは、なおも芝居を最後までつづけ、何人かの船員を呼びつけてすばやく命令を与えた。

船員たちは、ひどく慎重に、いかなる場合も決してラジオに手を触れないようにして、吊りあげ道具の仕度をした。それから安全な距離から、帆桁《ほげた》でセットを動かし、吊りあげ綱がセットのまわりや下に、ちゃんと絡まるまで、押したり引っぱったりしていた。それがすむと、一本の吊りあげ綱の輪になった端が、うやうやしくバーレナンに手渡された。今度は船長が、首領に近寄るよう身振りで合図して、何か貴重なこわれやすいものでも扱うようなしぐさで、綱の輪を首領に渡した。それから船長は顧問たちに合図して、彼らもまためいめいで、ほかの取っ手をつかむように指示した。数人の顧問がいささかおっかなびっくりのていで前に進み出た。首領は大急ぎで、そのうちの三人に名誉ある役目を仰せつけ、ほかの者は後ろにさがった。

きわめてゆっくりと、用心しながら綱の持ち手は、ラジオをブリー号の外縁のいかだの端に運んでいった。首領のカヌーが川を滑って近づいてきた——長い細い船で、明らかに森の木の幹を、殻が紙のように薄くなるまで、えぐりとったものだった。バーレナンは頼りない思いで、それをつくづく眺めた。船長は、いかだ以外の物に乗って航行したことは、それまで一度もなかった。なかがらんどうの船は、どんな種類のものもバーレナンにとっては無縁だった。そしてカヌーは小さすぎて、きっとラジオのように重いものは運べないと感じた。

首領が乗員の大部分にカヌーから出ていくように命じたとき、船長は、人間がかぶりを振って、そんなことをしたって駄目だという仕草をするのと同じ身振りをしかけたが、かろうじてそれを抑えた。船員をどかして軽くしたくらいでは何ともならないと思った。そしてカヌーが新しい重さを加えて、ほんの少し沈下しただけなのを見たときは、驚いたというのでは足りないほど驚いた。いまにも突然、船は積み荷もろともに水面下に、簡単に沈むだろうと予期して見守っていたが、そんなことは何も起こらず、起こりそうにもないことがはっきりしてきた。

バーレナンは何カ月も前、地球からの訪問客とつきあってその言葉を学ぶ決心をするのにためらわなかったことでもわかるように、元来が楽天家だった。カヌーが重いものを載せても沈まないというのは、船長にとって新しい発見であり、明らかに学びとる値打ちがあった。船体の大きさに較べて、はるかに重いものを運べる船がつくれるということは、海運国にとっては明らかに、きわめて重要な知識だった。理の当然として、なすべきことはカヌーを一隻手に入れることだった。

首領とその三人の協力者がカヌーに乗りこむと、バーレナンはそのあとを追った。船長が近づいてくるのを見て、首領たちはカヌーを乗り出すのをひかえ、いったい何に用があるのだろうと訝《いぶか》しんだ。バーレナン自身は何の用かわかっていたが、自分が試みようとしていることがうまく成功するかどうか、確信はなかった。しかし、彼の種族には地球の〈虎穴《こけつ》にいらずんば虎児《こじ》を得ず〉と実質的に同じ意味の諺《ことわざ》があったし、船長は臆病者ではなかった。

バーレナンはきわめて慎重に、うやうやしくラジオに手をかけ、それとともに船とカヌーを隔てる一センチほどの川面《かわも》越しにからだを乗り出した。そして、いった。

「チャールズ、ぼくはたとえ引き返してきて、盗まなくてはならないにしても、この小さな船を手に入れるつもりだ。ぼくがしゃべるのをやめたら、どうか返事をしてくれ――いうことは何だってかまわない。ぼくは、ラジオを積んだ船はすっかり変わってしまって普通の用途には使えない、ラジオの代わりに、ぼくの船のデッキに置かなければならないとこの連中に思いこませるようにする。わかったね」

「わたしは、ゆすりは悪いことだと教わって育った――ゆすりという言葉は、またいつかきみに説明してあげよう――しかし、きみの神経の太さには感心したよ。できるものならやってみるがいい、バール。でも、どうか向こう見ずなことはしないように。やりすぎないようにして欲しい」

ラックランドは沈黙し、メスクリン人がそのわずかばかりの文句を、長々と注釈するのを見守っていた。

いままでどおり、船長は実際には話し言葉をほとんど使わなかったが、その行動は人間にさえも、一応その意味がわかり、さっきまでの船泥棒たちには、水晶のようにはっきりしていた。バーレナンは、まずカヌーを隅々まで点検し、しぶしぶではあったが、明らかにその価値を認めた。それから近づいてきていた別のカヌーを手を振って遠ざけ、まだブリー号のデッキに残っていた数人の川の部族の者に合図して、安全距離に引きさがらせた。そして顧問のひとりが、新しい役割を果たすために、放り出しておいた槍を拾いあげ、誰もカヌーのそばに近づいてはならないことを知らせた。

それから、バーレナンは槍の柄でカヌー自体の長さをはかり、ラジオがもとあった場所に槍を持っていき、カヌーを置くのに充分な広さの場所を、これ見よがしに、きれいに片づけた。船長の命令で、数人の部下が残っていたラジオを並べ直して、新しい財産をおく場所をあけた。さらに説得作業がつづけられるはずだったが、日が暮れたので活動は中断された。川の住民たちは夜明かしをして待ってはいなかった。また太陽があがったときには、ラジオを載せたカヌーはすでに何ヤードも先の岸に引きあげられていた。

バーレナンは、それを不安そうに見守っていた。ほかのカヌーも大部分陸に引きあげられていて、ブリー号の近くをまだ漂っていたのはごくわずかだった。さらに大勢の原地人が川岸の縁に集まってきて見物していたが、バーレナンが大いに満足だったのは、誰もラジオを積みこんだカヌーに近づかなかったことだ。明らかにバーレナンは、彼らにある程度の感銘を与えることに成功したのだった。

首領と助手たちは慎重にその戦利品をカヌーからおろし、現地民はもとの距離を保っていた。その距離はたまたま、バーレナンが必要とする槍の長さの距離の数倍もあった。ラジオが岸をのぼっていくと、群衆はそれを通すために道を広くあけ、ラジオの後ろについていって姿を消した。長時間、岸には何の動きもなかった。ブリー号はそのとき、檻《おり》を出ていこうと思えば容易に出ていけたはずで、川に残っていたわずかばかりのカヌーの乗員たちは、ブリー号の行動に関心を示さなかったが、船長はそうやすやすとは諦めなかった。そして目を岸に据えたまま待っていた。長い時間ののちようやく、大勢の長い黒と赤のからだが川岸に現われた。そのひとりがカヌーのほうへ近づいていったが、バーレナンはそれが首領ではないのを知ると、警告の叫び声を発した。その原地人は立ちどまると、しばらく相談がつづき、それが終わると、ラックランドが聞いたことのあるバーレナンのいずれの声にも劣らないほど高い、抑揚のついた一連の呼び声が起こった。そのあとまもなく首領が姿を見せ、まっすぐにカヌーのほうへ行った。そして、ラジオを運ぶのを手伝ったふたりの顧問がカヌーを川に押し出し、すぐブリー号に向かってきはじめた。いま一艘のカヌーがうやうやしく、一定の距離を保って、あとにつづいた。

首領は外側のいかだの、ちょうどラジオを積みこんだ個所に、カヌーを乗りつけ、すぐに船からおりた。バーレナンはカヌーが岸を離れるとただちに命令をくだしておいたので、小さな船はさっそくブリー号のデッキに引きあげられ、相変わらずあらゆる尊崇のしるしを見せて、前もって用意されていた場所に曳いていかれた。首領は、その作業が終わるのを待ってはいなかった。いま一艘のカヌーに乗りこむと、ときどき後ろをふり返りながら岸に帰っていった。そして岸によじのぼったとき、暗闇がその場の光景をのみこんでしまった。

「バール、勝ったね。わたしもきみの能力のはしくれでもいいから欲しいもんだ。そうすれば、まだあと当分生きていられれば、いまよりずっと金持ちになれる。ところで、きみはまだそこらで待っていて、明日になったら連中からもっと何か引き出すつもりかね」

「いや、いますぐ出発する」船長は即座に答えた。

ラックランドは、暗くなったスクリーンを離れ、何時間かぶりに最初の睡眠をとろうと自分の部屋に行った。村が見えだしてから六十五分間――メスクリンの日数で、四日にほんの少し足りない時間が――たっていた。

11　台風の目

ブリー号は、いつその変化が起こったのか、正確には誰もいえなかったほどゆっくりと、次第に東の海にはいっていった。風は日に日に勢いを増してきたので、普通の外海と同じように帆を使うことができた。川は一ロッド（約五メートル）きざみに、やがては一キロごとに広さを増して、ついにデッキからは、もはや岸は見えなくなった。しかし、水はまだ〈淡水〉だった——つまり、事実上、あらゆる大洋をいろいろな色に染めて、空から見るとじつに驚くべき景観をこの世界にもたらしている、充満する生命がまだ欠けていた——しかしその味は、すでにしかけていて、水夫たちはかわるがわる味わって試してみて、大いに満足していた。

飛行士たちの話では、南方は長い半島で遮《さえぎ》られているというので、彼らはまだ針路を東にとっていた。天候は申し分なく、何らかの変化があれば、彼らを注意深く見守っている異様な生物からさっそく警告があるだろう。船にはまだ食べ物は潤沢で、食糧豊富な深海水域に達するまで充分持ちこたえられる。乗組員たちは幸福だった。

船長も同じく満足していた。半ばは当人の検査と実験から、半ばはラックランドのさりげない説明からして、丸木舟のような、なかをくり抜いた船が、同じくらいの大きさのいかだよりもなぜはるかに重いものを運べるのか、その理由を知った。そして、すでに大きな船を——ブリー号と同じくらいの、あるいはもっと大きな——船を、同じ原理にもとづいて建造し、一回の航海でいままでの十回分の収益をあげるようにする遠大な計画を立てていた。ドンドラグマーの悲観論も、バーレナンの薔薇色の夢を動揺させはしなかった。航海長は、当人たちの国の人間が同じような船を使っていないのは何か理由があるに違いないといったが、それがどんなものかは説明できなかった。

「じつに簡単な代物ですからね」と航海長は指摘した。「ただ、あれだけのものなら、誰かがとっくの昔に考えついたはずですよ」

バーレナンは黙って船尾のほうを指さしただけだった。そこには、いまではロープの先に繋がれたカヌーが、彼らの食糧のたっぷり半分を積んで、元気よくあとについてきていた。航海長は、馬なしの新しい乗り物を眺める、家つきの御者のやりかたで頭を振ることができなかったが、首があったらきっとそうしたに違いなかった。

彼らがやっと南方に針路を変えたとき、航海長の顔は晴ればれとなった。新しい考えを、ふと思いついたのだった。

「見ていてご覧なさい。われわれが少しでもまともな重みを持つようになった途端に沈んでしまうから」ドンドラグマーは得意げにいった。「〈外縁〉に住んでいる連中には、あれでけっこうだが、ものが正常な場所では、しっかりした立派ないかだが必要です」

「飛行士は、そんなことはないといってる」とバーレナンは答えた。「きみもぼくと同じように、よく知っているが、ブリー号はこちらでも、国と同じくらいな浮かび方しかしない。飛行士は、それは、メタンもまた軽くなるからだといっている。そして、どうやらそれは筋が通っているように思える」

ドンドラグマーはそれには返事をしなかった。ただ、自己満足の微笑に等しい表情で、船の主要な航海用具のひとつである、頑丈な木製のぜんまい秤《ばかり》と、そこに示されている重量をちらと見ただけだった。重量が加わりはじめると、船長も、遠い彼方にいる飛行士も予期していない何事かが起こるのを、航海長は確信していた。それが何かはわからなかったが、起こることは確かだった。

しかし、重量はゆっくりと次第に加わっていったが、カヌーは相変わらず浮かんでいた。もちろん、地球でのように高くは浮かなかった。液体メタンの密度は水の半分以下だったからだ。その〈吃水〉線は、荷が積んであったので、キールと船縁《ふなべり》のほぼまんなかあたりになり、まるまる十センチは〈水面〉下になっていて見えなかった。残りの十センチの乾舷《かんげん》は、何日たってもいっこうに狭くならず、どうやら航海長はがっかりしたようすだった。たぶん、結局はバーレナンと飛行士のほうが正しかったのだろう。

その単調が破れたとき、ぜんまい秤はゼロ点から、かろうじて目に見える程度さがりはじめていた——もちろんこの秤は、ものが地球の正常の重量の何十倍、何百倍の重さを持つ場所で使用するようにできていた——現実の重さは地球の七倍だった。ツーレイからのいつもの呼び出しが少し遅れて、船長と航海長とが、ほかの全部のラジオも何かの原因でいうことをきかなくなったのではないかと疑いはじめたとき、やっと呼び出しがあった。呼び出したのはラックランドではなく、メスクリン人たちがもうすっかり馴染みになっていた気象係だった。

「バール」気象係は前置きなしに口をきった。「ぼくは、きみたちがどの程度の暴風を強烈すぎて、航海には不適当と考えるか知らないが――きみたちの標準は、かなり高いとは思うが――ぼくだったら、十二メートルのいかだに乗って航海するのはまっぴらごめんと思うほどのやつが近づいてきているようだ。ひどいつむじ風で、メスクリンでさえも台風の部類にはいると思われるほどの威力を持っている。ぼくは千五百キロほども、その進路を追って観測したんだが、いままでに見たところでは、ものを下から巻きあげ、海の色を変えて、はっきりとその進路のあとを残すくらいに激しい」

「そんなのは、ぼくもごめんだ」とバーレナンは答えた。「どうすれば、そいつをよけて通れる?」

「それが問題だ。どうすればいいか、ぼくに確信はない。きみの位置からはまだずいぶん遠いし、きみたちにとって具合が悪いときに、きみたちの進路を横切るかどうか、ぼくには絶対的な確信はない。そのほかにも、きみたちのそばを通過する、普通の程度のつむじ風がふたつばかりあり、それによってきみたちの進路は変えられ、台風の進路まで変わるかも知れない。ぼくがいまそれをきみに知らせたのは、そこから南東八百キロほどのところに、かなり大きな群島があるからだ。きみたちは、その群島のほうへ向かったらいいかも知れないと考えたんだ。台風はきっとその島を襲うに違いないが、立派な港がたくさんあるらしいので、台風が通り過ぎるまで、ブリー号をそこに避難させておけると思ったんだ」

「間に合うようにそこまで行けるかな。それがひどく疑わしいようなら、ぼくは、どんな陸にしろ、陸の近くまで行って、台風につかまるよりも外洋に乗り出していくほうがいい」

「きみのいまの速度だと、そこにたどりついて恰好の港を探すだけの時間は充分あるだろう」

「わかった。われわれの正午の位置を知らせてくれ」

いかなる望遠鏡をもってしても大気を越えて向こうにある船を見ることは不可能だったが、テレビ受信機の放射線を利用して、かなり正確に、ブリー号の位置の追跡ができた。それで、気象係は船長が知りたいといった位置を教えるのに何の困難もなかった。それによって帆の調整が行なわれ、ブリー号は新しい針路に向かって進んでいった。

空はまだよく晴れていたが、風が強かった。太陽は、そういった要因をたいして変えることもなく、くり返し弧を描いて、空を横切っていっていた。しかし、次第に靄《もや》が現われて濃くなりはじめ、太陽は黄金色の円盤から、急速に動く、真珠色の光の斑点に変わった。影がだんだんはっきりしなくなり、やがてすっかり消えてしまって、空はひとつの、ほとんど一色のぼんやりと明るいドームとなった。この変化は、何日もかかってゆっくりと起こり、そのあいだにブリー号の船底では、何キロもの距離が滑り去りつづけていた。

乗組員たちの精神が、近づく嵐の問題を去って、新しい問題に引きつけられたとき、彼らは、目的の島から百五十キロたらずのところにいた。海の色はまた変わっていたが、そんなことは誰も気にしなかった。赤い色も、青い色と同じようによく見慣れていた。この距離では誰も、陸のきざしを見ることは期待していなかった。潮流は、だいたい彼らの針路と直角になっていて、陸のものを運んでくることはなく、コロンブスに陸の先触れをした鳥は、メスクリンには住んでいなかったからだ。島の上に、よく形づくられているような、高く積みあがった雲の峰でもあれば、たぶん百五十キロ以上も遠くから見えたであろうが、靄が空を覆っていては、そのような雲はとうてい見えるはずがなかった。バーレナンは推測航法で、ただ希望を頼りに船を進めていた。上空の地球人には、もはや島は見えなくなっていたのだ。

とはいうものの、その不思議な出来事が起こったのは、空中でだった。

ブリー号からはるか前方に、小さな黒い斑点が現われ、急降下してはまた急上昇する動作をくり返していた。その動き方は人間には、すっかりなじみのものだったろうが、メスクリン人には見たことも聞いたこともないものだった。最初は誰も気がつかなかった。気がついたときには、ビジョン・セットの視野にはいるにはあまりに近すぎるし、高すぎていた。それを最初に見つけた船員は思わず、例の仰天の叫び声をあげたが、その叫び声は、ツーレイにいる人間の観察者たちをはっとさせただけで、とりたてて役には立たなかった。ほかへさまよい出ていた注意力が、その叫び声でさっとばかりスクリーンに立ち戻ったとき、彼らが見たものは、芋虫のようなからだの前半の端を、みんな一様に曲げて持ちあげて空を見守っているブリー号の乗組員の姿だけだった。

「どうしたんだ、バール」ラックランドがさっそく呼びかけた。

「わからないな」と船長は答えた。「ぼくはいっとき、あなたたちのロケットが、ぼくたちをもっとよく案内しようと思って島を探しにおりてきたんだと思ったが、あれはロケットよりも小さくて形がすっかり違っている」

「でも飛んでいるんだろう」

「そうだ。だが、あなたたちのロケットと違って、音は少しも立てない。風に吹かれて飛んでいるといったところだが、それにしては飛び方がなめらかで規則的すぎるし、風向きとは逆に飛んでいる。ぼくにはどう説明していいかわからない。長さよりも幅のほうが広くて、どことなくマストに帆桁を直角に渡したように見える。それ以上、ぼくには説明のしようがない」

「きみのどれかのビジョン・セットの角度を、上に向けて、わたしたちにそれが見えるようにできないか」

「やってみよう」

ラックランドはさっそく基地に電話をかけて、生物学者をひとり呼び出した。

「ランス、バーレナンが、何かわからないが飛ぶ動物にでくわしたらしい。いま、そいつをひと目見る手配をしている。スクリーン室までおりてきて、そいつが何なのか教えてくれないか」

「すぐ行く」

生物学者の声は最後のほうでかすれて消えた。明らかに、すでに部屋を出ようとしていたのだ。そして、ブリー号の船員たちがビジョン・セットを持ちあげる前に、早くもやってきたが、何も質問せず、そばの椅子にどさりと腰をおろした。バーレナンがまた話していた。

「そいつは船の上を行ったり来たりしている。あるときはまっすぐに、あるときは輪を描いて。向きを変えるときに少しかしぐが、そのほかには何ひとつ変わらない。小さな胴体から左右に二本の棒が出ているように見える……」

バーレナンは説明をつづけたが、その代物は彼の日常の経験をはるかに逸脱していて、それを説明する適切な言葉を、異国の言葉で見つけるのは困難だった。

「そいつが見えだしたら、目を細くする用意をしてくれ」ひとりの技師の声が割りこんできた。「ハイスピード・カメラでそのスクリーンを写すつもりなんだ。はっきりした画像を得るためには、うんと明るさを引きあげなくてはならない」

「……長い棒と交差して、短い棒を何本もとりつけてある。そしてそのあいだに、たいへん薄い帆のようなものが張ってある。また、くるりと向きを変えて、ぼくたちのほうへやってきている。今度は、たいへん低い——こんどは、きみたちの目にはいると思う……」

見物人たちはさっと緊張し、カメラマンの手は両極スイッチを握りしめた。スイッチを入れるとカメラが働き、同時にスクリーンの明るさが増大される。すっかり用意していたので、カメラマンはその代物が、充分視野にはいってきたとき初めて行動した。そして、部屋にいたものは、スクリーンが突然ぱっと明るくなって、思わず目を閉じる前に、ちゃんとよく見るだけの時間があった。みんな充分よく見た。

カメラマンが現像周波ジェネレーターを始動させ、スプールを逆まわししてフィルムを巻きかえ、部屋の白い壁のほうへカメラの向きをくるりと変え、映写スイッチを、ぱちりと入れるまで、誰も口をきかなかった。その作業が必要とした十五秒を埋めるには、めいめい考えることを充分に持ち合わせていた。

映像は、速度を五十分の一に落としてあり、好きなだけ長く見ていられた。バーレナンに、この説明がうまくできなかったのも無理はなかった。数カ月前、ラックランドと会うまでは、飛ぶということができるとは夢にも考えたことがなかったし、彼自身の言葉には、飛行術に関連する一語もなかった。彼が学んだ英語のなかには、飛行に関連する言葉はごくわずかしかなく、〈機体〉とか〈翼〉とか〈尾翼〉という言葉は、それに含まれていなかった。

それは動物ではなかった。胴体——人間がまずは〈機体〉と考えるような——胴体があり、バーレナンが手に入れたカヌーの長さの半分くらい、ということは一メートルほどの長さがあった。すんなりした棒が後ろに向かって、一メートルほど突き出ていて、その尖端に舵翼がとりつけてあった。張り出た翼はたっぷり五メートル以上はあり、一本の主軸と無数の勧骨からなる骨組は、それを覆っているほとんど透明な布地を透かして、容易に見分けがついた。バーレナンはその限られた知識をもって、実に巧みにそのものの説明をしたといってよかった。

「何で推進しているのだろう」突然、見物人のひとりが訊いた。「プロペラもないしジェットも見えない。バーレナンは、音もしないといった」

「グライダーだよ」と気象班のひとりが口を出した。「波頭の上昇気流を利用する、地球のカモメのような器用さを持った何物かが操縦しているグライダーなんだ。バーレナンくらいの大きさのものなら、ふたりは優に乗れるだろうし、食べたり眠ったりするために、着陸する必要がなければ、いつまでも滞空できる」

ブリー号の乗組員たちは、いささか神経質になりはじめた。飛ぶ機械がまったく音を立てず、なかに誰が、何が乗っているか見ることができないのが、彼らを苛立てた。誰だって、こちらからは見ることができないのに、相手からはひっきりなしに監視されているのが好きではない。グライダーは敵意のある動きは何もしなかったが、空中攻撃を受けた経験はまだ生々しく記憶に残っていて、相手が目の前にいることだけで不安な気持ちになった。乗組員のひとり、ふたりから、デッキで見つかる、何でもいい、固いものを使うことにして、新しく覚えたものを投げる術を実験したいという希望が持ち出されたが、バーレナンは断固として、それをさしとめた。彼らは、相手が何者かといぶかりながら、また陽が落ちて空の靄の円蓋が暗くなるまで航海をつづけた。そして、新しい日がきて、飛ぶ機械が影も形もなくなっているのを見たとき、安堵していいのか心配しなくてはならないのか、誰にもわからなかった。風はいまではさらに強くなっていた。そして北東から、ほぼ横なぐりにブリー号の針路にぶつかっていた。波はまださほどではなかったが、もちろん三角波が立っていた。バーレナンはそのときになって初めて、カヌーの不利な点のひとつに気がついた。船内に吹きつけられ、または流れこんだメタンは、そのままそこに溜《た》まっていた。それで、その日が終わる前に、小さな舟をいかだの縁に引き寄せて、ふたりの船員に水をかい出させなくてはならなかった――かい出すという行為については、バーレナンの国にはそれを現わす言葉も道具もなかった。

何日もたったが、グライダーは二度と現われなかった。そのうち、グライダーがまた帰ってきそうな方向に目をあげているのは正式の監視員だけになった。しかし、空の靄はますます濃く暗くなって、いまでは雲になり、海面からわずか二十メートルほどのところまで垂れさがっていた。バーレナンは、これではとうてい飛行できる天候ではないと、地球人から知らされて、見張りをやめることにした。バーレナンも人間も、最初のグライダーが、案内してくれる星も見えないほど靄の深い夜間、どうやって道を見つけたのか不思議でたまらなかった。

最初に見えだした島はかなり高く、土地は海面から急激に盛りあがって雲のなかに消えていた。そして最初に見つけた地点から風下にあった。バーレナンは地球人の説明を土台にして、自分でつくった簡単な地図を調べ、そのままの針路をとることにした。そして、予期したように別の島が真正面に現われ、最初の島は視界から薄れていった。バーレナンは針路を変えて、その島の風下の側にまわることにした。上空からの観察では、島のそちらの側の海岸はかなり不規則で、利用できる港がありそうだった。それにまた、バーレナンは、港をさがすのに、きっと数日はかかるに違いないが、そのあいだの夜を、風が正面からぶつかる海岸をうろついて過ごすつもりはなかった。

その島もまた高そうだった。山嶺が雲に達しているばかりでなく、ブリー号が風下の側にまわると、風は大部分遮断された。海岸線はあちらこちらでフィヨルドとなって断ち切られていた。バーレナンは港を探すのに、ただそのフィヨルドの口を通り過ぎるだけでとどめておくつもりだったが、ドンドラグマーは、外洋からずっと離れた地点まではいりこんでみる値打ちがあると主張した。ずっと内陸にはいりこんでいさえすれば、どんな浜辺だって完全な避難所になる、といいはった。バーレナンは、航海長の考えが間違っていることを見せてやりたいだけのために、そのいいぶんに従った。その計画にとっては不運にも、最初に調査したフィヨルドは外洋から一キロほどもはいりこむと、急に鉤形に曲がっていて、ほとんど円形で、直径が百メートルほどもある、湖水といっていいほどのものになっていた。ブリー号がはいってきた口と、そこから数メートルを隔てて、内陸から湖水に流れこんでいる小さな流れの川口をのぞき、そそりたつ四方の壁は霧のなかに隠れていた。そして、浜辺といえば、そのふたつの口のあいだにあるものだけだった。

船と船荷の双方を安全に保つようにするには、このさいたっぷり時間があった。雲は問題の大きな嵐に付随したものというよりも、むしろ気象係がいっていた、ふたつの〈普通〉のつむじ風の二番めのものに属していた。ブリー号が港に到着してから数日のあいだに、天候はまた回復したが、風は相変わらず強かった。バーレナンがよく見ると、港は実際は椀の形をした谷間の底にあって、壁の高さは三十メートルに足らず、かくべつ峻険《しゅんけん》でもなかった。壁をほんの少しのぼると、小さな川で断ち切られた狭間を通して、内陸をかなり遠くまで見通せた。バーレナンは、天気がよくなってから間もなくそうしてみて、なんとも気がかりな発見をひとつした。丘の斜面の陸生型の植物に混じって、海棲の貝殻、海草、かなり大きな海棲動物の骨が一面に散乱していたのだ。さらに調査をつづけると、これは現在の海面から、たっぷり百メートルの高さの地点までの谷間の一帯に、一様に広がっていた。その大部分の残骸は古くて腐敗して、ほとんど形もなく、一部は土中に埋もれていた。これは季節によって、大洋の水位に変化があるためかも知れなかった。しかし、なかには比較的新しいのもあった。それが暗示する意味は明白だった——ある特定の場合、海の水位は現在よりも、はるかに高いところまであがるのだ。ブリー号の位置は、乗組員たちが信じているほど安全ではないかも知れなかった。

メスクリンの暴風が、だいたい航海可能な限度でとどまっている要因が、ひとつだけあった。メタンガスが水素よりもはるかに密度が高いことだ。地球では、水蒸気は空気よりも軽く、ひとたび台風がはじまると、その発展に大きな力を貸す。メスクリンでは、暴風によって海から巻きあげられたメタンガスは、比較的短時間のうちに、最初嵐を起こす原因となった上昇気流にストップをかける。またメタンが暴風雲を凝集するために放出する熱は、それに匹敵する量の水が出す熱のわずか四分の一にすぎない——そして太陽が、ひとたび最初のひと押しをくれて台風が発生すると、水蒸気の持つ熱が台風の燃料になる。

こういったこと、すべてにかかわらず、メスクリンの台風は決して笑いごとではなかった。バーレナンはメスクリン人だったが、そのことを、きわめて突然に悟った。彼はまだ時間があるうちに、ブリー号をできるだけ川上まで曳きあげておくことを真剣に考えていた。そのとき、決定権は船長の手からとりあげられてしまった。湖水の水が、あっけにとられるほど急激に引いて、船は渚からたっぷり二十メートルも離れた個所に擱坐《かくざ》してしまった。たちまち、風は方向を九十度転換して途端に速度を増し、たまたまデッキにいた船員は命からがらデッキの索具にしがみつき、船にいなかった者は手近な植物にしがみついた。船長は甲高い叫び声をあげて船から出ていっていた連中に戻ってくるよう命令したが、周囲はほとんど完全に谷の壁で囲まれていたので、その声はまったく聞きとれなかった。しかし誰も命令を必要としなかった。彼らは灌木《かんぼく》から灌木へと伝い、いつでも二対《つい》以上のはさみでそれをつかむようにして、よちよちと船に引きかえしてきた。船では、仲間の船員たちは、すでにできるだけしっかりと、からだをいかだに縛りつけていた。船は、いまにも風に煽られて空に持ちあがろうとしていた。雨が——もっと適切にいうと、島を完全に覆いつくして、吹きつけてくるしぶき——が、いつまでも船員たちに叩きつけていた。それから、それと風の双方とも突然、魔法のようにやんだ。ひとりとして、あえて縛った綱をほどく者はなかった。いちばん遅れた船員たちが、そのすきに船に向かって一目散に駆け戻った。みんなわれがちだった。

海面の暴風の目は、たぶん直径が五キロほどもあって、時速百キロかそれ以上で進行していた。風がやんだのは一時的だった。台風の中心が谷に達したことを意味するだけだった。台風の中心は、同時にまた低気圧地帯だった。それが海に向かって移動しフィヨルドの入口に達すると洪水が起こった。海面が持ちあがり、近づくにつれてスピードを増し、ホースから噴出する奔流のように谷に流れこんだ。そして壁の下で渦を巻き、最初のひとまわりでブリー号をひっとらえ、船が渦を巻いて回転するにつれて、高く、さらに高く持ちあげられ——五十メートル、六十メートル、それから八十メートルに達したとき、風がふたたび襲いかかった。

マストの木は堅牢だったが、とうの昔にへし折れていた。ふたりの乗組員が姿を消した。おそらく、縛り方がぞんざいすぎたのだろう。船は、マストを失くしてしまっていたが、新しく吹きはじめた風はその船をとらえて、渦巻の縁のほうへ吹き飛ばした。船は無力な点でも大きさの点でも、木の切れ端同然に、いまでは島の内陸に向かって、逆流している小さな川の液体の流れに乗ってすっとんでいた。風はなおも船を駆り立てて、いまでは川の岸のほうへ追い立てていた。そしてふたたび気圧が上昇すると、洪水は起こったときと同じように急激に後退しはじめた——いや、まったく同じではなかった。ブリー号が浮かんでいる個所の水は、細い川の通路を逆戻りする以外にどこにも行き場がなくて、出ていくには時間がかかった。昼間がもっと長くつづけば、バーレナンは現在のさんざんな状態の船でも、まだ浮かんでいるあいだにどうにか流れに乗せて、あと戻りさせられたかも知れなかった。ところが太陽は、折も折、そのときを選んで沈んでしまった。暗闇のなかで船は坐礁してしまった。二、三秒遅れただけで、あとの祭りになった。液体は後退をつづけ、太陽が戻ってきたとき、下を見おろすと、無力ないかだの集団は流れから二十メートルも隔たった地面に転がっていて、流れ自体は、たったひとつのいかだを通すにも狭くて浅すぎるようになっていた。

海は、あいだに丘がはさまって、完全に見えなくなっていた。六メートルも長さがある、海の怪物のぐったりとなった死体が、小川の向かいの岸辺に転がっていて〈重力探検隊〉の孤立無援の姿を絵に描いたような恰好をしていた。

12　風に乗るもの

何が起こったか、あらましのことはツーレイから見てとれた。ラジオ受信器は、ブリー号のデッキにあったほかのさほど重要でない品物の大部分と同じように、しっかりとその位置に縛りつけられていた。もちろん、船が短期間大渦巻《メールシュトローム》に巻きこまれていたときは、はっきりしたことはたいしてわからなかったが、現在の状態は痛ましいほどはっきりしていた。しかし、スクリーン・ルームにいる誰ひとりとして、何かこのさい役に立つことをいえる者はいなかった。

メスクリン人たちも、この事態を前にして口がきけない点では、地球人と同じだった。彼らは乾いた陸上にある船は見慣れていた。彼ら自身の国で、夏から秋にかけて海が後退すると、かなりたびたび見られる光景だった。しかし、それがこんなに突然に起こり、しかも彼らと海のあいだにこれほど高い丘があるというのは、初めての経験だった。バーレナンと航海長は、事態をとくと考えてみて、感謝すべきことは何ひとつ発見できなかった。

食糧はまだふんだんにあったが、カヌーにあったものはどこかへ行ってしまった。ドンドラグマーはこの機会を利用して、いかだの優越性を指摘したが、カヌーの利点に間違った信頼を置いて、補給品の縛り方がぞんざいだったり、まったく縛りつけてなかったことはいい忘れた。小さな舟自体は、まだ曳き綱の先についていて、何の損害もなかった。カヌーをつくるのに使われていた木材は、高緯度地方に特有な背の低い木で弾力性を備えていた。ブリー号自体も同じような材料でできていて、形ははるかにぎこちなかったが、これまた別に異常はなかった。しかし椀形の丸い谷の壁にたくさんの岩があったら、話はまったく違ったであろう。ブリー号はその構造上ひっくり返りもせず――バーレナンは航海長の指摘をまたずしてその点は認めたが、正しい側を上にしていた。困ったのはなにも、船や補給品がなくなったということではなく、それを浮かべる海がなくなったことだった。

「いちばん確実な方法は、前にもしたように、いかだをばらばらにして、山を越えて運ぶことだ。山はたいして険《けわ》しくないし、それに、ばらばらにすれば問題にするほどの重さではない」バーレナンは長いあいだ考えたあげく、この提案をした。

「船長、あなたの考えはおそらく正しいでしょうが、それにしても、いかだは縦にだけ解体して、長さは船とそっくりなものを何本もつくるようにしたほうが、時間の節約ではないでしょうか。そして、担ぐなり曳くなりして川まで持っていけば、たいして遠くまでくだらなくても、きっと浮かべるだけの水があるでしょう」落下する岩との出会いのあと、いまではふたたび、もとの自分をとり戻していたハースが、この思いつきを持ち出した。

「そいつは、なかなかいい考えのようだ。ハース、きみは、どこまでくだればいいかだを浮かべるだけの水があるか調べてくるといい。そのあいだに、ほかの者は、ハースの提案どおりに、いかだの解体にとりかかれる。必要な場合は、積荷もおろさなければならない。荷物の一部は繋索の上にのっかっているだろうからね」

「あの飛ぶ機械にとっては、天気はまだ悪すぎるんだろうか」ドンドラグマーが、とくに、誰にというわけでもなく訊いた。バーレナンは空を見上げた。

「雲はまだ低いし、風が強い」と船長はいった。「飛行士たちのいうとおりだとすれば——連中は当然よく知っているはずだと思うが——天気はまだ悪すぎる。しかし、ときどき空を見上げたって害にはならない。ぼくはなんだか、もう一度あの飛ぶ機械をひとつ見たい気がする」

「ひとつにしろいくつにしろ、わたしは、たいして見たくないですね」航海長はそっけなく答えた。「あなたはカヌーにグライダーも加えて、おみやげにしたいのでしょう。ところで、いまさっそくいっておきますがね、わたしは、いざとなったら、あのカヌーには乗るかも知れませんが、あの飛ぶ機械に乗る日は、太陽がふたつとも空にある、静かな冬の朝ならともかく、ほかの日はごめんこうむりますよ」

バーレナンは答えなかった。船長はグライダーをコレクションに加えようなどとは意識して考えてはいなかったが、その思いつきはなんだか空想をそそった。それに乗って飛ぶのは——そう、バーレナンもずいぶん変わるには変わったが、二の足を踏んだ。

飛行士たちは天候が回復しつつあると報告してきた。そして、雲はその予言におとなしく従って、つづく数日間のうちに次第に薄くなっていった。天気はたいへんよくなって飛行に好適になったが、空を見張ることを考えた乗組員はほとんどいなかった。みんな忙しすぎた。ハースの計画は実行可能とわかった。流れは海に向かって、数百メートルくだっただけで、いかだが浮かぶに充分なくらい深くなっていて、さらにほんの少しくだると、ひとつのいかだが通れるほど幅が広くなっていた。重量が加わったところで問題はないといったバーレナンの言葉は間違っていたことがわかった。彼らが最後にラックランドを見た場所にくらべると、すべてのものが二倍の重さになっていた。それに彼らは、何であれものを持ちあげることに慣れていなかった。力は強かったが、新しい重力は彼らのものを持ちあげる能力を阻害し、小さないかだの列を持ちあげたり曳きずったりして、流れまで持っていくには積荷をおろさなければならなかった。いかだの一部が水につかると、仕事はだいぶ簡単になった。開鑿班がブリー号が横たわっている地点の近くまで岸を掘って広げると、仕事は楽になったといってもよかった。何百日もたたないうちに、長い細いいかだの列にはまた荷物が積まれて、ふたたび海に向かって曳かれていっていた。

飛ぶ機械がまた姿を現わしたのは、流れが湖にそそぐ直前で、両側の絶壁がもっとも険しくなっている地点に船がさしかかったときだった。カロンドラシーが、まっさきにそれを見つけた。ほかの連中はそのとき船を引っぱっており、カロンドラシーは食事の仕事をするために甲板にあがっていたので、注意力がほかの連中よりも自由だった。その驚き声で、地球人たちもメスクリン人たちも同じようにはっとさせられたが、地球人のほうは例によって、ビジョン・セットの仰角が適度に高く持ちあげられていなかったので、近づいてくる訪問客を見ることができなかった。

しかしバーレナンには、すべてのことが、はっきりしすぎるくらいはっきりと見えた。グライダーは八台いて、かなり近接して飛んでいたが、決してしっかり編隊を組んでとはいえなかった。彼らはまっすぐやってきて、小さな谷の風下の側で上昇気流に乗り、船のほぼ真上に現われた。それから針路を変えて船の前方を通過し、それぞれ逆落としに急降下して何かを投下し、向きを変えて、また風下に向かいながら高度を回復した。

落ちてきたものは何かはっきりしていた。乗組員たちの誰の目にもそれが槍であることが見てとれた。例の川の住人が使っていたのとよく似ていたが、穂先がはるかに重くできていた。いっとき、船員たちは落下するものに対する古い恐怖心でヒステリーになりかけたが、そのうちそのミサイルは彼らには当たらずに、いくらか離れて前方に落ちるのがわかった。数秒後、グライダーはふたたび急降下し、船員たちは狙いがよくなるだろうと予期して怖じ気をふるった。しかし槍は、前とほとんど同じ場所に落ちた。三度目の襲来で、その狙いは計画的なものだとわかった。そしていままでは、彼らの目的がどこにあるか明らかになった。槍はどれもこれも、狭い静かな流れに落ち、しっかりとした粘土の川底に半分以上も突き刺さっていた。そして三度目の襲来が終わったときには、二ダースもの槍の柄《え》でつくられた棒杭の柵が、流れをくだる船の通路を効果的に封鎖してしまっていた。

　ブリー号がそのバリケードに近づくと、〈爆撃〉は停止された。バーレナンは、船が柵に近づいて、その障害物をとり除くのを防止するために〈爆撃〉は継続されるだろうと考えたが、柵まで達してそれを調べてみると、その心配は無用とわかった。槍は突き刺さったままでびくともしなかった。槍は七Gの世界で、三十メートル近い高度から狙いたがえず落とされたもので、強力な機械の力を借りずには引き抜くことはできなかった。ターブラネンとハースは、五分間あまり上に向けてひっぱる努力をつづけたが、何の効果もなかった。

「切断できないか」ラックランドが遠い観測所から尋ねた。「きみたちのはさみは、かなり強力なはずだがね」

「これは金属ではなくて、木なんだ」とバーレナンは答えた。「あなたが、われわれのほうの木でも引き切れると話していた、例の固い金属鋸《のこ》が入用のようだ——何かほかに、これを引き抜ける機械があれば話は別だが」

「きみたちはそれを切断できる道具を持っているに違いない。でなかったらきみの船をどうやって修理するんだね。いかだは、まさかそのままの形で自然に生えているわけではないだろう」

「ものを切断するわれわれの道具は、動物の歯を強い枠にはめてつくってある。その大部分のものは持ち歩きができない。いま手もとに持っているやつを使ってはみるが、そんなことをするひまを与えてくれるかどうか怪しいものだ」

「火炎を使えば、やつらの攻撃を防げると思う」

「やつらが風下から来ればそれは防げるだろうが、相手がそれほど馬鹿だとは想像できない」

ラックランドは黙りこみ、乗組員たちは手当たり次第の刃のついた道具を使って、棒杭の攻撃にとりかかった。彼らの個人用のナイフは堅木《かたき》でできていて、槍の柄を切り込むことはできなかったが、船中にわずかばかりあった骨や牙でできたカッターは、バーレナンが話したように、信じられないほど堅い木をどうにか削りとりはじめた。一方、切断道具を持たない船員のある者は、槍を掘り出そうと試みていた。彼らは、かわりばんこに、何センチも深さがある川底にもぐって、槍の根元の粘土を掘り動かし、その泥土をゆっくりした流れに洗い流させていた。ドンドラグマーは働いているそれら船員たちをしばらく眺めていたが、やがて、十メートル以上もある川底から二ダースもの棒を掘り出すよりも、障害物をまわって運河を掘ったほうが、おそらくは簡単だろうと指摘した。この提案は、切る道具を何も持っていない乗組員たちの熱心な賛成を得て、仕事は驚くべきスピードで進捗した。

下方で、こうしたことが行なわれているあいだ、グライダーはずっと上空を旋回しつづけていた。夜どおしとどまっているのか、それとも、暗黒のときに他の機械が交替するのか、そのいずれかに違いなかった——が、そのどちらなのかは誰にもわからなかった。バーレナンは、いつ何時、地上部隊が現われるかも知れないと考えて、川の両岸の丘を厳重に見張っていたが、いつまでたっても、舞台で動いているのは自分の部下たちとグライダーだけだった。グライダー自体の乗組員の姿は見えなかった。その機械にどれだけの数、どんな者が乗っているか、誰にもわからなかったが、人間とメスクリン人の双方とも、それがバーレナンと同じ種族に属するものであることは、ある程度確信していた。彼らは船員たちの運河掘りの活動に、これといった何の不安の徴候も示さなかったが、それは、その切り通し作業に気がつかなかったためではないことが、やがて明らかになった。彼らが行動を開始したときには、仕事はほぼ四分の三終わっていた。またもや一連の〈爆撃〉が行なわれて、新しい水路はもとの川と同じように完全に杭で塞がれてしまった。前と同じに明らかに用心して乗組員を突き刺すことは回避された。しかし、相手のやり口には、まるで肉体的襲撃を加えられたかのようにがっかりさせられた。何日もの労働を何分かで灰燼《かいじん》に帰《き》されては、運河掘りの案は、明らかにものの役に立たなかった。何か別の手段を工夫しなくてはならない。

地球人の勧告に従って、バーレナンはずっと前から部下たちに、大勢一緒に集まらないように命令していた。しかしいま、船長は乗組員を船のほうへ集め、つなぎ合わせたいかだの列と平行に、川の両岸に間隔をゆったりとって人垣をつくらせた。船員たちは、上からの恰好の標的にされるにはあいだがあきすぎ、実際に攻撃された揚合はたがいに助け合えるように、間合いを狭くとっていた。そしてその態勢で待機していた。バーレナンは、次にどうでるかを決めるのはグライダーの乗組員のほうだということを、相手にはっきりと知らせたかった。しかし、相手はさらに数日間、何の行動にも出なかった。

それから、さらに十台あまりのふわふわの機械が遠くの空から現われ、ブリー号の上空で急降下し、二つの群れに分かれ、閉じこめられている船の双方の側の丘の頂に着陸した。着陸は、飛行士がかねて話していたように風上に向かって行なわれ、接地点から数メートル滑走してとまった。それぞれの機械から四人の者が現われて、翼のほうへ駆け寄り、近くの灌《かん》木《ぼく》を錨《いかり》にして、グライダーをしっかりと大急ぎで繋留した。これで、ずっと前から推定していたことが事実だったのがわかった。相手は、形、大きさ、肌の色などすべて、ブリー号の船員たちと同じだった。

グライダーの繋留がすむと、乗員たちはその居場所から風上に、折りたたみ式の何かの装置を組み立てにとりかかり、それに鉤つきの綱を結びつけた。そして、その装置からいちばん近いグライダーまでの距離を、きわめて慎重に測っているようすだった。その仕事が終わるまで、彼らはブリー号にもその乗組員にも、まったく注意も払わなかった。長い哀調を帯びた呼び声がひと声、一方の丘の頂から他方の丘の頂に向かって響き渡り、どうやら仕事が終わった合図らしかった。

それから風下の丘のグライダーの乗員たちは、丘の斜面をくだりはじめた。彼らは、着陸後仕事をしていたときのように、跳び歩いたりはしなかった。バーレナンの部下たちが〈外輪〉の探検に出かける以前に知っていた唯一の移動方法だった、芋虫のようなやり方で這っていた。そんなやり方でも、かなりの速度があって、日没ごろには——人一倍悲観的な乗組員たちの一部の者が考えたように——ものを放れば届くくらいの距離まで迫っていた。彼らはその地点で停止し、夜が明けるのを待っていた。ちょうど月明かりがあって、たがいに相手が疑わしい行動は何もしないのが見てとれた。陽が出て明るくなると、グライダーの乗員たちはまた前進をはじめ、やがてその新来者のひとりは、いちばん近い船員から一メートルと隔たっていない地点までやってきた。ほかの者は、その数メートル後ろに控えていた。一行の誰ひとりとして武器は持っていないようだった。バーレナンは、相手と会うために進み出て、それに先だって、ふたりの船員に命じて、ビジョン・セットを一台まっすぐに合流地点に向けさせた。

グライダーの操縦士は時間の無駄はせず、バーレナンがその前に立ちどまると、さっそく口を開いた。船長には、ひとこともその言葉が理解できなかった。二言三言話しているうちに、相手にもそれがわかったらしかった。そこでいったん言葉を切ったが、しばらくすると、前よりも幾分かゆっくりと話しはじめ、バーレナンはそれを聞くと、別の違った言葉だと判断した。バーレナンは相手が知っていそうな言葉を、あれこれと手当たり次第にしゃべって、無駄な時間つぶしを避けるために、今度は自分の言葉で、相手の言葉が理解できない旨を告げた。すると相手は、さらに言葉を変え、意外なことにバーレナン自身の国の言葉でしゃべりはじめた。ゆっくりと話され、発音は悪かったが、なんとかわかることはわかった。

「きみの国の言葉が話されるのを聞くのは久しぶりだ」と相手はいった。「ぼくはまだ、どうにかわかる程度にきみたちの言葉が話せるつもりだ。どうだね、わかるか」

「完全によくわかる」とバーレナンは答えた。

「よろしい。ぼくは外港監督官マーレニの通訳官、リージャーレンだ。きみたちは何者で、どこから来て、この島のまわりの海を航海するのは何の目的か、調べるように命令されてきたわけだ」

「われわれは貿易の旅をしていて、特別な目的地は持っていない」バーレナンは、別の世界の住人と関係を持っていることを話すつもりはなかった。「こんな島があることを知らなかった。〈外輪〉はもうたくさんだと思って、出ていこうとしていただけだ。きみたちに交易の意志があれば、われわれは喜んでそうする。その意志がないなら、旅をつづけさせてもらいたいとお願いするだけだ」

「この方面の海で交易に従事しているのは、われわれの船やグライダーだけだ——よその船は一度も見たことがない」リージャーレンは答えた。「ぼくに理解できない点がひとつある。ぼくがきみたちの言葉を教わった、はるか南から来た貿易商は、西の大陸を横断して、その向かい側の海のはるか彼方の国から来たといっていた。われわれは、その大洋から、ここと氷のあいだにある海に通じる水路はないことを知っている。しかも、われわれがきみたちの船を最初に見つけたとき、きみたちは北方から来ていた。ということは、きみたちはこの界隈の海を行ったり来たりして、計画的に陸地を探していることを暗示する。それと、きみの話を、どう辻褄を合わせるんだね。われわれはスパイは好きではない」

「われわれは、この大洋とわれわれの海とのあいだにある陸地を横断し、北方からやってきたんだ」

バーレナンは相手が納得するような嘘を思いつくひまはなかったが、本当の話をしたところでとうてい信じてもらえないことを知っていた。そして、リージャーレンの表情が、その見当が当たっていたことを示した。

「きみの船は、明らかに大きな道具を使って建造されたものだが、きみたちはいま、そんな道具を持っていない。ということは、造船所でつくったということになる。しかし、この大洋の北部には造船所はひとつもない。きみはその船をばらばらにして、あれだけの陸を曳きずって横断したと、ぼくに信じさせたいのかね」

「そうだ」とバーレナンは答え、どうやら逃げ道が見つかったように感じた。

「どうして、そんなことができる？」

「きみたちは、どうやって飛ぶんだね。ある者にとっては、船をばらばらにして運ぶことよりも飛ぶことのほうがはるかに信じがたいだろう」

その反問は、通訳の反応から判断して、バーレナンが望んだほど好適ではなかった。

「きみはまさか、ぼくがそれを話すと期待しているわけではないだろうね。ほんの通りすがりだったらわれわれも見逃しておくだろうが、スパイはもっともっと手痛い待遇を受ける」

船長はできるだけ平気を装っていた。

「もちろん話してくれるだろうとは期待していない。ぼくはただ、われわれがどうやってあの陸の障害を乗り越えたか、きみはおそらく、ぼくに尋ねるべきではなかったことを、できるだけ婉曲に指摘しただけなんだ」

「ああ。でもぼくは尋ねるべきで――尋ねなくてはならない。きみはまだ、きみたちの立場をよく理解していないようだね。きみがぼくをどう考えようと、それは重要でも何でもない。でも、ぼくが、きみのいいぶんをどう考えるかは、きわめて重大だ。簡単にいうと、きみが希望どおりにここを立ち去るには、きみたちが無実であることをぼくに納得させてくれなくては」

「だが、ぼくたちが、どんな危害をきみたちに与え得るというんだ――たった一艘の船の乗組員たちが。なぜきみたちは、そんなにわれわれを恐れるのかね」

「ぼくらは、なにも、きみたちを恐れてはいない」その返事は鋭くて力がこもっていた。

「きみたちが与え得る損害ははっきりしている――船荷は別として、きみたちの誰だって、われわれが与えたくない情報を持ち去ることができる。もちろん、きわめて丁寧に説明してやらないかぎり、野蛮人どもには飛行の秘密は覚えられないことはわかっている。だからぼくは、きみの質問を笑ったんだ。だが、きみはもっと慎重に行動すべきだ」

バーレナンは笑い声は聞いた覚えがなく、この通訳とその同族たちに対して深い疑惑を持ちはじめた。バーレナンの側から与えるものとしては、半分の真実が、たぶんもっとも賢明なやり方らしかった。

「ぼくらは船を引っぱって陸を横断するには、たいへんな援助を受けた」バーレナンは口調に、多少不機嫌な調子を含ませていった。

「岩ころがしや、川の住民からか。すると、きみの舌は驚くべき説得力を持っているに違いないね。ぼくらがやつらからうけとったのは飛び道具だけだ」

バーレナンがほっとしたことに、リージャーレンはその話題をそれ以上は推し進めなかった。もっと直接的な問題に話を戻した。

「するときみたちは、ここに来たからにはわれわれと交易したいというんだね。交易するといっても、いったい何を持っているんだね。そして、思うに、きみたちはわれわれの町へ行きたいんだろう」バーレナンはその言葉に罠を感じとり、それに応じた返答をした。

「われわれは、ここでもいいし、どこでもいい、きみの望み次第の場所で商《あきな》いをするが、なるだけ海からこれ以上遠くへ行きたくない。さしあたってわれわれが交易したいのは、あの地峡産の食糧品で、きみたちは飛ぶ機械があることだし、きっとそういった食糧品はふんだんに持っているに違いない」

「食糧なら、だいたい売ることができる」と、通訳はあいまいな返事をした。「きみは海にもっと近い場所まで行かなくても交易する意志があるかね」

「いまもいったように、必要ならどこででもいいが、なぜそんな必要があるのか、ぼくにはわからないね。ぼくらがきみたちの意志に反して、この沿岸から立ち去ろうとしたところで、たいして遠く行かないうちに、きみたちの飛ぶ機械につかまってしまうだろう。そうじゃないか」

リージャーレンはそのときまで、バーレナンに対する疑惑がだんだん解けていっていたらしかったが、その最後の質問で、疑惑はふたたび、もとどおり立ち戻ってしまった。

「たぶんそうできるだろうが、それをいうのはぼくの役目ではない。もちろんマーレニが決める。だがぼくは、きみがここで船荷を軽くしたいかも知れないと考えたんだ。もちろん、いずれにせよ入港税はかかるが」

「入港税だと？　ここは港ではないし、ぼくはここに上陸したのではない。吹きあげられたんだ」

「とにかく、外国船は入港税を払わなければならない。額は、外港監督官が決めることをいっておく。しかし、監督官のきみに対する印象は、ぼくの言葉に左右されることが相当に多い。きみも、ほんのもう少し礼儀作法を心得ていたほうが、身のためかも知れないよ」

バーレナンは、かんしゃくをかろうじて抑えたが、通訳のいうことはまぎれもない真実だと認め、そう口に出して賛成した。そして、そのことをいくらか言葉だくさんに長々としゃべり、どうやら相手は、それである程度機嫌をなおしたようだった。とにかく、おおっぴらにもほのめかしにも、それ以上は脅し文句を並べず、その場を去っていった。

ふたりの部下がそれについていき、ほかの連中はあとに残った。ほかのグライダーから降りてきた連中が、大急ぎで折りたたみの枠組みに結ばれていた二本のロープをつかまえて引っぱった。ロープは信じられないほど長く伸びて、やがてその鉤が、グライダーの鼻の先の鐶《かん》にひっかけられた。それからグライダーは繋留索を解かれ、ロープがもとの長さに縮んだ途端に、グライダーは空中に放りあげられた。バーレナンはそれを見るとたちまち、その伸縮自在のロープがいくらか欲しくてたまらなくなった。それで、そういうと、ドンドラグマーも同感だった。航海長は会話の全部を聞いていて、外港監督官付き通訳に対する船長の感情にも同感だった。

「ねえ、バール、わたしはあのガキにつけあがった真似をさせないようにできると思うがね。やってみましょうか」

「ぼくもそうしたいが、われわれがすっかりここから遠く離れるまでは、あいつをかんかんに怒らせるような余裕は、われわれにはなさそうだ。ぼくはいまだって、いつだって、あいつにしろあいつの友人にしろ、ブリー号の上に槍なんて降らせてもらいたくない」

「あいつを怒らせようというんじゃないですよ。われわれを恐れさすようにするんです。

〈野蛮人〉とぬかしおった——わたしが自分で、この始末をつけねばならないとなったら、奴の目にもの見せてやるんだがな。すべてはひとつのことにかかっています。飛行士たちは、あのグライダーがどんな働きをするか知っていて、それをわれわれに教えてくれるでしょうか」

「もう長いあいだ、もっと便利なものを持っているので、グライダーのことなど忘れてしまったのなら別だが、おそらくはそれくらいのことは知っているだろう——」

「わたしがいま考えていることからいえば、そうであってほしい」

「——だが、教えてくれるかどうか、ぼくには確信はない。きみもいままでは、ぼくがこの旅行から、本当は何を得ようと望んでいるか知っているだろう。ぼくは飛行士たちの科学についで、できるだけ多くのことを知りたいのだ。それで〈中心部〉に近い、問題のロケットにたどりつきたいんだ。チャールズはそのロケットには地球人のもっとも進歩した科学的装置が搭載してあると話していた。われわれがその装置を手に入れると、もはやブリー号に手出しができる海賊は、海上にも海岸にもいなくなり、もはや港の料金も払わなくてよくなる——そうなれば、われわれは自分で自分の献立表が書ける」

「わたしもそんなところだろうと想像していましたよ」

「それで連中が、きみの知りたいことを教えてくれるかどうか怪しいというんだ。飛行士たちは、ぼくが何を狙っているか、見当をつけているかも知れないものね」

「船長、わたしにいわせれば、あなた自身が疑り深《うたぐ》すぎると思う。あなたは、盗みたいと思っているその科学的情報の何かについて、直接チャールズに訊いたことがありますか」

「ある。チャールズはいつも、説明したってぼくには難しすぎるという」

「たぶんそのとおりかも知れませんよ。あるいはチャールズ自身が知らないのかも知れない。ともかくわたしは、あのグライダーについて飛行士の誰かに訊いてみたい。そして、あのリージャーレンがぺしゃんこになるのを見たい」

「それでいったい、きみの考えというのはどうなんだ？」

ドンドラグマーは長々とその説明をした。船長は最初は疑っていたが、だんだん熱狂してきて、最後にふたりは一緒にラジオのそばへ行った。

13　失言

幸いにしてリージャーレンは、何日ものあいだ帰ってこなかった。仲間は居残っていて、いつも四台から六台のグライダーが頭上を旋回していて、さらに数台が丘の頂《いただき》のカタパルトのそばにうずくまっていた。飛行体の数は大して増えなかったが、丘の頂の人数は日に日に増加した。上空の地球人たちはドンドラグマーの計画に大乗り気で相談に乗ってくれたが、いささか面白半分気味ではないかとバーレナンは疑った。船員たちのある者は、知る必要のあることを、満足すべき速度をもって呑みこめなかったので、ある意味では計画の本体から外さなくてはならなかったが、それでも情勢はよく理解していて、希望どおりの効果を生みだすのに役立つだろうとバーレナンは確信していた。そして、さしあたり彼らにはめちゃくちゃになったマストの修理をさせることにした。その修繕仕事は少なくとも彼らを船に引きとめておけた。

通訳がまた戻ってくるはるか以前に計画は熟し、稽古も充分に行なわれ、高級船員たちは、それを試してみたくてうずうずしていたが、ドンドラグマーはまだラジオのそばで時間を費やし、別の計画を練っていた。さて、船長と航海長は数日間、はやる心を抑えていたが、ある朝ぶらぶらとグライダーが繋留してある丘へのぼっていった。ふたりとも、自分の意向は相手にひとことも話さなかったが、どちらもその考えを実験する固い決意を持っていた。天候はずっと前から完全に回復していて、飛行を助け、または妨げるメスクリンの海につきものの、絶え間ない風があるだけだった。その朝の風は、どうやら飛行を助けたいらしく、グライダーは繋留索を、生きた動物のように精一杯に引っぱっており、乗員たちは翼のそばに立ってあたりの灌木《かんぼく》をしっかりと握っていた。

バーレナンとドンドラグマーが機械に近づいていくと、鋭い声で停止を命じられた。その命令を与えたやつは記章をつけていなかったので、地位も権限も見当がつかなかったが、そんな問題をあれこれ論じ合うことは、彼らの計画には含まれていなかった。ふたりは命令されたとおり立ち止まり、三、四十メートル離れた距離からさりげなく機械を眺めた。グライダーの乗員たちはなんだか挑戦的な態度でふたりを見返した。どうやらリージャーレンの高慢な態度は、この国民のあいだでは珍しいものではないらしかった。

「おい、野蛮人ども、驚いたようだな」しばらくの沈黙のあと、連中のひとりが声をかけた。

「おれたちの機械をただ眺めただけで、きみたちに何かわかるものなら、おれはきみたちを追い払うところだがね。だがどう見たって、たしかにきみたちは、まるで赤ん坊みたいだよ」

相手はバーレナンの言葉で話していたが、主任通訳にくらべてそれほどひどい訛《なまり》はなかった。

「きみたちの機械から、とくに学ぶことはなさそうだ。ところで、翼の前方を下に曲げておけば、いまの場合、風でそれほど骨を折る必要はないだろうにね。なぜ大勢の者がそんなに忙しい思いをしなくてはならないんだ」

バーレナンは〈翼〉という言葉が当人の国言葉になかったので、英語を使った。相手は説明を求め、それを受けると驚いて、しばし自らの優越性を度忘れしていた。

「きみたちは、いままでにグライダーを見たことがあるのか。どこで見た？」

「ぼくは、きみたちの型の飛ぶ機械は、生まれてこのかた一度も見たことがない」バーレナンは答えた。その言葉はまったく本当だったが、力の入れ場所は、確かにその意味を相手に誤断させた。「ぼくはいままで一度も、こんなに外輪近くには来たことがない。こんな組み立てでは、ずっと南方で飛ばすと重さが加わるので、ひとたまりもなく壊れてしまうだろう」

「どういうわけで――」

見張り人は、自分の態度が文明人の野蛮人に対するそれではないのに気づいて、言葉を中途で切った。そしてしばらく黙って、この場合どういう態度をとればいいか見つけようとしていた。それから、この問題は、命令系統のさらに高いところに移すことに決めた。

「リージャーレンが帰ってきたら、きみたちに気がつくかも知れない、小さな改良すべき点にきっと興味を持つだろう。そして、それに充分価値があると考えたら、入港税をまけてくれるかも知れない。それまでは、われわれのグライダーに近寄らないようにしているほうがいいと思うよ。きみたちは何か貴重な特徴に気がつくかも知れないし、その場合は気の毒だが、われわれはきみたちをスパイ扱いしなくてはならなくなるからね」

バーレナンと航海長は、それ以上いい争いはせず、ブリー号に引き返し、自分たちが相手がたに与えた影響にひどく満足で、さっそくことの一部始終を地球人に報告した。

「きみたちが二百Gの緯度で飛べるグライダーを持っているとほのめかしたとき、相手はそれをどう受けとったと思う」とラックランドは訊いた。「向こうはきみたちのいうことを信じたと思うかね」

「わからない。とにかく向こうは、しゃべりすぎるか、聞きすぎると考えたんだ。それで、ぼくらを親分が帰ってくるまで、そっと押しこめておくことにしたんだ。しかし、ことは予想どおりの方向へ進みだしたものと思うよ」

バーレナンの見通しは当たっていたかも知れないが、通訳は帰ってきても、それらしいかくべつの証拠は与えなかった。現実に着陸して、丘をおりてブリー号にやってくるまでには、いくらかひまがかかったので、そのあいだに監視人は船長との会話の内容を報告したものと思われたが、通訳は最初、それについては何もいわなかった。

「外港監督官は一応、きみたちの意図は無害だと推定することにした」と通訳は口をきった。「しかし、許可なくして接岸したことは、むろん規則違反だが、当時きみたちは困難な立場にあったことを認め、寛大に扱うつもりでいる。それで、監督官はきみたちの積荷を調べ、適当な入港税と罰金の額を定める権限を、ぼくに与えた」

「監督官は自身で、われわれの積荷をご覧になるつもりはないかね。そうすれば、ご親切に対するわれわれの感謝のしるしとして、何か受けとってもらえるかも知れない」

バーレナンは、ともすれば声に皮肉な調子がでそうになるのを、どうにか抑えた。リージャーレンは地球人の微笑と同じ意味の表情をした。

「きみの態度は感心だ。おたがい、きっとうまくやっていけるに違いない。残念だが監督官はいま別の島のことで仕事があり、こちらに来られるひまができるまで、もう何日もかかるだろう。そのころになって、まだきみたちがここにいたら、監督官はきみの申し出を喜んで承知されるものと確信する。それはそれとして、われわれはさっそく仕事にとりかかったほうがいいだろう」

リージャーレンは、ブリー号の積荷の検査のあいだ、その威張った態度をまったく捨てなかった。しかし、その仕事をしながらバーレナンに、知らず知らずのうちにある程度の情報を洩らした。おそらく、意識してその情報を与えるくらいなら、彼はむしろ死を選んだだろう。通訳はもちろん、見るものすべてにけちをつけ、いままでのところまだ姿を見せない親分のマーレニの〈慈悲心〉について、とめどもなく同じことをくり返した。しかしながら、ブリー号が地峡横断の旅のあいだに手に入れた〈まつかさ〉のかなりの数を罰金としてとりあげた。グライダーで行けばたいした距離ではないので、そんなものは、ここではかなり容易に手にはいるはずだった——事実、通訳は、その地方の現地民を知っていることを示すような発言をした。するとリージャーレンが、この木の実を値打ちものと考えているということは、この通訳と同族の高度に文化的だと自惚《うぬぼ》れている種族は、地峡の〈野蛮人〉たちを少し見くだしていて、欲しい木の実も、節を屈してまでとりに行ったりしないことを意味する。そしてこの連中は、彼らが人からそう思われたいと望んでいるほど、万物の霊長に近くも何ともないということになる。これは航海長の計画が成功する可能性が充分にあることを暗示した。通訳は、ブリー号の〈野蛮〉な乗組員に劣って見えないようにするためには、おそらくはほとんど何事でもしそうだった。それを考えると、バーレナンは、士気が地球人のロケットのように高揚するのを感じた。いまにリージャーレンを、愛玩動物のテルネーのようにひきずりまわしてやれる。船長は、その少なからぬ力量のすべてをその仕事に傾注し、乗組員たちは健気《けなげ》にその努力を補佐した。

ひとたび罰金が支払われると、丘の上の見物人たちはどっとばかり山をおりて、ブリー号に押し寄せてきた。そして〈まつかさ〉の実の価値は最終的に、申し分なく確認された。バーレナンは最初、全部売ってしまうことを幾分かためらっていた。国に持って帰ればもっと高く売れると思ったからだ。だがよく考えてみると、国に帰るには、どうせまた原産地を通らなければならず、そのときにまた補給できるはずだった。

買い手の大部分は、当人たちもまた明らかに職業的な商人で、交易品をふんだんに貯えていた。そのあるものは食用になったが、船長からの命令で、船員たちはそんなものに目もくれなかった、商人たちはそれも至極もっともだと考えた。そういった品物は、海外貿易に従事する者にはほとんど何の値打ちもない。食料は海で補給できるからである。それにまた、たいていの型の食料品は国に持ち帰って売り物になるほど長くは、とうてい保存がきかなかった。どちらかというと長持ちのする〈香料〉が、この規則の主な例外品であるが、この土地の商人は香料は何も持っていなかった。

しかし一部の商人は、なかなか興味のある品物を持っていた。バーレナンが関心を持ったロープと織り物は、そのどちらもが売り物に出され、船長はいささか意外な思いがした。バーレナンは自分で乗り出していき、売るための織り物を持っていた商人のひとりと直接交渉をした。信じられないほど薄くて透き通っているほか、本当とは思えないほど丈夫な布で、船長は長い時間をかけて触ってみていたが、やっとその織り物はグライダーの翼に使われているのと同じ材料でできていることに納得がいった。リージャーレンがすぐそばにいたので、少し用心する必要があった。商人から聞いた話では、その布は、見かけはそうと思えなかったが、実際に織ったもので、繊維は植物性で——用心深い商人は、それ以上の詳しい説明はしなかった——織りあげたあと、その布をある種の薬液で処理すると、糸が一部溶解して織り目の穴を塞ぐということだった。

「で、この布は風を通さないというわけだね。国に持って帰れば簡単に売れると思う。強さが足りないので屋根張りのような実際的な用途には、とうてい向かないだろうが、確かに装飾には使える。とくに色つきのほうは。買い手の口からそんなことをいうのは、決してほめられたやり方ではないが、わたしがこの島で見た品物のなかでは、これがいちばん売り物になると思う」

「強さが足りないって？」憤慨の言葉を発したのは商人ではなくて、リージャーレンだった。「この生地《きじ》はほかのどこでもつくれないし、グライダーの翼にできる。強くて同時に軽い材料といえば、これ以外にない。きみがこれを買うなら、そんな目的には使えないような、小さな巻き物にしたものしか渡してやれない――馬鹿でないかぎり、誰だって継ぎ目のある翼なんか信頼しないからね」

「もちろんだ」バーレナンは簡単に賛成した。「このような代物は、ここではものの重さが軽いので、翼に使えると思う。しかし保証するが、もっと高い緯度ではそのような目的にはまったく使い物にならないだろう。ひとを持ちあげるくらいな大きさの翼なら、それに浮力を与えるだけの強い風にあえば、たちまちめちゃめちゃになってしまう」

その文句は、バーレナンの人間の友人の言葉をほとんど受け売りしたものだった。その人間の友人は、だから、ずっと南の国ではグライダーが見られないのだろうと説明した。

「もちろん、この緯度のグライダーにはきわめてわずかなものしか積んでない」とリージャーレンは認めた。「ここで必要な以上に頑丈なグライダーをつくったって何のたしにもならないからね。重くなるばかりだ」

　バーレナンは自分の戦術的相手はたいして頭がよくないと判断した。

「もちろんさ」と船長は賛成した。「しかし、ここくらいの強い暴風があれば、水上船はきっと頑丈に違いないと思う。ぼくの船が内陸に吹きあげられたように、船が吹き飛ばされることがあるかね。ぼくは、海があんなに持ちあがるのをいままで一度も見たことがなかった」

「われわれは、もちろん、嵐が近づいてくると警戒する。海が持ちあがるのは、ぼくが観察したかぎりでは、重量が少ないこの地方の緯度でだけの現象だ。実際われわれの船は、きみたちの船にたいへんよく似ている。ただ、見たところ兵器が違っている。きみたちのような兵器は、ぼくには初めてだ――きっとわれわれの戦争学者は、この地方のような暴風のなかでは、きみたちの船のような兵器では不充分だと考えたのだろう。きみたちの装備は船をここに吹きあげた台風で、ひどく痛めつけられたのかね」

「かなり手ひどくといっていい」バーレナンは嘘をついた。「きみたちの船は、どんな兵器を備えているのかね」

　船長は、通訳がもとどおり、また横柄《おうへい》な態度に戻るのが関の山で、その質問に、どんな意味ででも答えようとは一瞬といえども期待していなかった。ところがリージャーレンは、そのときにかぎって協力的で、愛想がよかった。彼は長い叫び声をあげて丘の上に残っていた、一行の誰かに合図した。すると、そのうちのひとりが、命令に従って変なものをはさみで挟んで、取引きの舞台におりてきた。

バーレナンはもちろん、石弓にしろ何にしろ、射出武器は一度も見たことがなかった。それでリージャーレンが、石英のやじりがついた三本の矢を、つづけざまに五十メートルほど離れた堅い植物の幹に射ちこみ、十五センチほどの長さの矢が、半分以上も幹に突き刺さるのを見ると、適当に感心した。そしてまた、通訳がいかにもお人好しで利用しやすいのに呆れて、ほとんどものもいえなかった。こんな武器は、ブリー号が国の緯度へ帰る途中、四分の一も行かないうちに、まったくの重荷になってしまうだろう。なので別に欲しくもなかったが、何よりもまず、ものは試しにバーレナンは、その石弓をひとつ買いたいと申し出てみた。すると通訳は、贈り物にするといって、ひと束の矢と一緒に弓を船長の腕に押しつけた。船長にとっては首尾は上々だった。商売人として、バーレナンは、もちろん相手から間抜けと思われるのが好きだった。そのほうが普通、余計に儲かった。

バーレナンは思いがけないほど多量の翼の生地を手に入れた――リージャーレンは、布地が小さいかどうか確かめることを忘れたか、または、もはや確かめる必要を認めなかった。それに弾力性のあるロープもたくさん入手した。ほかにも土地の産物を多量に仕入れて、ブリー号の甲板は、それらの品物でいっぱいになり、残っているのは、日常の作業に必要なスペースと、頃合いの食糧を貯蔵する場所だけだった。島に持ってきた、売れるものは全部売り払ってしまった。その例外といえば、おそらく火炎放射器だけだっただろう。リージャーレンは壊れていると聞かされたので、その火炎放射器については何もいわなかったが、何かの武器であることは明らかに見抜いていた。バーレナンは弾薬の塩素だけはとりのけておいて、一台くれてやろうかとまで考えたが、どのような働きをするか説明してやらなくてはならず、実験までさせられるかも知れないと思い当たった。そんなことをするつもりはなかった。この連中が火炎放射器のことを知らないとすれば、その性質について本当のことを知らせたくなかった。また、この種の武器のことをすでに知っていれば、嘘をついて尻尾を押さえられたくなかった。リージャーレンを上機嫌にしておくほうがずっとましだった。

売り買いがすむと、土地の住民の群れは次第に姿を消していって、最後に残ったのはグライダーとその乗員だけになった。乗員のある者は船の近くまでおりてきていたし、ある者は丘の頂の機械のそばにいた。バーレナンは通訳が例によって船の近くの乗員の仲間にはいっているのを見つけた。通訳は多くの時間を、船員たちとさりげない話をして過ごしていた。その船員たちの報告によると、通訳は予期したとおり、それとなしに彼らの飛行能力について、何かをさぐりだそうと努めていた。船員たちはそれぞれ割り当てられた役割をうまくやってのけて、あたりさわりのない返事をしながらも、航空力学について相当な知識を持っていることを〈偶然〉に示すようにしていた。むろん、その知識を、ごく最近になってどうやって——どこから仕入れたかはばらさないように用心した。いまでは島人たち——少なくともその公式の代表者は、ブリー号の種族が飛ぶ能力を持っていることを信じこんだものとバーレナンは確信した。

「どうやら、ぼくのほうから渡せるもの、ぼくのほうで引きとれるものは、これで全部のようだな」船長はリージャーレンの注意を促していった。「必要な料金も全部払ったと思う。われわれが出発するのに何か異議があるかね」

「次はどこへ行くつもりかね」

「南へ、まともな重さがあるほうへ行く。われわれはこの大洋のことは、まったく何も知らない。陸越えの旅をした国の一部の商人たちから漠然とした話を聞いたことがあるだけだ。ぼくは自分の目でもっと見てみたい」

「けっこうだ。勝手に出発していい。きっと旅の途中、われわれの仲間に会うだろう――ぼくもときたま南へ行く。また嵐に会わないように用心することだね」

通訳は、見たところ親切を絵に描いたような恰好で、丘のほうへのぼっていきかけた。それから「浜で、また会えるかも知れない」とつけ加えながら後ろをふり返った。「きみが最初に上陸したフィヨルドは、おそらく港としての地位は与えられないだろうといわれていた。ぼくは自分で、ひとつ調べてみたい」

そういってリージャーレンは、待っているグライダーのほうへ歩みをつづけた。

バーレナンは船に引き返し、ただちに川をくだる旅の再開を命じようとした――商品は買い入れるはしから船に積みこんであった――そのとき川は、まだグライダーが落とした棒杭で遮断されていることを思い出した。そこで一瞬、島の通訳を呼び戻し、杭をとり払ってくれるように頼もうかと考えたが、また思いなおした。要求をする立場ではなかった。頼みこめば、リージャーレンはきっとまた威張りくさるに違いない。ブリー号の厄介事は、その船員たちの手で始末をつけたほうがいい。

船長は船に帰るとその意味の命令を与え、カッターがもう一度持ち出されたが、ドンドラグマーが口を出した。

「あの仕事が無駄な時間つぶしでなければ嬉しいんですがね」と航海長はいった。

「いったい何のことだ」と船長は訊いた。「きみがこの四、五十日、何かひとりでこそこそやっていたのは知っているが、忙しすぎて何をしているのか知るひまがなかった。それに、きみがいなくても商売のほうはどうにか片づけられた。きみはいったい何をしていたんだ」

「われわれが最初ここで罠にかかったとき、ふと思いついたことがあったんです。あなたが棒杭を抜く機械のことで、飛行士に話されたことから思いついたんです。わたしは、あとで、あまり複雑でなくてわれわれにも理解できるような機械があるかどうか、飛行士に尋ねてみたんです。すると、彼らのうちのひとりが、しばらく考えたあとで、あるといったんです。そして、そのつくり方を教えてくれたので、わたしはそいつをつくっていたんです。あの棒杭のそばに三脚台をひとつ組み立てれば、その仕掛けでうまく行くかどうかわかります」

「でも、そいつはどんな機械なんだ。飛行士たちの機械はすべて金属でできていて、われわれには手が出せないと思っていたが。なにしろ堅くて、細工するには高熱がいるのでね」

「これは」

そう航海長はいって、それまで一所懸命につくっていたふたつの品物を持ち出してきた。ひとつはこの上なく原始的なつくりの滑車で、かなり大きくて、鉤がとりつけてあった。

もうひとつもそれとほとんど同じだったが、二重になっていて、ふたつの輪の周辺から、かけ釘のような歯が突き出ていた。輪自体はしっかりした堅木をくり抜いてつくったもので、ふたつの輪が一緒に回転した。最初の滑車と同じにこれにも鉤がとりつけてあり、その上、ふたつの輪の縁には、順々にかけ釘がささるように穴をあけた革の紐がとりつけられ、その両端は合わせてバックルでとめられ、連続した二重の環《わ》になっていた。全体の仕組みが、メスクリン人たちには何がなにやらさっぱりわからなかった――それはドンドラグマーも同じことで、どうしてこの仕掛けが動くのか、果たして動くのかどうか、まだ何もわかっていなかった。航海長は、それを一台のラジオの前に持っていき、デッキの上に並べた。

「これでつくりは間違っていないですか」と航海長は訊いた。

「間違ってはいない。革紐さえ丈夫ならうまくいくはずだ」という返事だった。「ひとつの輪の滑車の鉤を、引き抜きたい杭にとりつけるんだ。ロープを使ってとりつける方法は、きみたちも知っているだろう。もうひとつの滑車は、三脚台のてっぺんに結びつける。そのあとどうするかは、きみにもう話した」

「そうです。知っています。ふと考えたんですが、この装置を、しっかりと組み立てたあと、またほかへ移すには、とりこわしたりして時間を無駄にしなくても、バックルを外して、あとでまたとめたらいいのでしょう」

「それでいい。持ちあげた荷物を、そのまましばらく吊りあげておく必要がなければ」と地球人は答えた。「うまくやってくれ。ドン」

乗組員たちはさっそく、川をふさいでいた最初のひと組の棒杭のほうに出かけようとしたが、バーレナンがそれを呼びとめた。

「ドン、われわれが掘りかけていた運河のほうが、邪魔物が少ない。その仕掛けで棒杭を引き抜くのに、どれくらいの時間がかかると飛行士はいってたんだ」

「そこのところは、飛行士も確かなことはいえませんでした。棒杭がどれくらい深く刺さっているか、われわれがどれくらいのスピードで仕事ができるか、飛行士にはわかっていないのですから。でも、一本抜くのに一日はかかるだろうといってました——それでも切りとるより早い」

「しかし、きみが杭を抜くのに必要なだけの人員を使い、そのあいだに残りの者は、あの運河を仕上げたほうがもっと早いだろう。ところで、その仕掛けには何か名前があるのか」

「飛行士は、差動巻きあげ機と呼んでいました。巻きあげ機という言葉はよくわかりますが、その前にくっついている言葉は、どう訳せばいいのかわかりません——ちんぷんかんぷんです」

「ぼくにもちんぷんかんぷんだ。差動というんだね。とにかく仕事にかかろう。きみは巻きあげ機を監督してくれ、ぼくは運河のほうを監督する」

乗組員たちは一心不乱に仕事にとりかかった。運河のほうが先に完成した。大部分の船員が手があいて、掘りかたにまわれることが、すぐに明らかになったからだ。巻きあげ機のほうは、ふたりの乗組員が代わるがわる、数分間ずつあいだをおいて世話をすれば充分で、槍の棒はゆっくりと固い地面から抜けることがわかった。バーレナンがとても満足したのは、柄に穂先が一緒について抜けたことで、作業が終わったときには八十本のきわめて有効に見える槍が手にはいった。バーレナンの国の者は石細工はほとんどしないので、石英の穂先はきわめて価値があると、船長は踏んだ。

障害物を通り抜けると、湖水までの距離は比較的近かった。湖に着くと、彼らはそこで停泊して、ブリー号をまたもとどおりの形に組みたてた。その仕事はたちまち完了し——乗組員たちはいまではすっかり、その仕事の専門家といってよかった——船はもう一度、比較的深い水の上に浮かぶことができた。上空の地球人たちは、一同ほっと安堵のため息をいっせいに漏らした。しかしそれは早合点だったとわかった。

グライダーは、ブリー号が交易の場所から湖へ出る旅のあいだじゅう、埠頭上を行ったり来たりして飛んでいた。ブリー号の乗組員が槍を引き抜くのに使った方法に、実際は驚いたかどうかはわからなかったが、少なくとも、そういった徴候は何も示さなかった。むろん船長は、彼らがそれを見てバーレナン自らの種族の卓越した業績表にさらに一項目つけ加えてくれることを望んだ。そしてフィヨルドの入口に近い浜辺に、十台あまりのグライダーが着陸しているのを発見したときも、とくに驚きもせず、舵手に船をその地点に接岸させるよう命じた。おそらく島の住民たちは、少なくとも船長が槍をそっくりそのまま回収したことくらいは気がつくだろう。

ブリー号が磯から数ヤード先に錨をおろすと、リージャーレンはまっさきに飛び出してきて挨拶をした。

「すると、きみの船はまた海に出ていけるようになったんだね。ぼくだったら陸から遠く離れて暴風に遭わないようにするが」

「まったくだ」とバーレナンは賛成した。「ところで、その点、海にいて困るのは、いったいどこにいるのか確実なことがわからないことだ。たぶんきみは、この海域の陸の配置を教えてくれることができるだろう。それとも、もしかしたら、ぼくたちがもらってもいい海図の持ち合わせはないだろうか。もっと前に、それをきみに訊こうと思いつくべきだったよ」

「これらの島の海図は、もちろん機密になっている」と通訳は答えた。「しかしきみたちは四十日か五十日で、この群島を離れられるだろう。それから南へ向けて航海すれば、何千日かのあいだ陸はない。きみの船の速力がどれくらいか知らないから、きみたちがそこまで行くのに何日かかるか、ぼくにはいえない。そのあたりにある陸は、最初のうちはたいてい島ばかりだ。それから、きみたちが横断した陸の海岸が東のほうへ延びている。きみたちがつづけてまっすぐに南へさがると、その陸につきあたるのは——」通訳はそこで、ぜんまい秤の目盛りに関係があり、地球重力のおよそ四十五倍に相当する重力地域をさす言葉を使った。「その海岸沿いにあるたくさんの国々について、ぼくはきみに話してやってもいいが、それには時間がかかる。だから簡単に片づけると、そうした国々の住民は、おそらく戦争よりも商売を望むといっていいだろう。もっとも、なかには品物だけはとりあげておいて、代金は払わずにすまそうと全力を尽くすやつもいるだろうけれど」

「その連中のなかには、われわれをスパイだと勘《かん》ぐる者もいるだろうか」とバーレナンは愉快そうに訊いた。

「むろんその危険はある。しかし、盗むほどの秘密をもった国はほとんどない。実際には、連中のほうがきみたちの秘密を盗もうとするだろう、きみたちが秘密を持っていると知ったが最後。忠告しておくが、向こうに行ったら飛行の話はしないほうがいい」

「話すつもりはない」とバーレナンは保証して、おかしくてたまらないのをどうにか隠しおおせた。「きみの忠告と情報に感謝する」

バーレナンは錨をあげるよう命じた。そのときリージャーレンは、初めてカヌーに気がついた。カヌーは、いまではふたたび曳き綱の先に結ばれていて、なかに食糧が積んであった。

「もっと早く気づけばよかったのに」と通訳はいった。「そうすれば、南から来たというきみの話を疑わずにすんだのに。どうやってあれを原住民から手に入れたんだ」その質問に答えるにあたって、バーレナンは、この島の通訳との応対に初めて重大な失策を犯した。

「ああ、国から持ってきたんだよ。余分な品物を運ぶのにしょっちゅう使っているんだ、見たとおり、引っぱるのに便利な形をしている」

そして、カヌーを手に入れてから間もなくラックランドから仕入れた、流線形の初歩的な知識を披露した。

「ああ、きみたちの国でも、ああいった船をつくっているのか」通訳は珍しそうに訊いた。「そいつは面白い。ぼくは南方では一度も見たことがない。見せてもらっていいか。それとも、そんなひまはないかね。われわれは一度もこんな船を使ったことがない」

バーレナンは、その最後の文句は彼自身が使っていたのとまったく同じ策略に出るものではないかと疑い、返事をためらっていた。しかし、リージャーレンが近寄ってよく調べたところで、現在いる揚所から見てわかる程度以上のことがわかるはずがないので、望みをかなえてやっても、さし障りがありそうになかった。要するに、肝心なのはカヌーの形で、それは誰の目にも見える。バーレナンはブリー号を岸近くに寄せ、曳き綱でカヌーを引き寄せて、待っている島人のほうへ向けてひと押しをくれた。リージャレンは入江のなかに飛びこみ、小舟の底が地面に着くと、十センチほどの深さの液体のなかを、そこまで泳いでいった。そして、からだの前半分を弓形に持ちあげてカヌーのなかを覗きこみ、強力なはさみのついた腕でその船べりを突いた。船べりは普通の木でできていて、押すとくぼみ、放すとばねのようにもとに戻った。それを見て、島人は仰天したような叫び声をあげ、空にいた四台のグライダーはくるりと旋回して急遽、ブリー号のほうに向かい、浜にいた部隊はいっせいに警戒体制をとった。

「スパイだ」とリージャーレンは絶叫した。「すぐ船を岸に着けろ、バーレナン——それが、きみの本当の名前かどうか知らんが。きみはとんでもない嘘つきだ。しかし、今度という今度は、その嘘で監獄行きだ」

14　うつほ舟の災い

バーレナンは修行時代、いろいろな機会に、おまえはいつか舌のおかげで災難をまぬがれるよりも、おしゃべりのせいで厄介事にはまりこむほうがいっそう確実だと、よくいわれていた。その後、ひとり立ちしてからも、いろいろな機会に、その予言は驚くほどぴったりと当たりそうになり、そのたびごとに、将来はもっと口をつつしむようにしようと決心した。そしていまも、それと同じように感じると同時に、この島人《しまびと》に嘘をついて、いったいそれを見破られるような何をいったのか、いまだにわからず、それが忌々《いまいま》しかった。かといって、それを筋道を立てて考えてみる時間もなかった。何かの行動の線を見つけることが必要で、早ければ早いだけよかった。リージャーレンはすでにグライダーの乗員に命令を吠えたてて、ブリー号が沖へ出ようとする気配を示せば、湖の底に釘づけにしろといっていた。そして、浜辺にあるカタパルトは、すでに上空にあるグライダーを増援するために、さらにたくさんの機械を打ち出していた。海からの風は、フィヨルドの向かい側の壁にぶつかったとき、上方に向かって屈折するのに格好の角度で吹いていて、飛行士たちは必要なだけ、いつまでも上空にとどまっていることができた。バーレナンは地球人から、それらのグライダーは、海の波から生じる上昇気流の推進力だけでは、おそらくはたいして高く――飛び道具を効果的に投下するのに充分な高さには昇れないだろうと教えられていた。しかしいまいる場所は、開けた海からはずいぶん遠く離れていて、グライダーはそういった気流に頼らずにすんだ。船長は、相手の照準の正確さについてはすでに観察する機会を持っていたので、船を救うために相手の狙いうちから身をかわす自分の能力への信頼は、ただちに捨ててしまった。

いままでもたびたびそんなことがあったように、船長が最善の方法を、ああでもないこうでもないと思案しているあいだに、乗組員のひとりが早くも行動に出た。ドンドラグマーがリージャーレンのくれた石弓をやにわにとりあげると、矢をつがえ、目にもとまらぬ速さでその武器をかまえたのだ。それでみると航海長は、巻きあげ機の計画に四六時中すっかり気をとられていたわけではなかったことがわかった。航海長はくるりと武器を浜辺へ向け、その一本足の支え棒を立て、矢の先で通訳に狙いを定めた。

「とまれ、リージャーレン。きみは間違った方角に行ってる」

通訳は入江から出ようとしていた足をとめた。長いからだから滴《しずく》が垂れ、前方の半分を後ろの船のほうに折り曲げて振り返り、航海長が何をいおうとしているのか見ようとした。そして航海長の意図するところは、はっきりわかりすぎるほどよくわかったが、しばらくは、どんな行動に出ればいいか決めかねているようだった。

「ぼくがこんなものを一度も手にしたことがないからというので、きっと狙いが外れると思うのなら、そのまま向こうに行くがいい。ぼくは、当たるか当たらないか、自分で試してみる。いますぐ、一刻の猶予もなくこちらに向かって帰ってこないと、逃げ出そうとしたのと同じに受けとるよ。さあ、動け」

その最後の文句は吠えたてるような声で吠えたてられ、それが通訳の不決断の大部分を吹き飛ばしてしまった。明らかに、航海長の腕前では的に当たらないという確信が持てなかったらしく、リージャーレンはあと戻りしてくる動作をつづけ、また入江にはいって、ブリー号に向かって泳ぎだした。その途中、水の中にもぐって姿を消すという考えを持ったにしても、通訳には確かに、それを試みるだけの勇気がなかった。彼は、船がいる場所でさえメタンの深さがわずか十センチほどしかないことをよく知っていた。その程度の深さでは、七Gのもとで、四十メートルの射程で、木の幹に十センチほども突き刺さる力を持った矢から身を守ることは、とうてい望めない。もちろんリージャーレンは、そうした理屈をつけてその問題を考えたわけではなかったが、石弓の矢にどれだけのことができるかは、よく心得ていた。

通訳は船に這いあがり、怒りと恐怖が一緒になってからだを震わせていた。

「こんなことをして、きみたちは助かると思っているのか」と通訳は訊いた。「自ら求めて、事態をさらに悪くしているだけだ。きみたちが逃げ出そうとすれば、グライダーはぼくが船にいようといまいと、そんなことにはおかまいなしに槍を落とすだろうよ」

「そんなことをしないように、きみが命令すればいい」

「ぼくがきみたちの手に捕えられているのがわかっていて、ぼくの命令なんて聞くはずがない。きみたちが何らかの戦闘部隊を持っていたら、それくらいのことは知っているはずだ」

「ぼくは兵隊なんかと関わり合いを持ったことは一度もない」バーレナンは答えた。船長は、ひとたびものごとが一定の方向に進行をはじめると、いつもそうだが、今度もすでに自信をとり戻していた。「だが一応、きみの言葉を信じるとしよう。われわれがきみをここに押さえておくのは、接岸の問題についての、この馬鹿げた話がなんとか諒解に達するまでのことだ――それまでに、きみたちのあのグライダーを、こちらの手でなんとか始末をつけられれば、話はまた別だがね。なにしろ、この後進地域に、何かもっと近代的な武器を持ってこなかったのは残念だよ」

「そんなたわごとは、もうやめたほうがいい」と捕虜は答えた。「きみたちは南方のほかの野蛮人どもに勝るものは、何ひとつ持っていない。ぼくはきみたちに、いっときは騙されたことを認めるが、きみはついさっき正体をあらわしてしまった」

「ぼくが嘘をついていると、きみが考えるような何をぼくはいったんだね」

「それをきみに教えなくてはならない理由はどこにもない。きみにまだわかっていないという事実が、ぼくの推測があたっている証拠だ。きみが、われわれを、あれほど完全に騙くらかさずにいたら、ことはきみたちにとって、もっと好都合だったんだがね。そうすればぼくたちは、秘密情報についてもっと警戒したろうし、きみたちもたいしたことは知ることができず、きみたちを処分する必要も生じなかったろう」

「そして、きみがその最後の文句を口にしなかったら、あるいはきみたちは、われわれを説き伏せて、降伏させられたかも知れなかった」ドンドラグマーが口を挟んだ。「ぼくはそういうことはありそうにもないと考えるけどね。船長、あなたが口を滑らせたのは、わたしがずっと前から話していたことに違いないですよ。でも、いまとなっては、何をするにも手遅れです。問題は、どうやってあのうるさいグライダーを追い払うかです。相手かたの水上船については心配ないと思います。それに浜辺にいる連中は、着陸しているグライダーに備わっている石弓しかありません。連中はしばらくは、飛ぶ機械に仕事を任せておくだろうと、わたしは想像します」航海長は言葉を英語に変えた。「あなたは、あのうるさい機械を追っ払うのに役立ちそうなことを、何か飛行士から聞いたのを覚えていませんか」

バーレナンは、広い海では、グライダーがおそらく高度の制限を受けるだろうという話をした。この場合、その知識が何の役に立つかは、どちらにもわからなかった。

「石弓を使ってみたらどうだろう」

その意見をバーレナンは自分自身の言葉で持ち出し、リージャーレンはそれを聞くと真っ向からあざ笑った。ブリー号の弾薬係クレンドラニックは、ほかの乗組員と同じようにそのやりとりを熱心に聞いていたが、通訳ほどには船長の案を軽蔑しなかった。

「ひとつやってみましょう」弾薬係はとっさに口を挟んだ。

「わたしは、あの川の村にいたときからずっと、試してみたくてたまらないことがひとつあるんです」

「何だね」

「あなたの友人が聞いている前で、わたしにそれをしゃべらせたいとは、お考えにならないでしょう。あなたさえよかったら、話して聞かせるより、実際にやってみせたほうがいいでしょう」バーレナンは少しためらったが、結局、同意した。

バーレナンは、クレンドラニックが火炎放射器のロッカーをあけるのを見て、少し心配そうだったが、弾薬係は自分が何をしているかはよく心得ていた。そして光線防止材料ですでにくるんであった小さな包みをとり出した。これで、川の住民の村を出発してから、夜ごとに彼が何をしていたか、少なくとも一部分は判明した。

その包みはほぼ球形で、明らかに腕の力で投げるようにつくられていた。ほかの誰かれと同じように、クレンドラニックもこの、ものを投げるという新しい技術の効用について、多大な感銘を受けた。そしていまではその考えを、さらに遠くまで推し進めていた。

クレンドラニックは、その包みをとりあげると、石弓の一本の矢にしっかり縛りつけ、包みと矢柄のまわりを布地でくるみ、両端をできるだけ固く結びつけて、それからその矢を弓にはめこんだ。クレンドラニックはその役目からして、川をくだる短い旅のときや、ブリー号の組み立てのあいだ、その武器を慎重に調べ、いまではすっかりその扱いに慣れていて、静止目標だったら、かなりの距離で命中させる腕があることにいささかの疑いも抱いていなかった。動いている標的については、そこまでの自信はなかったが、少なくともグライダーはするどく傾斜しないと急速に方向転換ができないので、それを注意すれば充分狙いをつけられると思った。

彼の命令で、火炎放射班に属する船員のひとりが点火器を持ってそばにやってきて待っていた。それから、それを見守っていた地球人がひどく狼狽したことに、クレンドラニックはいちばん手近にあったラジオに這い寄ると、弓の足をそのてっぺんに乗せて、自分のからだと武器とを上方に向けて安定させた。それによって人間たちには、何が行なわれているのかまったく見えなくなってしまった。ラジオはすべて中心部から外のほうを見るように据えつけてあって、どれひとつとしてクレンドラニックが陣どっているラジオを視野に収めていなかったからだ。

たまたまそのとき、グライダーは入江の上空十五メートルほどの、まだ比較的低空を飛んでいて、まっすぐにブリー号の上空へやってきており、合図がありしだい間髪《かんはつ》を容《い》れず爆撃できる体制だった。そういうわけで、弾薬係よりはるかに経験の浅い射手であってもとうてい狙いが外れるはずはなかった。クレンドラニックは、一台のグライダーが接近してくると、助手に大声で命令を吠えたて、慎重に指図を与えはじめた。そして狙いが絶対確かと見た瞬間、実行命令が下され、助手は、ゆっくりと持ちあがる矢の先の包みに点火器を触れた。点火すると、クレンドラニックは引き金をはさんだはさみをぐいと閉め、一筋の煙が弓から離れた矢の航跡を空に描き出した。

クレンドラニックと助手とは、あたふたとデッキに這いおりて、発射のときに出た煙を避けるために風上のほうへ転がっていった。発射点の風下にいた船員たちは、さっとばかり、双方の側へ飛びのいた。彼らがこれで安全と感じたころには、空中戦闘はほとんど終わっていた。

矢は完全に的を外れるぎりぎりいっぱいの個所に命中した。射手が、標的の速度を過少評価したのだ。胴体の最後部のどんづまりに当たって、塩素粉の包みが猛烈な勢いで燃えあがっていた。その炎の煙はグライダーの後方に向かって広がり、あとに煙の尾を曳いていたが、後ろにつづいていたグライダーは、それを避けようともしなかった。標的となったグライダーの乗組員たちは、その煙に当てられずにすんだが、それも束の間のことで、舵の役をする尾翼が焼けて吹き飛ばされ、機体は浜辺めがけて墜落しはじめ、操縦士と乗組員は、地面に激突する寸前に機外に飛び出した。煙のなかに突っこんだ、あとにつづく二台のグライダーもまた、塩化水素の蒸気で、乗組員が失神するとともにコントロールを失い、両方とも入江のなかに逆落としになった。まったくもって、史上最大の高射砲の功名手柄のひとつだった。

バーレナンは、最後の犠牲者が湖面に激突するのを待たず、帆をあげるように命じた。風はひどく思うにまかせなかったが、垂下竜骨が水底につかえないだけの深さは充分にあり、船はフィヨルドを出はじめた。いっとき、浜にいた部隊は、その石弓をブリー号に向けそうな気配だったが、クレンドラニックがその恐ろしいミサイルをまたもや弓に装塡《そうてん》して、浜のほうに狙いをつけると、その脅しだけで、彼らは算《さん》を乱して安全な地区へ逃げ去った——風上へ。これを見ても、彼らはまずは頭のいい連中といってよかった。

リージャーレンはそうした光景を黙って見守っていたが、そのからだのようすからしても、まごうかたなく狼狽をむきだしにしていた。何台かのグライダーがまだ空を飛んでいて、そのあるものは、さらに高い高度から滑降を試みようとするかのように上昇していた。しかし島の射手は、いかにもすばらしい腕を持っているには違いないが、ブリー号はそうした企《くわだ》てに対して比較的安全だということを、リージャーレンは完全によく知っていた。一台のグライダーが実際に、およそ百メートルの高さから急降下してきたが、またも煙の航跡が、さっとそのそばをかすめ過ぎると、狙いはすっかり狂ってしまって、それ以後、新しい急降下攻撃の企てはもはやされなかった。グライダーはミサイルの射程外を大きく弧を描いて飛ぶだけで、そのあいだにブリー号はフィヨルドを抜け、海へ出ていった。

「バール、いったい何が起こったんだね」ラックランドは我慢できなくなり、浜に群らがっていた連中も遠くへ退却して数も少なくなったので、もはや話をしても安全だと考えた。「ラジオがきみたちの計画の邪魔になってはと心配して、ぼくはいままで出しゃばらずにいたんだ。いったい何をしていたのか話してくれよ」

バーレナンは過去数百日間の出来事をかいつまんで話し、空からの見物人たちには聞きとれなかった、島人とのやりとりの、だいたいの穴埋めをした。その報告は、夜を通してつづけられ、日がのぼったときには、船はほとんどフィヨルドの入口まで出てきていた。通訳は船長とラジオとのあいだに交わされる会話を聞きながら、ひどく狼狽した。そして無理もなかったが、船長がそのスパイ活動の結果を上長に報告しているのだと憶測した。だが、どうしてそういうことができるのかは想像がつかなかった。太陽がのぼると、通訳はそれまでとはまったく違った口調で、岸へあげてほしいと求めた。

生まれてこのかた、別の国の住民に恩恵を求めたことは、おそらく一度もないと思われるこの相手に、憐れを感じたバーレナンは、岸から五十メートルほどのところを行っている船からリージャーレンを出ていかせた。ラックランドは、島人がどうやらほっとしたような物腰で海に飛びこむのを見た。彼はバーレナンをかなりよく知っていたが、いまの状態で、いったいどのような行動を適当と考えているのかは見当がつかなかった。

「バール」しばらくの沈黙のあと、ラックランドはいった。「きみは、あと数週間、われわれの神経が落ち着いて、また食欲が出るまで、厄介事に巻きこまれずにやっていけると思うかね。

ブリー号が何かに引っかかるたびに、ここの月にいる者はみんな、十年も歳をとる」

「いったい誰が、ぼくをこの厄介事に巻きこまれるようにしたんだね」メスクリン人はしっぺがえしにいった。「ぼくは、嵐を避けるように勧められなかったら――その嵐というのがまた、公海でのほうが、よほどしのぎやすいやつだったが――ぼくは、確かにあのグライダーづくりの連中に会わずにすんだんだ。でも、ぼくは自分のしたことを、少しも残念だとは思っていない。ずいぶん勉強になった。それに、あなたの友人たちだって、少なくとも一部の連中は、何物にも代えがたい、面白い見世物に出会えたと考えていることを、ぼくは知っている。ぼくの見方からいうと、この旅はいままでのところ、むしろ退屈だった。われわれがぶつかったわずかばかりの障害は、結局すべて、きわめて円満に片づいて、驚くほどたくさんの利益をあげた」

「それにしても、きみはいったいどちらをとるかね、冒険と現金とでは」

「そうだね――どちらともいえないな。ぼくはときおり、ただ面白そうに見えただけで物事に引っかかるが、結局それによって何か得ることができれば、無駄骨に終わるよりもそのほうがはるかに愉快だね」

「それなら、どうか今度の旅できみが得ようとしているものに専念してほしいね。そうするのが何かきみの助けになるなら、きみが売り払ってしまったばかりのあの香料を、船の何百隻何千隻分でもわれわれの手で集めて、ブリー号が越冬した場所に貯蔵しておいてやる。きみがわれわれの欲しい情報を手に入れてくれたら、それでもまだお釣りがくるぐらいだ」

「ありがとう。ぼくは働いて大いに儲けることを期待している。あなたたちはあなたたちで大いに生活を楽しむといいだろう」

「きみがそんなふうに感じているんじゃないかと心配していたんだ。わかった。ぼくはきみに命令する権利はない。ただ、きみに覚えていてもらいたいのは、今度の仕事がぼくらにとっていかに大切かということだ」

バーレナンはいくらか真面目にそれを約束し、船の針路をもう一度南へ向けた。何日間か、彼らがあとにした島が見えていたほか、ほかの島を避けるためにたびたび針路を変えなければならなかった。島から島へと、波をかすめて飛ぶグライダーの姿を数回見かけたが、それらのグライダーは、いつも船から遠く離れて近づかないようにしていた。明らかに、これらの島の住民のあいだでは、ニュースが迅速に広がるのに違いなかった。やがてついに最後の陸影のはしくれが水平線下に没し、人間たちはもはやその先には陸はないと知らせた——天候は、現在の快晴状態があらためてまた当分つづくとのことだった。

およそ四十Gの緯度に達したとき、彼らはリージャーレンのいっていた、前方をはるか東に延びる大陸を避けるために、船の針路をさらに南東方に変えた。実際には、船はふたつの大洋のあいだの比較的狭い水道を通過していたが、その水道はあまりにも広すぎて、それは船の上から見てはわからなかった。

小さな出来事がひとつ、新しい海にはいって少しの距離を行ったところで起こった。およそ六十Gの地点で、まだ忠実に曳き綱の先に繋がれてついてきていたカヌーが、目に見えて海中にめりこみはじめた。ドンドラグマーがとっておきの〈いわんこっちゃない〉という表情を浮かべて黙って見ていると、小さな舟はブリー号の艫《とも》に引き寄せられて検査された。船底にわずかにメタンがたまっていたが、荷物をおろして甲板に引きあげて調べてみても、漏れ穴は見つからなかった。バーレナンはしぶきのせいだと結論したが、船底の液体は海自体の水よりもはるかによく澄んでいた。船長はカヌーを海に戻して、また荷物を積みこませたが、ひとりの船員に、二、三日おきに検査し、必要なら水を汲みだすように指示を与えた。何日間も、それで何事もなくすんだ。カヌーは新しくかい出すたび、もとどおりに高く浮かんだが、漏れ水の量は増える一方だった。さらに二回もデッキに引きあげて検査したが、原因はつかめなかった。ラジオで相談を受けたラックランドにも説明がつかなかった。ラックランドは、木材が多孔性のものではないかという意見を持ち出したが、そうだったら最初から漏水があったはずだった。

海の旅三分の一以上を終わって、およそ二百Gに達したとき、情勢はひとつのクライマックスに達した。春が進むにつれて、昼間の時間はいっそう長くなり、ブリー号は太陽からますます遠ざかっていき、したがって船員たちはいよいよのんびりした気分になった。そういうわけで、かい出し役を務めていた船員も、カヌーを艫のいかだに引き寄せて、船べりに足をかけたとき、たいして注意力を働かせていなかった。しかしそのあとは、すぐに頭をしっかりさせた。もちろんカヌーは、その船員が乗り移ったとき、ほんの少し余計に沈んだ。そして同時に、弾力性のある両舷の木材が少ししなった。両舷がしなると、カヌーはさらに少し余計に沈み——両舷がさらにしなると、なお余計に沈んだ。

フィードバック反応は、いずれの場合でもそうだが、この場合も驚くほど短時間ですべてが完了した。船員がカヌーの舷が内側に向けてしなるのを感じとるか感じとらないかのないうちに、船全体が海中に没し、外からの圧力はとり除かれた。積荷の多くはメタンよりも密度が大きく、カヌーをなおも深く沈め、船員は船に乗っているはずの場所で泳いでいた。カヌー自体は曳き綱の先に繋がれたままで、海中に沈むと同時に、ブリー号にぐいと衝撃を与えてスピードをにぶらせ、乗組員全体をはっとさせた。

足をすくわれた船員は、ブリー号に泳ぎ戻って甲板に這いあがり、カヌーに乗り移ったときに起こったことを説明した。持ち場にとどまっていることを必要としない乗組員たちは全員、艫に駆けつけ、やがて、水びたしになったカヌーが先についているロープをたぐり寄せた。いくらか骨を折って、カヌーと完全に縛りつけてあった積荷などが甲板に引きあげられ、ビジョン・セットが一台、そちらへ向けられた。カヌーを見ただけではたいしたことはわからなかった。使われている木材の途方もない弾力性のおかげで、カヌーはぺしゃんこ状態からでもすっかり回復してもとの形を取り戻し、さらに、どこにも漏れ穴はなかった。漏れ穴がないことは、積荷をもう一度全部おろして調べ、確認された。ラックランドはそれを見下ろしながら頭を振り、何の説明もしなかった。

「いったいどんなことが起こったのか話してくれ——何か見た者がいれば誰でも、何を見たかを話してほしい」

メスクリン人たちはその求めに応じ、バーレナンはこの事件に関係があった乗組員や、事件の何かの詳細を目撃したほか数名の船員の話を通訳した。むろん、重要な情報の一端を提供したのは、直接この出来事に関係のあった乗組員たちだった。

「いやはや」ラックランドは半ば声に出していった。「あとで必要になったときに思い出せないとしたら、ハイスクールの教育のどこに値打ちがある。液体の圧力は、問題の個所の上部にある液体の重さに照応する——ほぼ二百Gの場所だと、メタンでさえも深さ一センチ当たりの重さは相当なものだ。それに、カヌーに使われている木材は紙の厚さくらいしかない。あれほど長いあいだ持ったのが不思議なくらいだ」

この何の情報も与えないといっていい独白は、情報を求めるバーレナンの声で中断された。「あなたには、どうしてあんなことになったか、わかったらしいね」船長はいった。「どうかわれわれにも納得がいくように話してくれないか」

ラックランドは真面目に努力したが、一部しか成功しなかった。量的意味における圧力の概念は、どこのハイスクールのクラスでも、ある数の生徒にとっては難物なのだ。

バーレナンは、海中に深く沈めば沈むほど、押し潰す力は大きくなる、そしてその深度による増加率は、重力が大きくなるにつれて増すというのはどうにか理解できたが、その力を、例えば風のような別の力に関連させたり、また彼自身が泳いでいて急激に水中に沈んだときに経験した苦痛と結びつけて考えることはできなかった。

肝心な点は、もちろん、どんなものでも浮かんでいるものは、その一部が水面下にあり、もしそれが空洞であれば、遅かれ早かれいずれはその部分が押し潰されるということだ。バーレナンは、ラックランドとの会話がその結論に達したとき、ドンドラグマーの目を避けるようにし、船長がリージャーレンに嘘をついたのがばれたのは、きっとそのためだったのだと航海長に指摘されたときには、しょんぼりしてしまった。自分の国の者が、なかがうつろの舟を使っているなど、馬鹿らしい。あの島の連中は、はるか南の国ではそんなものは役に立たないことを、とっくの昔に知っていたに違いない。

カヌーに積みこまれていた品物はデッキに移され、旅はつづけられた。バーレナンは、いまではものの役に立たなくなったばかりでなく、かなりの場所ふさぎになる小船を手離す気になれなかった。それで、カヌーの舟べりの支えがなくては高く積みあげられない食糧をなかに詰めこみ、無用の長物であることをかろうじてごまかした。ドンドラグマーは、カヌーの長さがいかだふたつ分にまたがって船の屈伸性を妨《さまた》げると指摘したが、船長はそんなことはとくに心配しなかった。

時は、従前どおり、まず何百日かたち、やがて何千日か過ぎた。元来が長命なメスクリン人には、時の経過はさして意味がなかったが、地球人にはこの旅が次第に退屈なものとなり、日常茶飯事の一部となった。彼らはブリー号を見張り、船長と話をし、そのあいだにも惑星上のブリー号の航跡はゆっくりと長く延びていった。地球人たちは測量し、計算してブリー号の位置を決め、船長から尋ねられると、もっといい針路を指示し、ときにはこれまた退屈している船員たちに英語を教え、自分たちもメスクリン語を学ぼうと努め、要するに待つときは待ち、働くことがある揚合は働き、地球の四カ月――メスクリンの日数で九千四百と何日――が過ぎた。重力はカヌーが沈んだ緯度の百九十台から四百にまで増え、やがて六百になり、さらにまた増えたことが、ブリー号の緯度計である木製のぜんまい秤でわかった。日はだんだん長くなり、夜が短くなって、ついには太陽は南方で、水平線に向かって傾くことは傾いたが、触れようとはせず、完全に円を描いて空をまわるようになった。太陽自体も、メスクリンの近日点通過の短い期間、その太陽を見慣れた地球人には収縮したように見えた。ビジョン・セットを通して、ブリー号のデッキから見た水平線は、何カ月も前にバーレナンが苦労してラックランドに説明したように、どちらの方角を見ても、船の上方にあった。地球人が、それは視覚上の錯覚だと保証するのを、船長は落ち着かない気持ちで黙って聞いていた。やがて前方に陸地が現われ、これもまた明らかに彼らの上方にあった。それが錯覚だということは、どうやって証明できるか。水平線と違って、陸地は実際にそこにあり、そこに到着したときに上方にあるように見えたのは錯覚だったとわかった。彼らが到着したのは大きな湾の入口で、その湾は南に向かっておよそ三千キロも広がっており、着陸したロケットまでの残りの距離の半ばに達していた。湾内をそれまでよりゆっくりと帆走していくと、やがて幅がせばまって普通の河口の広さになり、彼らは飛行士の助けを借りて、追い風を探す代わりに、うわてまわしで進まなくてはならなくなり、ようやく川自体のなかにはいった。川をさらにのぼっていくにはもはや、ときたま風向きのいいときに帆走できるだけだった。川幅がまだ広くて、いかだの真っ向からぶつかる流れの勢いは、帆では普通乗りきれないほど強かったからだ。彼らは帆を使う代わりに曳くことにし、一時《いちどき》にひとりずつロープを持った当番が岸にあがって引っぱっていた。この緯度くらいの重力があれば、メスクリン人ひとりでも相当の牽引力があった。さらに何週間か過ぎ、地球人は退屈を忘れ、ツーレイ基地では緊張が高まった。目的地はほとんど目前に迫り、希望は大きくふくらんだ。

そして地球人たちは、何カ月か前にラックランドのタンクがその旅路の終わりに達したとき、いっときがっかりしたのと同じように、またもがっかりすることになった。理由はだいたい同じだったが、今度はブリー号とその乗組員たちは、断崖のてっぺんにいるのではなく、そのふもとにいた。断崖自体は二十メートルではなく百メートルも高さがあり、重力が七百G近くあっては〈外輪〉の遠い彼方の地方で勝手放題に楽しまれているような、のぼったり、跳んだりはねたりなどといった迅速な旅行手段を使うことは、ブリー号に乗りこんでいる強力だがちっぽけな怪物にとっては、まったく不可能だった。

問題のロケットは水平距離で八十キロほど先にあったが、それが垂直距離ではほとんど六十キロある、そそりたつ岩壁を人間がよじのぼるに等しかった。

15 高　地

ブリー号の乗組員にたいへん影響を与えた精神の変化は、一時的なものではなかった。生まれ落ちてから育《はぐく》まれていった、理屈に合わない、条件反射的な高さへの恐怖心は消えてなくなっていた。しかし、まだ正常な推理力は持っていた。彼らの惑星のこの部分では、身の丈の半分の高さから落ちることは、彼らのように頑丈な体格の者にとってさえ確実に致命的だった。変化を遂げることはとげていたが、大部分の者は、擱坐《かくざ》したロケットから彼らを隔てている、そのそそり立つ絶壁からわずか数ロッド（約五メートル）先の川岸にブリー号を繋留したとき、不安を感じずにはいられなかった。

黙ってそれを見守っていた地球人たちは、その障壁を越える方法を考え出そうと懸命になっていたが、いい考えは浮かばなかった。遠征隊の持っていたロケットで、メスクリンの極地重力の何分の一かの重力にでも抵抗して、自らを持ちあげる力があるものはひとつもなかった。それができるように、かつて建造された唯一のロケットは、すでにこの惑星に擱坐してしまっている。機械は重力に抗して自らを持ちあげられても、人間もしくは立派な操縦士の資格を備えた非人間で、惑星のこの近傍で生きていける者はいなかった。この極地で生きていける唯一の生物にロケットを飛ばすことを教えるのは、ジャングルからまっすぐに引っぱり出してきた未開部族に飛行術を教えるのと同じで、できない相談だった。

「この旅は、どうやらわれわれが考えていたように、早急には終わりそうもない」ロステンはスクリーン・ルームに呼ばれて、状況を手っとり早く分析した。「あの高台にたどりつく方法が何かあるはずだ。つまりあの絶壁には、どこかに当然、別の斜面があるはずだ。バーレナンやその部下たちにあれをのぼる方法がなさそうなことは認めるが、まわり道をしていくのを妨《さまた》げるものは何もないように思う」ラックランドはその提言を船長に伝えた。

「それはそうだ」とメスクリン人は答えた。「しかし、それにはいろいろと困難がある。すでに川から食糧を手に入れるのは難しくなっていて、海からはずいぶん遠い。それに、あとどれくらい旅をしなくてはならないか、さっぱり見当がつかない。その結果、食糧やその他すべての問題について計画を立てることはほとんど不可能に近い。あなたたちのほうには、われわれが賢明な旅行計画を立てるのに、充分参考になるほど詳細な地図の用意があるかね、それとも、いまからでもいいが、つくれるかね」

「いい考えだ。できるかどうか調べてみよう」ラックランドがマイクロフォンから目をあげ、心配そうに眉を寄せたいくつかの顔に出会った。「どうしたんだ。前に赤道地方の地図をつくったように、写真地図をつくれないのかね」

「もちろん地図はつくれる」ロステンが答えた。「それも、かなり詳細なものを。だが、仕事はなかなか困難だ。赤道では、与えられた地点の上空に、惑星の自転速度でロケットを保っておくことができた。地表からわずか一千キロの距離で——外輪のすぐ内側の縁に。ところがここでは、たとえ都合よく利用できても、自転速度では足りないだろう。べらぼうな燃料を消費することなく近距離写真をとるには、何らかの双曲線軌道を利用しなくてはならないだろう。ということは、地表に対するスピードが一秒数百キロにのぼるということだ。その場合、撮《と》れる写真がどんなものになるか、きみにもわかるだろう。どうやら長焦点レンズで、途方もない長距離から写すほかないようだ。バーレナンの参考になるほどのこまかい点が写れば、それこそまぐれ当たりといってよかろう」

「そこまでは考えなかった」とラックランドは認めた。「だが、やれないことはない。そしてこの場合、ほかに代案はありそうにもない。バーレナンは手さぐりで行って行けないこともないだろうが、それをこちらから求めるのはあんまりというものだろう」

「そのとおりだ。さっそくロケットを一台出して、仕事にかからせよう」

ラックランドはこの会話の内容をバーレナンに伝え、船長は必要な情報が手にはいるまで現在いる場所にとどまっていると答えた。

「ぼくはこの絶壁に沿って右手に向かい、川をのぼることもできるし、船と川とに分かれて左手にも行ける。だが距離の点からいって、どちらがいいかわからないので、ここで待っていることにする。行くとすれば、ぼくはもちろん、川上のほうに行きたい。でないと、食糧とラジオを運ぶのにすごく骨が折れる」

「わかった。それで、食糧状態はどうなんだ。海から遠く離れて、手に入れるのが難しいようにいっていたと思うが」

「ひどく少ないが、ここは砂漠ではない。少なくとも当分は、なんとかやっていけるだろう。しかし陸の旅をしなくてはならないとなれば、あなたとあなたの鉄砲が懐かしくなるだろうよ。この石弓は、旅行のあいだ、十分の九は博物館もの以外の何物でもなかった」

「では、なぜその弓を持ち歩いてるんだ」

「いまいった理由だけだ――立派な博物館ものだから。そして博物館はいい値を払うからね。国では誰もこんなものを見たことがない。ものを投げる働きをする武器なんて、ぼくの知るかぎりでは、想像した者さえいない。あの鉄砲を一挺《ちょう》わけてもらえないかね。博物館に売りつけるには、実用になる必要はない」

ラックランドは笑った。

「そうはいかないな。あれは一挺しかない。われわれは、あれを必要とすることがあるとは思わないが、ひとにくれた場合、どういっていいわけをすればいいかわからない」

バーレナンは頷いて、よくわかったと知らせるのと同じ意味の仕草をして自分の仕事に戻った。船長は、彼にとって地球儀と同じものだった〈ボウル〉に、最新の知識を書き入れる仕事がだいぶ溜《た》まっていた。今度の旅行のあいだ、地球人たちが四方八方の陸地への方角や距離を教えてくれた結果、バーレナンは、通過したふたつの海の大部分の海岸線を、凹面《おうめん》地図に書きこむことができた。

また、食糧問題を考慮する必要があった。ラックランドに話したとおり、実際に差し迫った問題ではなかったが、これからは網を使っての仕事をさらに多く必要とするようになりかかっていた。川自体は、いまの個所では二百メートルほどもの広さがあり、彼らの現在の必要を満たすには充分な魚が住んでいるようだったが、陸地のほうは、それほどの見込みはなかった。一方の側の川岸は、石ころでいっぱいの荒地で、水際から数メートル行くと、いきなり絶壁の足もとに達して、それでおしまいになっていた。いま一方の岸は、低い丘が、次から次へと何キロも何キロもつづいていて、おそらく、はるかな地平線のそのまた彼方まで達しているようだった。絶壁の岩の表面は、地球でも、断層の地滑りした縁《ふち》の岩でときたま見られるように、磨きあげたガラスのように滑らかだった。地球でさえ、これをのぼるには装備と蠅のような体重を要しただろう（メスクリンでは蠅は体重が重すぎるだろう）。植物はあることはあったが、たいした量ではなく、この地に滞在した最初の五十日間、ブリー号の乗組員の誰ひとりとして、陸上動物の影さえ見た者はいなかった。ときおり何か動くものを見たような気がしたが、よく見ると、それは決まって、旋回する太陽が投げかける影だと知れた。太陽は、いまではその周期的な旅の途上、絶壁の向こう側に移ったときに、彼らの前から姿を消すだけだった。南極のすぐ近くにいたので、一日じゅう太陽の高さには、目に見えるほどの変化はなかった。

　地球人は、そのころさらに少しばかり活動的になっていた。ラックランドを含めて四人の遠征隊員がロケットに乗りこんで、急速に動く月からメスクリンに向かって降下した。その離陸点から見ると、メスクリンの世界はなんだか中央部がかすかに膨らんだパイ皿のように見えた。輪は、単に光の線になっていたが、星をちりばめた暗黒を背景として浮かびあがり、巨大な世界の平たさをさらに誇張して見せていた。

　月の軌道速度を殺すとともに、メスクリンの赤道面から脱出するためにロケットの推進力が増大されると、光景は一変した。輪はそのありのままの姿を見せたが、ふたつの部分に分かれているという事実は、土星のそれと似ているということにはならなかった。メスクリンの平たさはあまりにも規模壮大で、それ自体以外には何物ともくらべようがなかった。およそ八万キロの赤道直径にくらべて、三万キロだけ少ない極直径は、まったくの見ものというほかなかった。遠征隊員はいまでは、それをたびたび見て馴染みになっていたが、それでもまだ、見るとうっとりさせられた。

　衛星の軌道から脱出すると、ロケットはたいへんな高速度になったが、ロステンがいったとおり、まだ充分でなかった。さらに動力を追加して使わなければならなかった。極の現実の横断は、地表上何千キロもの高度で行なわれたが、それでもカメラマンは迅速に仕事をしなくてはならなかった。横断は、現実には三回にわたって行なわれ、毎回写真を撮るのに二、三分間を要し、横断に先立って惑星の周囲を準備飛行するのにさらに多くの時間が必要だった。そして横断のたびごとに、惑星の別の面が太陽に向かっているよう、できるかぎりの配慮をした。そうすれば、あらゆる方向から影を測定して、絶壁の高さを割りだせるからだ。それから写真の現像をすませ、地図テーブルの上に乗せると、ロケットはさらに多量の燃料を使って、その双曲線を大きな弧にしてツーレイの軌道をとらえ、速度を落とし、ツーレイに達したときにあまり多くの加速度を必要としないようにした。彼らは、こうした操作に費やされた時間の余裕を利用して、飛行中、地図の作製を進めることができた。

その結果は、メスクリンに関する事柄はいつもそうだが、幾分か意外だったが、なかなか興味深かった。今度の場合、意外だった事実は、ひと塊の絶壁となって上方に突きあげられたかのように見える、惑星の地殻の断片の大きさだった。どことなくグリーンランドのような形で、長さが五千五百キロもあり、尖端はブリー号がやってきた海のほとんど近くに迫っていた。しかしそこに達している川は、この岩塊を大きくまわって、ほとんど反対側のくさびの広いほうの端の中央で、絶壁の縁に接していた。崖縁の高さは信じがたいほど均等で、影から測定すると、突端《とったん》のほうがブリー号の現在の位置の絶壁の高さよりも少し高いようだったが、それもごくわずかだった。

ただ一か所だけ例外があった。一枚の写真に、ただ一枚だけにぼやけた影が現われていて、それはゆるい斜面かも知れなかった。それもまた、くさびの広いほうの端にあり、ブリー号が現在いる場所から、おそらく千二百キロほどあった。さらにいいことに、そこは川の上流にあった——川はそこまで、引きつづいて絶壁のふもとに密着していた。川はそのぼやけた影のある個所で、外に向けて湾曲していて、崖がくずれてできた砂礫《されき》の山をうねり曲がっているかのようで、まったく、きわめて有望だった。これはバーレナンにとっては八十キロではなく、半分以上陸を横断して二千五百キロから二千七百キロを行かなければならないことを意味するが、その陸の旅は、耐えきれないほど困難なものではないはずだった。ラックランドがそういうと、その小さな友人が旅をしなくてはならない地面をもっと慎重に調べるように、という注文を受けとった。だがラックランドは、その仕事を着陸するまで先伸ばしすることにした。基地にはさらに立派な調査設備があったからだ。

基地について専門の地図製作者が顕微鏡や濃度計で調べた結果は、あまりかんばしいものではなかった。その高台は、どうやら相当に起伏が激しいらしかった。ラックランドが発見した崖くずれの原因となるような、川やその他の特殊の条件の存在は認められなかったが、崖くずれ自体は充分に確認された。濃度計は、その地域の中央部が外周よりも低くなって、実際に巨大な浅い椀形をしていることを示していた。しかし深さは正確には決定できなかった。内側の部分を横切る、はっきりした影がなかったからだ。しかしその最深部でさえ、絶壁のすぐ上の地面よりはかなり高いことは、分析によって確実だった。

ロステンはその仕事の最終的結果を眺め、ふふんと鼻を鳴らした。

「残念ながら、われわれがバーレナンにしてやれるのは、これが精一杯だろうね」やがてロステンはいった。「ぼく個人は、たとえ住むことができるとしても、あんな国はごめんだね。チャーリー、何か連中に精神的支えを与える方法を考え出してくれ。肉体的支えは与えられそうにもないからね」

「わたしはそのために、ずっと最善を尽くしてきました。われわれがこんなにホームプレート近くまで来たとき、こんなことが持ちあがったのは、じつに困ったものです。わたしが望むのは、ただただ彼が、目標をこんなに間近にして割に合わない仕事だというので、投げ出してしまわないことだけです。彼はいまだに、われわれのいうことを全部は信用していませんからね。誰かが、あの水平線が高く見える錯覚を彼に——そしてわたしに——納得がいくように説明してくれることができればいいんですがね。そうすれば、彼の世界が椀形をしていて、われわれが別の世界からやってきたというのは、五十パーセントがたわれわれの迷信だという彼の観念から脱却させられるかも知れない」

「きみは水平線がなぜ高く見えるか、理解できないというのかね」気象学者のひとりが、びっくりしたように叫んだ。

「詳しくはね。空気の密度に何か関係があることはわかっているが」

「だって、それは簡単な話で——」

「わたしにはそうじゃない」

「誰にだって簡単なことだ。きみは日のよく照っている日、道路のすぐ上の熱い空気の層が、空の光を少し角度をつけて上方に屈折させるのを知っているだろう。熱い空気は密度が薄くて、光はそのなかをいっそう速く通過するからだ。きみたちは空の反射を見て、それを水のせいだと解釈しがちだ。地球でさえも、ときにはもっと大きな蜃気楼があるが、それはみな同じ原因にもとづくものだ――つまり冷たい、または熱い空気の〈レンズ〉、あるいは〈プリズム〉といってもいいが、空気の層が光を屈折させるのだ。それはここでも同様で、ただ重力に関係がある点だけが違う。水素だって、メスクリンの表面から上にのぼるにつれて密度が急速に減る。もちろん低温もそれを助ける」

「きみがそういうのなら、そうだろうよ。わたしはなにしろ――」

ラックランドは最後までいう機会を与えられなかった。ロステンが突然、気難しげに言葉をはさんだのだ。

「密度は高度に従って、どれくらい速く減少するんだ」気象学者はポケットから計算尺をとり出し、しばらく黙ってそれを操作していた。

「きわめておおまかにいって、平均温度をマイナス百六十度と仮定すると、四百から五百メートルの高度で、地表密度の一パーセント程度に低下します」

その言葉のあとには、あっけにとられた全般的な沈黙がつづいた。

「それでは――いったいどれくらい低下するだろう、その――一千メートルでは」

ロステンがやっとその質問を口に出すことができた。答はほんの一瞬、黙って唇が動いたあとに出てきた。

「これまた、じつにおおまかな話ですが、七十から八十パーセント——たぶん、それよりもっと低いかも知れません」

ロステンは一、二分間、テーブルの上を指先で叩きながら、目でその動作を追っていた。それから、まわりの連中の顔を眺めまわした。みんな黙ってロステンを見返した。

「どうやら誰も、この問題を解決するいい考えは浮かばないようだな。それとも、彼らの普通の気圧にくらべると、われわれが一万二千ないし一万五千メートルの深所にもぐったときに等しい気圧のもとで、彼らが生きて動けると、本当に望んでいるのかね」

「わたしには確信がない」ラックランドは眉根を寄せて考えこんでいた。そのうちロステンの顔が、わずかに明るくなった。「ずいぶん前のことですが、バーレナンが水の底に——いや失礼、メタンの底に、かなりの時間潜って、相当な距離を泳いだという話を聞いたことがあります。あなたたちも覚えているでしょうが、あの川の住民もそうやってブリー号を動かしたに違いない。それが、息を凝らすとか、われわれの地球の鯨が使っているような空気貯蔵組織に等しいものだったら、この際は何の役にも立ちません。だが、バーレナンがメスクリンの川や海に溶解しているものから、必要な水素のかなりの部分を現実に摂取できるとすれば、ある程度は望みが持てます」

ロステンはまたしばらく考えこんだ。

「よし。きみの小さな友人をラジオに呼び出して、当人が持っているそういった能力について知っていることを、すっかり聞き出してくれ。リック、きみは八気圧、温度摂氏マイナス百四十五度から百八十五度のあいだの、メタン内の水素溶解度を調べるか見つけるかしてくれ。デイヴ、きみはその計算尺をしまって、計算機にとりかかってくれ。そして物理的に、化学的、数学的に、立派な気象学者の神々が許す最大限の能力を発揮して、あの絶壁のてっぺんの水素の密度の数値をできるだけ正確に算出してくれ。ついでに訊くが、きみはいつか、あの熱帯性台風のあるものの中心部では三気圧まで低下することがあるといわなかったか。チャーリー、三気圧になると、バーレナンやその部下たちがそれを感じるかどうか、感じるとすればどう感じるか訊いてくれ。さあ、みんな仕事だ」

会議は散会し、一同はそれぞれの任務に向かって四散した。ロステンは、ラックランドとともにスクリーン室に残り、はるか下方のメスクリン人とラックランドの対話を聞いていた。

バーレナンは何の困難もなく、水面下を長期間泳げることを認めたが、なぜそういうことができるのか、理由の見当がつかなかった。とにかく、呼吸もせず沈んだとき、人間が感じる息が詰まるのに似た感じも経験しなかった。あまりにも長く沈んで、あまりにも活動しすぎると、なんだか眠いような気持ちになる。それがバーレナンにできる精一杯の説明だった。そして、実際に意識を失ったとしても、それまでのことで、誰かが手当てをしてくれるまでいつまでも、そのあいだに飢え死にしないかぎり生きていて、意識を回復することができた。これで見ると、明らかにメスクリンの海にはメスクリン人が生きていけるだけの水素が溶けこんでいたが、普通の活動はできなかった。ロステンの顔は目に見えて明るくなった。

「ぼくが経験した最悪の嵐の最中でも、あなたがいうような不快感はない」船長はなおも話をつづけた。「われわれを、あのグライダーの島に吹きあげた嵐のときも、あれを我慢できなかったほど弱いやつは、もちろんひとりもいなかった——もっとも、あの嵐の中心部にいたのは二分か三分だったが。だが、いったいあなたは何を心配してるんだ。ぼくには何のためにあなたがこんな質問するのかわからない」

ラックランドは許可を求めるために、上官のほうを眺めた。上官は黙って頷き、承認を与えた。

「われわれは、問題のロケットが擱坐《かくざ》している、その断崖のてっぺんの空気が、そのふもとにくらべてはるかに稀薄なことを発見したんだ。それできみやきみの部下が行けるほどの密度が果たしてあるかどうか、真剣に心配しているわけだ」

「でも、わずか百メートルの高さだよ、そんな短い距離でなぜそんなに密度が変わるんだ」

「きみたちの国の重力のせいだ。気の毒だが、なぜだかを説明するのは時間をとりすぎる。だが、どこの世界だって、高くのぼればのぼるだけ大気は稀薄になる。そして、重力が増すと、その変化が速くなる。きみの世界では、そうした条件がいささか極端すぎるだけだ。

「それにしても、この世界であなたが普通だという大気はどこにあるのかね」

「われわれは一応、海水面を規準にしている。すべての計算は、普通それを標準にするわけだ」

バーレナンはしばらく考えこんだ。

「それはおかしい。標準にするためには静止している水面が必要だと思う。ところがわれわれの海は、毎年何百メートルもあがったりさがったりする——しかも大気には、気がつくほどの特別の変化はない」

「それは気がつかないのも当然だと思う。それにはいくつも理由があるが、主な理由のひとつは、きみたちはブリー号に乗っているかぎり、いつも海水面にいて、従って、いつでも大気の底にいるからだ。おそらくこれは、きみの上にある大気の重さがどれくらいで、下にある大気の重さがどれくらいかという問題として考えたほうが、わかりやすいかも知れない」

「それでも、まだ腑に落ちないことがある」と船長は答えた。「われわれの町は、海面がさがっても、それとともに低くなるようなことはない。春は普通、海岸にある。それが秋になると、内陸へ三百キロから三千キロまではいりこんだところにある。もちろん、陸の斜面はたいへんなだらかだが、それにしても、その頃には海面から優に百メートルは高くなっていることは確かだ」

ラックランドとロステンはしばらく黙って顔を見合わせていたが、やがてロステンのほうが口を開いた。

「しかしその場合、きみはきみの国の極地からはるかに遠い土地にいるわけだ――いや、そんな理屈をいっていたのでは、話がますますこんがらがる。とにかく重力が三分の一になったとしても、途方もない圧力の変化を感じるだろう。だが、われわれは、何でもないことを考え過ぎているのかも知れない」ロステンはしばらく言葉を切ったが、メスクリン人は何も答えなかった。「バーレナン、それにしてもきみは、少なくとも高台にのぼる試みくらいはしてみる意思があるかね。われわれは、もちろん、それがきみたちの体質にとってつらすぎるとわかれば、のぼることを無理強いはしないが、きみもいまは知っているとおり、これはわれわれにとって重大な問題なのだ」

「もちろん、やってみる意思はある。われわれは、これほど遠くまでやってきたんだし、これから先、何かこれまで以上の悪いことが起こると推定する、真の根拠は何もない。それにまた、ぼくは……」船長は少し言葉を切り、別の話にはいった。「あなたたちは、あそこにのぼれる道を何か見つけたのかね。それとも、いままでの質問はただ仮定の上に立ったものなのか」

　ラックランドが、そのやりとりの人間側の相手役をまた引き受けた。

「われわれは、きみたちの現在の位置から上流およそ千二百キロの地点で、道らしいものを見つけたんだ。きみたちに、それがのぼれるかどうかは確かでない。なんだか崖くずれのようで、きわめてゆったりした斜面になっているが、こんなに遠くては、転がっている岩の大きさはわからない。きみたちがそこをのぼっていけないとすれば、残念だが、きみたちはどこからものぼっていけない。その一か所以外、高台の周囲はすべて切り立った絶壁のようだ」

「いいだろう。われわれは上流に向かうことにする。ぼくは、ここにある小さな岩さえのぼりたくないが、とにかく、われわれの最善を尽くすことにする。あなたもビジョン・セットでその道が見えるようになれば、われわれにいろいろ助言を与えてもらえるだろう」

「そこまで行くには、ずいぶん日数がかかるよ、気の毒だが」

「そう長くはかかるまい。どうしたわけか、絶壁ぞいには、われわれが行きたい方角に向けて風が吹いている。数十日前にここに着いてから、方向も風力もまったく変わっていない。普通の海の風ほどは強くないが、流れに逆らってブリー号を引っぱるくらいの力は、確かにある——流れがあまり速くならないかぎり」

「その川は、いずれにせよ、きみたちがのぼっていく地点までは、あまり狭くはならない。流れが速くなるとすれば、浅くなるために違いない。われわれにいえることは、どの写真にも滝らしいものは見えなかったということだけだ」

「たいへんけっこうだ、チャールズ。狩猟班がみな帰ってきしだい、すぐに出発することにする」

狩猟班は次々と船に帰ってきて、みないくらかの食糧を手に入れていたが、報告するだけの興味のあるものは何もなかった。起伏する丘の広がりは、彼らが行ったかぎり、あらゆる方角へどこまでもつづいていた。動物は小さく、小川も稀《まれ》で、植物も、わずかばかりある泉のほとりを除いてはまばらだった。士気はいささか低下していたが、ブリー号がふたたび行動を起こそうとしているとのニュースが伝わるとともに、また高揚した。船からおろされていた二、三の装具が、また大急ぎでいかだに積みこまれ、船は流れに押し出された。帆が張られるあいだ、しばらくは海のほうへ押し流されていたが、やがて、帆が不思議なほど力も衰えず、向きも変えない風をいっぱいにはらむとともに、船は流れに逆らって立ちなおり、ゆっくりと、しかし着実に、人間がかつて探検を企《くわだ》てたなかでも最大の惑星の、未知の地域に分け入っていった。

16　風の谷

バーレナンは川を遡《さかのぼ》るにつれて、岸辺はいっそう痩せ地になるものと一応は予期していたが、どちらかというと、それとは逆だった。左手の絶壁があまりにも近くまで川に迫り、草の茂る余地がない個所を除いては、双方の岸ともずんぐりした、背の低い蛸《たこ》のような植物の茂みが地面を覆っていた。彼らが待機していた地点から、最初の百五十キロを遡上《そじょう》したあと、数本の流れが本流に注ぎこんでいるのが見られた。何人もの乗組員が、植物のあいだで動物がうごめいているのを、間違いなく見たといった。船長は狩猟隊を上陸させて、それが帰ってくるまで船を停めて待っていたい誘惑を感じたが、ふたつの配慮から、そんなことはするまいと決めた。ひとつは風で、風はいまだに、彼が行こうと思っている方角に向けて、相変わらず着実に吹きつづけていた。いまひとつは、早く旅を終えて、飛行士たちがメスクリンの世界の極地に着陸させて失ってしまった奇跡の機械をそばで調べたいという欲求だった。

旅を進めるにつれ、船長はますます風に驚かされた。どの方向にしろ、二百日以上つづいて同じ方向に吹いた風には、いままで一度も会ったことがなかった。風は単に一定の方角を維持していたばかりでなく、絶壁が曲がれば、それにつれて向きを変えるので、事実上、常に船尾の真正面から吹いていた。船長はデッキの監視を完全に解除したわけではなかったが、見張りの船員が一日ぐらい担当任務から注意をそらしていても文句はいわなかった。船長自身、帆の整備を必要とした日から何日たったか忘れてしまっていた。

川は飛行士たちが予告したとおり、そのままの幅を維持し、また、これまた彼らが、そういうこともあるかも知れないといっていたとおりに浅くなって、流れが急になった。そのため当然、ブリー号の船足は鈍るはずで、実際にそうなった。だが、思ったほどたいしたことはなかった。風のほうもまた強さを増しはじめたからだ。そうした状態で何キロも何キロも行き、何日も何日もたつあいだ、それを眺めていた、気象学者たちは納得がいかず、頭が変になりだした。空に円を描いていた太陽は、それと気づかないくらい、いっそう高くのぼっていたが、そののぼり方はきわめてゆっくりで、それが風力の変わった原因だということが、これらの科学者にはわからなかった。何かこの地方の地文的条件のせいに違いないと、人間もメスクリン人たちも信じはじめた。そして、やっとのことで、バーレナンは短時間停泊して、探検狩猟隊を上陸させても、それが帰ってくるまで風はなお吹きつづけているのは確かだという自信が持てた。

そして、まさにそうなった。それからまたブリー号のいかだの下を何キロかが流れ去った。千二百キロだ、と飛行士はいっていた。しかし川の流れは、その測定距離をはるかに大きく上まわった。だが、やっと予告されていた崖くずれが、はるか前方の岩の壁に見えはじめた。

いっとき、川は、その崖くずれからまっすぐに遠ざかって流れ、その側面が見えた――ほぼまっすぐな斜面で、二十度ほどの角度でのぼっていて、裾は絶壁のふもとから八十メートルほど前方に突き出ていた。さらに近づくと、川の流れは、ついに絶壁から離れて湾曲し、崖くずれを正面から見ることができた。その斜面は五十メートル足らずの幅の絶壁の裂け目を起点として、扇状に末広がりになっていた。岩の裂け目の内側は、斜面がいっそう急勾配になっていたが、のぼれないことはないかも知れない。もっと近づいて、崖くずれ自体を構成している破片が何なのかを見極めないうちは確かなことはいえなかった。近づいて、最初ひと目見たところでは有望だった。川がその斜面に接する個所は、見ると、乗組員の個人的標準から見てさえ小さな小石でできているのがわかった。ひととおり固まっていれば、のぼるのは容易なはずだった。

やがてブリー号は、向きを変えて岩の裂け口の真正面の地点に向かって進んでいた。そうしているあいだに、ついに風の向きが変わった。絶壁から外に向かって吹き、信じられないほど風速を増していた。過去数日間、乗組員や地球人の耳にかすかなざわめきのように響いていた唸り声は、いまでは急激に膨らみはじめ、ブリー号が岩の割れ目の真正面に来ると、音の源《みなもと》が明らかになった。

一陣の突風が、丈夫な帆布《ほぬの》を引き裂くかと思われるほどの勢いでぶつかってきて、船を岩の壁から遠く引き離し、川の向かい岸へ吹き飛ばしそうになった。同時にその瞬間、唸り声は猛烈さを加えて爆発音に近くなり、一分間もたたないうちに、船は赤道を離れて以来遭遇した、どんな暴風にも劣らないほどの激しい暴風のなかで苦闘していた。だが、それは数分つづいただけだった。帆はすでに、斜め後方から風を受けるように調整されていて、その結果、船は向かい岸に吹きあげられる前に、最悪の風位を脱して、川上に向かって針路をそらしていた。ひとたび風からそれると、バーレナンは大急ぎで船を右にまわし、残りの短い距離を川を横切って岸に近づけながら、落ち着きをとり戻そうとしていた。やっと気持ちが平静になると、慣れない状況に出くわしたとき、いまではいつもそうする習慣になっていることをした。地球人を呼び出して説明を求めたのだ。地球人は、バーレナンを失望させるようなことはしなかった。気象学者のひとりが、さっそく答えてくれた。その声ははずんでいて、船長はいままではそれが人間の喜びと結びついた口調であることを知っていた。

「わかりきった話だよ、バール。あの高台がボウルの形をしているからだ。われわれが思い込んでいたよりも、きみはもっと容易にあそこまでのぼっていけるに違いない。なぜもっと早く、われわれはそのことに気がつけなかったか不思議だよ」

「気づけなかったって、何を」

メスクリン人は実際には気を悪くしたわけではなかったが、それを聞いていた乗組員には、船長が戸惑っているのがよくわかった。

「あんな場所が、きみの国のような重力と気候と大気のもとでどんな作用をするか、気がつかなかったんだ。そうだろう、きみが知っているメスクリンの地方――つまり南半球での冬は、きみの惑星がもっとも太陽に近い点を通過するときと一致している。そのときは北方では夏で、万年氷はそのてっぺんが溶け去る――だからきみたちは、その季節、あんなすさまじい継続的な暴風に見舞われるんだ。われわれは、それを前から知っていた。濃化した湿気は――つまりメタンだが――きみたちはそれをどう呼んでいるか、名前なんかどうだっていいが――そいつが熱を放出して、きみたちの半球の大気を暖めるんだ。三月《み》も四月《よ》も、きみたちは太陽を見ないけれど、気温はおそらくメタンの沸騰点近くまで――きみたちの地表気圧ではマイナス百四十五度前後だと思うが――気温はそのへんまであがる。そうだろう。きみたちの冬は、かなり暖かくなるだろう」

「そうだ」とバーレナンは認めた。

「よろしい、そこでだ。気温が高いということは、きみたちの大気は、高度に従ってそれほど急激に稀薄にならないことを意味する――大気の全体が膨張するといってもいい。膨張して、きみたちがそばにいるあのボウルのなかに、沈むスープ皿に――水が注ぎこむのと同じように、縁を越えてそそぎこむ。さて春分を過ぎると嵐はおさまり、メスクリンは太陽から遠ざかりはじめる。きみたちは冷えこみはじめる――そうだろう――そして、大気はまた収縮する。ところがボウルの中には、たくさんの大気が捕《つか》まっていて、椀のなかと、外との同じ高さのところの表面圧力は、いまではボウルのなかのほうが高くなる。もちろん、ボウルのなかの多くの大気はこぼれ出て、絶壁の底から流れ去ろうとする——しかし、惑星の自転によって左のほうへ偏《かたよ》ってしまう。いままできみたちを助けてきた風は、だいたいにおいてそれだったのだ。あとは、いま、きみたちが通過した突風で、あれはボウルから流れ出られる唯一の場所から大気が流れ出て、岩の裂け目の双方の側に部分的な真空をつくるために、風は両側からその真空地帯に向かって突進しようとするわけだ。じつに簡単な話だよ」

「あなたは、ぼくがあの風のベルトを通過しているあいだに、それだけのことを全部考えたのか」バーレナンはぶっきらぼうに訊いた。

「もちろんだ——はっと、稲妻のように思い当たったんだ。そういうわけで、あの上方の空気は、われわれが思っていたよりも密度が高いに違いないと、わたしは確信している。わかるだろう」

「正直にいうと、わからない。でも、あなたがその説で満足しているのなら、ぼくは、さしあたって、そのまま受けとっておくことにするよ。ぼくはだんだん、あなたたち飛行士の知識を信用するようになった。ところで、ひと理屈であろうとなかろうと、それは別にして、あなたの説は、実際上はわれわれにとって何を意味するのかね。あの風をまともに受けて、あの斜面をのぼるのは、笑いごとじゃないからね」

「気の毒だが、きみたちはそうしなくてはならないだろう。おそらく風は、結局やむかも知れないが、わたしの想像では、ボウルが空《から》っぽになるには何カ月もかかるだろう――たぶん地球年で二年ほども。それで、できることなら、バール、それを待たずに、いますぐのぼれるかどうか試してみるのがいいと、わたしは考える」

バーレナンは考えた。外輪ではむろん、このような台風は、メスクリン人などはからだごと持ちあげて、一瞬のうちにどこかに運び去り、跡形もなくしてしまうだろう。だが外輪では、こんな風は決して起こらない。椀のなかに捕えられた空気は、現在の重さの何分の一にも足りない、わずかな重さしかないからだ。それくらいのことは、いまではバーレナンにさえ、はっきりわかっていた。

「われわれは、いまから行く」

突然、船長はラジオに告げ、振り返りざま船員に命令した。ブリー号は用心しながら流れを横切った――バーレナンは船を高台から斜め横に接岸させ、川からすっかり引きあげて杭《くい》をうち、繋索をしっかり繋ぎとめた――地滑り地点の近くには、ブリー号を繋ぎとめられそうな植物は生えていなかった。五人の船員が選ばれ、船に居残ることになり、あとの者はそれぞれ背負い革で、荷物をしっかりとめて背負い、ただちに斜面をのぼりはじめた。

しばらくのあいだは風に邪魔されずにすんだ。バーレナンは、当然とるべき道をとって、砂礫の扇の片端をのぼっていった。その突端部《とったんぶ》は、すでに見ておいたとおり、比較的こまかい砂や、ごく小さな小石からなっていた。のぼるにつれ、岩片は次第に大きくなるばかりだった。その理由は、誰にもよくわかった。風は小さなものほど遠くへ運ぶからだ。そして一同は、のぼらなくてはならない絶壁の裂け目自体のなかの岩石の大きさが、いささか心配になりだした。

絶壁の開いた口のそばまで到着するには、数日かかっただけだった。その地点では、風は少し冷えびえしていた。さらに近づいていくと、風は数メートル先の岩角の背後から、たがいの話も聞きとりにくいほどの、すさまじい唸り声をあげて吹き出ていた。ときどきその煽《あお》りが彼らに襲いかかり、それはやがて来たるべきものの、ちょっとした先触れだった。しかしバーレナンは、ほんの少し立ちどまっただけだった。そして荷物をしっかりと背中に密着させて、背負い革に縛りつけているかどうかを確かめ、丹田《たんでん》にぐいと力をこめると、突風のまっただなかに這い出した。ほかの者も、ためらうことなくあとにつづいた。

彼らがいちばん心配していたことは、現実のものにはならなかった。転がっている巨岩をいちいちよじのぼる必要はなかった。そのような大きな岩片が、実際あるにはあったが、そのそれぞれの下方の側はほぼ完全に、こまかい物質の土手で囲まれていた。絶え間なく吹く風が、そのこまかい物質を比較的に、風から遮断されている、その岩陰に持ってきて積みあげたのだ。そして、その土手は多くの場合、たがいに繋がり合っていた。繋がっていない場合は、いつも一方から他方へ風を横切って渡ることができた。そうすれば、道は曲がりくねっているが、ゆっくりと上に向かってよじのぼることができた。

だが、風は実際は危険ではないという最初の考えは改めなくてはならなかった。ひとりの船員が空腹になり、ここなら安全と思われた場所でひと休みし、荷物のなかから食べ物をひと切れとり出そうとした。おそらくはその船員の存在自体が、絶え間なく吹きつける風によって何か月も何か年もかかってもたらされた平衡を乱したただろうが、風を遮断してくれると思った岩のまわりにつむじ風を起こし、口をあけた食糧袋のなかに吹きこんだ。袋は落下傘の働きをして、その不幸な持ち主を避難所からさっとばかり引き出して、斜面の下方に向けて吹き飛ばした。その船員は新しく巻きあげられた砂煙のなかに姿を消し、同僚たちは目をそらした。この重力のもとでは、十五センチの墜落は死を意味する。彼らの仲間が谷底に達するまでには、そんな墜落個所がたくさんあるだろう。万が一そんなものがなかったとしても、当人の数百キロの体重は、同じ結果を招くのに充分な力と速さをもって、そのからだをどこかの岩に叩きつけるだろう。生き残った連中は、足をさらに少し余計に地中に押しこみ、頂上に達するまではものを食うという考えをさっぱりあきらめた。

何回となく太陽は彼らの頭上を横切り、下方の絶壁の裂け目を照らしつけた。何回となく彼らの背後に現われ、反対方角から岩の裂け目に炎を点じた。太陽の直射を受けて、まわりの岩石がぱっと明るく輝くたびに、彼らは長い斜面を少し高くのぼっていた。そのたびごとに、ようやく彼らの長いからだのそばを、唸りをあげて通り過ぎる風が、ほんの少しすさまじさを減じたように感じはじめた。裂けめは目に見えて幅が広くなり、傾斜がゆるやかになった。いまでは前方にも双方の側にも、絶壁の縁が見えていた。やっと彼らの前方の道は、事実上水平になり、前方の高台の広々とした土地の広がりを見ることができた。風はまだ強かったが、もはやそれほどものすごくはなかった。バーレナンが先頭に立ってさらに左のほうへ行くと、風はさらに弱まった。風は、ここでは下方でのようにはっきりと向きが決まっていなかった。四方八方から裂けめに向かって吹きこんでいたが、当のその事実からして、彼らが崖くずれの縁をあとにすると、風は急速にその力を弱めた。長い苦しい旅だったが、やっと彼らは立ちどまっても安全だと感じ、一同はさっそく食糧包みを開いて、およそ三百日ぶりに初めて食事を楽しんだ――メスクリン人にとってさえ長い断食だった。

空《す》き腹のしまつがつくと、バーレナンは前方の土地を眺めはじめた。船長は乗組員の一団を、崖くずれの一方の端の、高台の縁に近い個所で停めさせた。地面は、そのまわりの半分近い区域が斜面になっていた。なんともがっかりさせられる地形だった。岩石はさらに巨大で、それをまわっていかなければならず――そのどれかをよじのぼるというのは、とうてい考えられないことだった。岩のあいだをくぐり抜けて、一定の方角に行くことさえできそうもなかった。岩にとり囲まれたが最後、誰にも数メートル先が見えなかった。太陽は道案内の手段としては、まったく役に立たなかった。絶壁の縁の近くから離れないようにしなくてはならなかった（しかし、あまり近寄りすぎてはだめだった。バーレナンは考えただけで身震いがしそうなのを抑えこんだ）。ロケットのそば近くまで行ったとき、それを見つける問題は、その場で解決しなくてはならないだろう。そのときは飛行士たちが、きっと援助してくれるだろう。

次の問題は食糧だった。背負った荷物のなかには相当な長期間――おそらくは、ブリー号の最初の停泊場所の上方の地点までの距離、千二百キロを旅するには充分なほどあった。だが、何らかの方法で補給を豊かにしなくてはならない。手持ちの食糧では、往復の旅にはもちろん足りないし、ロケットのそばにそう長くとどまってもいられないからだ。いっときバーレナンは、この問題をどう始末をつけたらいいか見当がつかなかったが、そのうち、徐々に解決法が形をとりはじめた。そしてあらゆる角度から考えてみて、ついに、これが急場を切り抜ける最善の方法だと決めた。そして細目をまとめると、ドンドラグマーを呼んだ。

航海長は難儀な登攀の際にしんがりを務め、ほかの連中が踏んで緩めた小砂が風に運ばれて情け容赦なくぶつかるのを、文句もいわずに耐えていた。そして、その経験でとくに気を悪くしてもいないらしかった。力のほうはともかく、航海長は我慢強さでは偉大なるハースに匹敵することができた。航海長は何の感動も示さず、船長の命令を傾聴していたが、少なくともひとつの点で彼を深く落胆させたに違いなかった。航海長はその任務を解除され、ついてきていた配下の船員を呼び集め、それに船長配下の船員の半分を加えた。荷物は再配分され、食糧は全部、バーレナンと一緒に残る比較的少数の一団に与えられ、ロープもただ一本を除いて、ことごとく船長の居残り組に渡された。ドンドラグマーの手に残されたロープは、その新しい配下の全員の背負い革を通して、連結するに充分の長さがあった。彼らは経験から——二度とくり返すのはまっぴらな経験から学ぶところがあった。

これだけの準備が終わると、航海長は一刻の時間の無駄もしなかった。一隊を率いると、ついいましがた、たいへんな努力をしてのぼったばかりの斜面のほうへ、あと戻りした。そして、ロープで繋いだ行列の尻尾《しっぽ》は、やがて絶壁の裂けめに通じる凹《へこ》みに姿を消した。バーレナンは残ったほかの連中のほうを振り向いた。

「われわれは、いまから食糧を厳重な割当て制度にしなくてはならないだろう。旅を急ぐ必要はない。急いだところで何の役にも立たない。ブリー号はわれわれよりずっと先に、もとの停泊場所に帰らなければならない。そして、われわれの援助ができるように、ある程度の準備をしなくてはならない。ラジオを持っていく、そこのふたりは、機械に何事もないようにしなくてはいけない。われわれが船の近くに行ったとき、それを知らせてくれるのはラジオだけだ——もっとも誰か、しょっちゅう崖端から下を覗いて見る志望者がいれば話は別だが。ついでにいっておくと、いずれにせよ覗いてみる必要が生じるかも知れない。しかしその場合は、ぼくがやる」

「われわれはすぐ出発するんですか」

「いや、ドンドラグマーが船に帰り着いたとわかるまで、ここで待つことにする。航海長に面倒事が起こると、われわれは別の計画を立てなおさなければならない。そのためには、たぶんわれわれ自身あと戻りして、下におりていかなければならないかも知れない。その場合、いくらかの距離でも旅をするというのは時間と努力との無駄だ。それに、早く帰っていくことが必要なのに、その貴重な時間を潰すことになりかねない」

一方、ドンドラグマーとその一団は、何の困難もなく斜面に達した。そして航海長が持ってきたロープで、一定の間隔をおいて、全員の背負い革がしっかり結びつけられているかどうか確かめるだけの時間しか停止しなかった。それからドンドラグマーは、ロープのいちばん最後に自分の背負い革を通し、下に向かって出発するように命令を下した。

ロープで繋ぎ合わせるというのは、いい思いつきだったことがわかった。メスクリン人のたくさんの肢をもってしてさえ、下に向かっておりるのは、上に向かってのぼるよりも、足場を保つのが難しかった。今度は風は、誰も、吹きあげようとする傾向を示さなかった。風に手がかりを与える袋を誰も持っていなかったからだ。しかし歩くのが困難なことに変わりはなかった。前と同じに、みな、時の経過をすっかり忘れていた。それだけに、前方に道がひらけて風の通り道を避けて左に寄ることができたときには、みなほっとした。もちろん、彼らはまだ下を見下ろす位置にあり、それはメスクリン人の神経にとっては極端につらいことだった。しかし、下降の最悪の段階は越えた。残りの道のりをおりるには三、四日を費やしただけで、まだ待機していたブリー号に、また乗りこんだ。船に残っていた船員たちは、早くからおりてきている仲間の姿を認めて、いろいろと説を立てていたが、たいていは一行の残りの者の運命について悲劇的な見方をしたものだった。しかしその心配はたちまち解消され、航海長はその安着をツーレイにいる人間に報告し、ツーレイの地球人たちはその情報を高台のバーレナンに中継した。ついで、船は川に引き戻された――乗組員の四分の一はいなくなっていたし、極地重力がその全力をあげていかだを川岸に貼りつけていたので、本当に大仕事だったが、結局どうにかやりとげた。二度ばかり、船が小さな石にひっかかり、にっちもさっちも行かなくなったときは、差動巻きあげ機が有効に使用された。ブリー号が、ついにふたたび水上に浮かぶと、ドンドラグマーは川をくだる旅のあいだの大部分の時間を、巻きあげ機の研究に費やした。その構造の原理については、すでに充分よく知っていて、助けも借りずに、すでに一台つくりあげたほどだった。だが、なぜ巻きあげ機がそのような働きをするのかは、よくわからなかった。数人の地球人は興味深げに、ドンドラグマーが巻きあげ機をいじくりまわすのを見守っていたが、ひとりとして差し出口をして事実を解明してやるほど無作法ではなく――誰ひとりとして、自ら問題を解決しようとするメスクリン人のチャンスを台なしにしようと考えたりはしなかった。バーレナンを好いていたラックランドまでが、ずっと前から、一般知識の点では航海長のほうが船長よりもよほど優れているという結論に達していて、ブリー号が最初の停泊地点に達するまでには、ドンドラグマーに完全な機械的説明を発見して彼らを喜ばせてくれるだろうと期待していたほどだった。だが、それは間違っていた。

擱坐《かくざ》したロケットの位置は、きわめて正確に知られていた。七、八キロ以下の誤差しかありえなかった。そのテレメーター送信装置は――装置のすべてが恒久記録型というわけではなかったが――ロケットが離陸信号に応《こた》えることに失敗したあとも、地球年で一年以上も働きつづけていた。当時、その送信機の位置について、天文学的な回数にのぼる測定が行なわれ、メスクリンの大気は、これというほど無線の妨害をしなかった。

ブリー号もまた、バーレナンの一行と同じく、無線で位置を突きとめることができた。このふたつのグループをともに道案内をして、最後に擱坐した調査ロケットの所在地に連れていくのが、地球人の仕事だった。困難なのは、ツーレイから位置の指示を受けとることだった。三つの目標とも、月から見ると円盤の〈縁〉にあった。さらに困ったことには、メスクリン惑星の形状によって、信号の発信方向の決定にほんのわずかな間違いがあっても、メスクリン世界の表面では何千キロものずれが出てきた。アンテナの指向線は、ちょうど惑星のいちばん平坦な面をかすめていた。そのための誤差を修正するために、いままでたびたびこの惑星の撮影に当たったロケットが、もう一度発射され、規則的な間隔をおいて極を通過するよう環状軌道に乗せられた。

この軌道にロケットが正確に乗り、そこから位置指定を送信すると、メスクリン人たちが携帯している小さな受信機は、充分な確度で受信できた。

ドンドラグマーが、やがてブリー号をもとの停泊場所に持って帰り、キャンプをはると、問題はいっそう簡単になった。それによって、惑星上には固定受信機が設置されたことになり、バーレナンが訊いてきたらいつでも一、二分間で、あとどれだけ行けばいいか教えられるようになった。旅はふたたび、毎日の決まりきった事務になってしまった――上にいる飛行士から見れば。

17　エレベーター

バーレナンにとってはけっして、決まりきった事務どころではなかった。絶壁の上の高地は最初から予想していたとおりだった。乾ききって、石ころだらけで生命のない、ごったがえした土地だった。船長は、崖の縁を離れて遠くへ行く勇気はなかった。ひとたびそこにごろごろしている岩石のあいだに迷いこめば、たちまち方角がわからなくなってしまう。道しるべになるほどの大きさの丘はひとつもなく、少なくとも地面から見えるものはどこにもなかった。一面に散らばっている岩が、数メートル向こうから先のあらゆるものを隠し、絶壁の縁に向かったほうを除いて、あらゆる方角の視野を遮《さえぎ》ってそそりたっていた。

旅自体は、さほど困難ではなかった。地面は、岩石があること以外は平坦だった。岩石はよけて通りさえすればよかった。千二百キロは、歩くとすれば、人間にとってたいへんな長旅だが、芋虫のようにからだを前方に波打たせることで〈歩か〉なくてはならない、わずか四十センチの体長の生物にとっては、さらにたいへんな長旅だった。それに数限りないまわり道が、現実に歩いた距離を千二百キロよりもさらに長くした。実際、あらゆる点を考え合わせて――考え合わせなくてはならないことはたくさんあったが――バーレナン一行は、かなりのスピードで歩くことができたといってよかった。

船長は、旅が終わる前に食糧の補給について、現実に幾分か心配しだした。最初、今回の計画を思いついたときは、ゆったりした余裕が出るものと見込んでいた。だがその考えは、根本的に修正しなくてはならなかった。何度となく、船長は心配そうに、あとどれくらい行かなければならないかと、はるか上空の人間に問い合わせた。あるときはそれへの返事――決まってがっかりする返事があり、あるときはロケットが惑星の反対側にいて、返事はツーレイから来て、位置測定をするからしばらく待てと告げられた。各中継局はまだ働いていたが、それはラジオで指示を受ける役には立たなかった。

バーレナンが、要するに岩石のあいだを横切って近道ができたはずだと思い当たったのは、長いあいだ歩いて旅もようやく終わりに近づいたころだった。もちろん、太陽自体は直接の道案内として利用できなかった。地平線を円を描いて、十八分足らずで完全にまわっていた。その見かけ上の方角から、欲しい実際の針路を算出するには、きわめて精密な時計を必要としただろう。しかしロケットに乗っている観測者たちは、太陽が前にあるか背後にあるか、あるいは旅の正しい方角との関係で、どちらの側にあるか、いつでも教えてくれることができた。そのことに気がついたころには、残りの距離は、絶壁の縁を常に見失わないようにしていることで、誰にも簡単に乗りきれるようになっていた。バーレナンがそのときにいた場所とランデブー地点のあいだの絶壁は、まっすぐに近かった。

地球人がラジオで指示した地点と、重大なくい違いのない位置まで一行が到着したとき、食糧はまだ少し残っていたが、たいしたことではなかった。理屈からいえば、まず最初にするべきなのは、バーレナンの計画の第二段階にとりかかり、食べものを補給することだったが、実際には、それに先だって最初にしなくてはならない重要な手続きがあった。バーレナンは行進がはじまる前に、そのことを一同に話したが、その問題を、本当に注意して考えた者はひとりとしていなかった。いまその問題が、まっこうから彼らを見据えていた。

地球人は、彼らがブリー号に可能なだけ近づいた地点にいるといった。すると、食糧はわずか数百メートル下方にあるはずなのだ。しかし、それを手に入れる何らかの方法を講じる前に、誰かが――おそらくは数人が――崖縁から覗いて見なくてはならない。船との関係で、正確には自分たちがどこにいるかを見なくてはならない。食糧を持ちあげるために、釣りあげ装置をつくらなければならない。要するに、彼らはまるまる百メートルをまっすぐに見おろさなければならない――そして彼らは、深さについてはすばらしい知覚力を持っていた。

しかもそれは、しなくてはならなかった。そして結局、やってのけられた。バーレナンがその地位にふさわしく範を示した。

船長は――あまり速くなかったことは認めなくてはならないが――一メートルの限界線まで行き、自分と遠い地平線とのあいだに見える、低い丘やその他の土地の特徴にじっと目を据えていた。それから、その視線をゆっくりさげて、すぐ前方の岩の鼻に遮られるまで、だんだん目的物に近く持っていった。そして、とくに急ぐでもなく、前後を眺めて、すでに下方にあることを知っている事物を見るための目を馴《な》らした。それから、ほとんど気づかないくらいに少しずつ前方ににじり出て、絶壁のふもとに近い景色が次第に広く見えるようにした。長いあいだ、その景色はだいたいにおいて同じだったが、船長は自分がしている恐ろしいことよりもむしろ、新しく加わってくる景色の細部に、主として注意力を集中するようにしていた。だがやがて、ついに川が見えはじめると、船長は大急ぎでといっていいほど素早く前方に乗り出した。川の向かい岸がそこにあり、大部分の狩猟隊が泳ぎ渡って上陸した地点が見え、その彼方に、彼らが残した足跡が縦横に分かれているのまで見えた——船長は、こうしたものが上方からこうまではっきり見えるとはついぞ知らなかった。

やがて手前の川岸が見えはじめ、前にブリー号を引きあげたあとが見え——そしてとうとう、ブリー号自体が少しも変わらない姿でそこにあり、船員たちがいかだの上にうずくまったり、近くの岸をゆっくり歩きまわったりしていた。ほんの一瞬、バーレナンは高さのことはすっかり忘れて、さらに、からだのひと関節だけ前方に乗り出して、下の連中に声をかけた。ひと関節前方に乗り出したことで、頭が絶壁の縁から前方に突き出た。

そして船長は、絶壁の下をまっすぐに眺めた。

バーレナンは、ラックランドのタンクの屋根に持ちあげられたのが、かつて味わったもっとも恐ろしい経験だったと——最初は——考えていた。いま、こうして、絶壁のてっぺんから下を眺めたあとは、果たしてそれがタンクの屋根に持ちあげられたときよりも怖かったかどうか、はっきりしなかった。船長は、断崖の縁からどうやってからだを後ろにさげたか覚えていなかった。助けを求めたかどうか、部下に訊くこともしなかった。周囲の状況を眺めまわし、絶壁の縁から二メートル離れていて、自分がもう一度、心配なく安全だということが完全にわかったときもまだからだが震えて、自分自身に確信が持てなかった。いつもの個性と思考能力をとり戻すには何日もかかった。

バーレナンはやがて、何ができるか——しなくてはならないかを決心した。単に船を眺めるだけなら何ということもなかったが、自分自身がいる場所と、はるか下方の地点のあいだを結ぶ線があって、それを目で追うとなると、ことは厄介になった。地球人はその点についてひとつの示唆を与え、バーレナンもよく考えてみて、それに賛成した。つまり、その案に従えば必要なことは全部できた。実際に、絶壁の面を見下ろさないようにすれば、下の船員に合図して、必要な綱引きの仕事はいくらでもできるのだった。崖っ縁から、たっぷり五センチくらい頭を後ろに引いていることが、健康と——そして、生命の鍵だった。

ドンドラグマーは、船長の頭が絶壁のてっぺんにちらと現われたのを見られなかったが、別動隊が頂上に到着したことは知っていた。彼もまた一行の進行ぶりを、飛行士からずっと知らされていたのだ。それで、いまでは航海長もその部下たちも非常に注意して、上方の岩壁の縁を調べるようになっていた。一方、てっぺんにいた連中は、岩の突端《とったん》から包みを一個さしだして、それを出したり引っこめたりしていた。やっと、下方の者が船のほぼ真上でそれを見つけた。バーレナンはその前、岩っ鼻から頭を突き出したとき、目がくらむ前に彼らが正確に正しい場所にいないことに気づいていた。それで、包みを振って合図をし、間違いを訂正させたのだった。

「けっこう、あなたの居場所はわかった」ドンドラグマーは英語で呼びかけ、それはロケットの乗員のひとりに中継された。

てっぺんの船員は、やれやれといったようすで、中身がからっぽの包みを振るのをやめ、まだ下から見えるように、ほんの少しばかり縁から端を突き出させて下に置き、突端から安全な距離に引きさがった。そのあいだに持参したロープが解きほぐされ、一方の端が小さな丸石のまわりにしっかりと結びつけられた。バーレナンはその作業にたいへんな骨を折った。もしロープが失われると、高台にいる者は飢え死にするのがほぼ確実だったからだ。

ロープをしっかりとめる問題については、ついに満足がいったので、船長は残りのケーブルを岩鼻の近くに運んだ。そして、ふたりの船員が慎重に、それを崖の縁越しに繰り出しはじめた。ドンドラグマーは、上の仕事のはかどり具合について報告をうけたが、おりてくるロープの端を受けとるためのものは、誰もその真下に配置しなかった。もしも上で誰かが手もとをくるわせて、巻いたケーブルの束が全部落ちてくれれば、ケーブル自体は軽いものだとはいえ、真下にいるのは、なにぶん愉快なことではなかった。それで、バーレナンが、ロープをすっかりくり出したと知らせてくるまで待っていて、それから航海長は、部下たちと絶壁のふもとにそれを探しにいった。

余分のロープがずっしりした束になって、堅い地面に落ちていた。ドンドラグマーの最初の行動は、その剰余部分を切りとってまっすぐに伸ばし、長さをはかることだった。彼は断崖の高さについては、いまではきわめて正確な数字を知っていた。長い待機中に、影の長さをきわめて慎重に調べあげる、充分な時間があったからだ。

余分なロープは、もう一度絶壁の全長に達するだけの長さがないことがわかった。そこで、航海長はブリー号からさらに長いロープを取り出してきて、長さをよく確かめ、それを絶壁のてっぺんから垂れさがっているロープに結びつけ、バーレナンがいつでもそのケーブルを引きあげてもいいと地球人に報せた。

骨の折れる作業だったが、上方の端にいる強力《ごうりき》な者たちにとっては、手に負えないというほどではなかった。比較的短時間で二番めのロープは絶壁のてっぺんに達し、船長の最大の危惧は解消した。今度はたとえケーブルを落としてしまっても、少なくとも予備があった。

二番めの荷物は、巻きあげの難易という点で、最初の荷物とはたいへんに違っていた。それは食糧を詰めた包みで、船員ひとりほどもの重さがあった。普通メスクリン人は、惑星のこの部分のどこでだって、ひとりでそんな重いものを持ちあげられない。バーレナンと一緒だった乗組員は比較的に人数が少なくて、その仕事を彼らの手に合うように工夫しなくてはならなかった。ロープを頃合いの丸石のまわりにひっかけ、たびたび中休みしながらひ引っぱり、やっとの思いで荷物を岩鼻まで引きあげ、縁を越させることができた。そして、その仕事が終わったときに見ると、ロープ全体にわたって丸石や絶壁の縁自体に接触してできた傷跡がはっきりとついていた。明らかに、何とかしなくてはならなかった。厳重な食糧割当てが、これで終わったことを一同が祝っているあいだに、バーレナンはどうすべきかを決定した。そしてご馳走がすむと、航海長に適当な命令を与えた。

次の数回の積み荷は、バーレナンの指図に従って、数本のマストと帆桁、さらに多量のロープ、いくつかの滑車からなっていた。つまり、以前に遠い赤道地帯でブリー号を断崖からおろすのに使われたような品物だった。そうした材料を使って、前に利用したことのあるのと同じ、三脚台と巻きあげ機がつくられた――きわめて慎重に。材料を縛り合わせる位置まで持ちあげなければならず、そうすることは、堅いものを頭上にいただくことへの古くからの偏見が、否応なく頭をもたげることを意味したからだ。メスクリン人たちはいまは、いずれにせよ地上からあまり高いところに手が届かなかったので、縛り合わせる仕事は、たいてい必要な材料を地面に横たえておいて行なわれた。それから、そうやって組み立てたものは、てこに使う他の帆桁や丸石と一緒に、一定の場所に寄せ集められた。てこまくらに使う丸石は、苦労して転がして、適当な位置に持っていかれた。同じ人数の人間が、その自然の条件のもとで働けば、同じ仕事を一時間で仕上げただろうが、メスクリン人は何倍もの長い時間を要した――そして、それを見守っている地球人の誰ひとりとして彼らを責めることはできなかった。

三脚台は組み立てを終えると、崖縁から離して、ずっと後方に起こして立てられ、それから骨を折って一センチ刻みに、所定の位置にできるだけ近く押し出された。そして、見守っている人間たちが頭のなかで小石の部類に分類した小さな丸石で、三脚台の足をその場所にとめて動かなくした。いちばん重い滑車が、できるだけしっかりと一本のマストの端にとりつけられ、ロープをそれに通し、マストは支えの三脚台をくぐって、その長さの四分の一が深淵の上に突き出るような位置でとめられた。そして、その陸側の端も、小さな石を重しにしてその場に固定された。その仕事にもたいへんな時間がかかったが、それだけの値打ちはあったことがわかった。最初は滑車をひとつ使っただけだったので、巻きあげ班の者は、まだ積荷の全重量を引き受けなければならなかったが、摩擦は大部分が除去され、マストの陸側の端にとりつけた綱止めのおかげで、船員たちが手を休めているあいだの支えの問題はじつに簡単になった。

補給品は次々に引きあげられ、下方の乗組員たちはその流れを途切れさせないように、際限もなく狩りをし、魚の漁をしていた。巻きあげ装置のまわりの地域は、だんだん落ち着いた様相を持ちはじめた。事実、船員の大半は、ロープの勤務のあいだのひまを見つけて、自分たちで選んだ場所のまわりに小石で高さ二、三センチほどの壁をつくり、その界隈は次第に、彼らの本国の町にひとかたならず似てきた。屋根に使う布切れはなかった――というより、バーレナンは、そんなものを下から取り寄せるような無駄な努力はしなかったが――ほかの点では、その囲いのなかはほとんど家庭に近い雰囲気だった。

めいめいの手持ちの食糧は、いまでは、ひとりで手軽に運びきれないほど豊富になっていた。バーレナンは、擱座したロケットのもとへ行く途中の道に、貯蔵所を設ける計画を立てた。その旅は、彼らがよじのぼった、絶壁の裂けめからの旅ほど長くないと予想されていた。しかし故障を起こした機械の所在地での滞在は長期におよぶはずで、安全のためのあらゆる措置をとっておかなければならなかった。実際、バーレナンはもう数人、人数が欲しかった。そうすれば、一班はあとに残して巻きあげの仕事をさせ、別の一隊をひき連れて出かけられる。しかしそこには、何ともならない実行上の困難があった。別の一隊が例の絶壁の割れめまで、ふたたび遡ってあの斜面をよじのぼり、現在の基地までやってくるのは、たいへん手間のかかる仕事だった。そして、進んでその代替案を考えてみようという者はひとりとしていなかった。バーレナンは、もちろん考えた。しかし乗組員のひとりが試みた実験が、その代案を持ち出すことをたいへん難しい問題にしてしまった。

その船員は、船長の許可を得て――バーレナンはあとになって、許可を与えたことを後悔した――下の乗組員たちに、遠ざかっているよう警告を与えておいて、銃弾ほどの大きさの小石を絶壁の縁に転がしていき、最後のひと押しをした。その結果は、メスクリン人にとっても地球人にとっても、ともに興味深かった。地球人には何も見えなかった。絶壁のふもとにあった、たった一台のビジョン・セットは、まだ、ブリー号の船内におかれていて、衝突の地点からは遠すぎて、はっきりした情景は見られなかったからだ。しかし、音響だけは、原地人と同じようによく聞こえた。実際問題としては、原地人と同じ程度によく見えたといってもよかった。メスクリン人の目にさえも、小石はあっさり姿を消して見えなくなったからだ。まるでバイオリンの糸が切れて、空気を断ち割るような鋭い短い音がして、それから間髪《かんはつ》を容《い》れず、鋭い爆音が聞こえ、小石が下の地面にぶちあたったことがわかった。

幸いにして、小石は、別の石の上でなく、少し湿気を帯びた堅い地面に落ちた。石の上に落ちると、飛び散る破片で誰かが死んだかも知れない恐れが十二分にあった。秒速ほぼ一・五キロで小石が地面に激突した瞬間、動いているあいだは誰の目にもとまらない速さで土埃の波を上方にはねあげたが、一秒の何分の一かで、その埃は凝結して、落下物が地面に穿《うが》った深い穴を中心に噴火口状の山を残した。乗組員たちはゆっくりと、その穴のまわりに集まって、しずかに湯気を立てている地面を眺めていたが、示し合わせたように、みな絶壁の裾から数メートル遠のいた。この実験がかもしだしたムードを振るい落とすにはいくらか時間がかかった。

それはそれとして、バーレナンは高台にもっとたくさんの人数が欲しかった。そして船長は、うまくいかないかも知れないという心配で何かの計画を諦めるような人物ではなかった。

ある日、彼はエレベーター計画の提案を持ち出してきたが、予期していたとおり沈黙の壁にぶつかった。しかし船長は、仕事をつづけながら一応の合間を置いては、くり返しその問題に話を戻した。ラックランドがずっと前から気づいていたとおり、船長はじつに説得術に富む人物だった。今度の場合、その説得の仕事が、彼らの国の言葉で行なわれたのは、まったく残念だった。バーレナンの驚くほど変化に富んだ、独創的な問題のとりあげかたを聞き、その聴き手が頭からの拒絶から再考へ、非妥協的な傾聴からしぶしぶながらの承諾へと移っていくのを見るのは、人間にとってはたいへん面白かっただろうと思われたからだ。彼らは決して、バーレナンの着想の熱心な支持者にはならなかったが、船長としても奇跡を期待してはいなかった。実際、ことが成功したのは、船長自身の努力にのみよるものとは、とうていいえそうもなかった。ドンドラグマーは、ロケットにたどりついたとき、自分もその仲間に加わっていたくてたまらなかった。それで、船に帰るグループとともに断崖をおりていくよう命じられたときはひどく情けなかったが、命令に文句をいう人間が根っから嫌いだったので、その感情を表に出すようなことはしなかった。いま、望みどおりに、活動部隊に復帰できる見込みがありそうになってみると、ほかの場合ならいざ知らず、このさいロープの先にぶらさがって、絶壁を引きあげられるのも本当はそう悪くないと、自分で自分を説得するのがたいへん容易だった。いずれにせよ、たとえロープが切れても、自分はそれを知らずにすむだろうと考えた。それで航海長は、絶壁のふもとにいた船員たちのなかで、船長の見解を支持する急先鋒になった。そして自分たちの先輩の高級船員が、まっさきに行く覚悟でいるのを知り、現実に行きたがっているのを見ると、船員たちの持って生まれた高所への恐怖心は、大半が消えてしまった。いまでは自動中継設備が完成して、バーレナンは直接、他の一団と対話ができるようになっていたので、その個性の力も全面的に発揮できた。

その結果、低い堅牢な枠がついた、板製の小さな台がつくられた——ドンドラグマーの発明だった——ひとたびその枠のなかにはいると、下方は見えなくなる仕組みだった。そしてその枠つきの台は、ロープに水平に吊るされるようになっていた。以前、赤道で断崖を吊りおろしたときの経験を生かしたものだった。

その吊り台、ロープ、結びめなどはすべて、綱引きをして念入りに検査され、その光景が人間の見物人たちをひどく面白がらせた。試験がすむと、巻きあげ機の下に引っぱっていかれ、本綱に結びつけられた。航海長の注文で、上からロープに幾分かたるみが与えられ、最後の結びめもほかの結びめと同じように試験された。全部が堅牢なことを確かめて満足すると、ドンドラグマーは急いで吊り台に這いのぼり、枠の最後の部分をきちんとはめて、巻きあげるように合図した。ラジオは船から持ち出されていて、バーレナンは直接、航海長の声を聞くことができた。それで船長はロープ係の船員たちのそばに行ってみた。

吊り台は事実上、少しも揺れなかったといってよかった。ドンドラグマーは前に同じような装置に乗ったとき、どれほど気持ちが悪かったか覚えていた。ここでは、風はなお絶壁に沿って絶え間なく吹いていたが、航海長がその一部になっていた振り子を、それと気づくほど大きく動かすことができなかった。綱は気流にひっかかりを与えるには細すぎて、振り子の玉は、気流によってたやすく持ちあげられるには、あまりにも重すぎた。これは、ただ、気持ちのよしあしという見地からだけでなく幸運だった。何かの原因で振り子が揺れだすと、その周期は最初は半秒ぐらいだっただろうが、のぼるにつれてその振幅は音波に近いものになり、高台の装置を根こそぎにするのは、ほとんど確実だった。

ドンドラグマーは真っ正直で、実際的な知性を備えた人物で、のぼっていきながら景色見物をしようなどとはしなかった。それどころか、用心して目を閉じ、そうすることを恥とも思わなかった。もちろん、絶壁を吊るしあげられる旅は無限に長く感じられ、現実の日時は六日かかった。バーレナンは、ときどき操作をとめて、巻きあげ機とその土台を調べたが、そのたびごとに全部の仕掛けはしっかりしていた。

ようやくのことで吊り台が絶壁の縁の上に現われ、それを支える吊り鉤が滑車《かっしゃ》に届き、それ以上あがらなくなった。エレベーターの縁は絶壁からわずか二、三センチしかなかった。エレベーターはメスクリン人の形態に合わせて細長くつくってあり、帆桁で一方の端を押すと、はね返ってきたときには固い地面に着陸した。声が聞こえたので、目を開けたドンドラグマーはやれやれといった思いで吊り台から這い出て、崖端から遠のいた。

見ていたラックランドは、航海長が安全に届いたことを、崖下で待っている乗組員たちにバーレナンが教えてやれる前に告げ知らせた。その言葉は、多少英語を心得ていた船員のひとりがさっそく通訳した。みなほっとして、そのことを控えめに表情に表わした。吊り台が到着するのは見えたが、それに乗りこんでいる者の状態はわからなかったからだ。バーレナンは、彼らのそのときの感情を利用するためにエレベーターをできるだけ早く下に送り返し、次の乗組員の引きあげにかかった。

全作業は事故もなく完了した、エレベーターは十回旅をし、バーレナンはこれ以上下からひとをとると、残っている者の食糧補給の仕事が困難になると考えた。

いまは緊張も去り、地球人にも原地人にも等しく、いまや使命の最後の段階に達したという感情がみなぎっていた。

「バール、あと二分待てば、太陽がかっきり、きみの向かうべき方角上にある」ラックランドは計算機が告げた情報を船長にとりついだ。「注意しておくが、われわれには下にあるロケットの位置を正確に測定できず、ほぼ十キロの誤差がありうる。それでロケットが確かにその範囲内にある地区の中心に、きみたちを案内する。そこからは、きみたち自身で所在をつきとめてもらわなければならないだろう。その土地が、きみたちがいまいる場所と、要するに同じような土地柄だとすれば、仕事は楽じゃないだろうと心配している」

「チャールズ、たぶんあなたのいうとおりだろう。ぼくらは、こうした問題については、何の経験も持っていない。だが、ぼくはわれわれの手で解決できるものと確信している。いままでだって、他のすべての問題を解決してきたんだ――むろん、あなたたちの援助をたびたび受けたには違いないけど。太陽はまだその線上にないかね」

「ちょっと待て――いまだ。太陽がまたまわってくるまで、その線から外れないようにするために、ころあいの距離に何か目じるしに使えるものがあるかね」

「残念だが、何もない。最善を尽くすほかはない、そして毎日、あなたから修正してもらうことにしよう」

「きみたちは、風とか気流とかについて何も知らないので、そいつはいささか無駄な計算のように思えるが、やるだけはやってみなくてはならないだろう。こちらで、きみたちの位置がわかるときは、いつでもさっそく数字を修正するようにする。幸運を祈るよ」

18　土手づくり

方角は、みなにすぐわかったとおり、ひと問題だった。直線コースを保って旅をするのは物理的に不可能だった。数メートルごとに一行は、向こうを見たり、よじのぼったりするには高すぎる岩石に出くわしてまわり道をしなくてはならなかった。それに、目が地面に近くついているというメスクリン人の肉体的構造が情況を悪化させた。バーレナンは、まわり道をするときに方角を間違えないように努力していたが、迂回《うかい》するたびごとに、その正確度を調べる方法は何もなかった。ロケットからの方角調整で、二十度ないし三十度くるっていない日はめったになかった。

ほぼ五十日ごとに、送受信機の位置の再測定が行なわれ——いままでは送受信機は一台しか稼働しておらず、ほかの一台は巻きあげ班のもとに残されていた——そして新しい方角の計算が行なわれた。高度に精密な作業が要求され、ときにはとり出された位置の正確度について、幾分か疑問が持たれることもあった。そういう場合は、バーレナンはいつでもそのことについて報告を与えられ、自由裁量にまかされた。ときおり地球人が、その仕事について抱いている疑問がさほど深いものではなく聞こえる場合は、船長は一応その方角を正しいものと見て、そのまま旅をつづけ、そうでない場合はいっそう正確な位置を確かめる機会を地球人に与えるために、数日間その場で待機していた。待機中、バーレナンは陣容の立てなおしをし、めいめいが運ぶ荷物を再配分し、必要と思われる場合は食糧の割当てを修正した。船長は出発前からすでに、通った道に目じるしをつけようと思いついていた。そして絶壁の縁からはじまって、道に小石ではっきりした線をつけておいた。また、やがては通路からいっさいの岩石をとり除いて、道の両側に積みあげ、しっかりした道路をつくろうと考えていた。しかしそれはもっと先、擱座したロケットと補給基地のあいだの往復の旅が規則的になったときのことだ。

彼らの何本もある肢の下で、八十キロの距離がゆっくりと通り過ぎた――ゆっくりとではあったが、結局通り過ぎたのだ。ラックランドが約束したとおり、人間たちはその力の及ぶあらゆることをしてくれ、彼らの測量能力の最善をつくし、バーレナンはいま、動かなくなった機械のそばに来ているはずだった。しかしビジョン・セットも船長の声もはっきりと、そのようなものはそこにはないと告げ、ラックランドはそう聞いてもまったく驚かなかった。

「バール、きみたちをそこまで案内するのが、われわれにできる精一杯だ。わたしは、こちらの計算係の連中をよく知っているから断言するが、きみたちは目的物から十キロ以内の距離にいる。おそらくもっと近いかも知れない。それを探し出すには、わたしたちよりもきみのほうが、はるかによく捜査隊の組織ができる。いうまでもなく、われわれでできることは何でもしてやるが、いまのところ、さしあたり、どうすればいいか、わたしにはわからない。きみは問題をどう処理するつもりだね」

バーレナンは答える前に、間を置いた。視界がせいぜい三、四メートルしかないのに、十キロ四方といえば、探すのにぞっとするほどの広さだった。もちろん手分けして、部下を四方八方に出せば、いちばん迅速にそれだけの地域を踏査できるが、なかには行方不明になるものがでてくるのはほとんど確実だった。バーレナンはその点をラックランドに相談した。

「ロケットは高さがほぼ七メートルある」と人間は指摘した。「したがって、実際問題としては、きみたちの視界は、きみがいうよりも広くなる。それで、誰かをそこにあるいちばん大きな丸石の上にのぼらせられたら、たぶんきみたちが現在いる場所からでもロケットが見えるかも知れない——全体の状況は、ひどく困ったことのように見えるが、実際はその程度のことにすぎない」

「もちろん、そうには違いないだろうが、ぼくたちにはそれができないんだ。大きな石は、あなたたちの尺度で高さが二メートルも三メートルもある。たとえわれわれにあのほとんど垂直の側面をのぼれたとしても、そのあとでまっすぐな壁を見下ろすことは、ぼくには絶対にできないだろう。そして部下にも、そんな危ない真似をさせるわけにはいかない」

「だって、きみたちは、あの絶壁の割れめを高台までよじのぼったじゃないか」

「あれとこれとは話が違う。あのときはすぐそばに絶壁がなかった」

「それじゃ、同じような斜面があって、あの丸石のどれかにのぼれる場合、地面から遠ざかるのは気にならないというのか」

「それだったらいい。だが――ふーむ。どうやら、きみのいいたいことがわかったようだ。ちょっと待ってくれ」

船長はさらに念入りに周囲を見まわした。いくつかの大きな石がすぐ近くにあり、いちばん高いものは船長がいったとおり、地面から二メートルほど突き出ていた。それらの岩の周囲にもあいだにも至るところに小石があり、高台の全体を覆っているようだった。バーレナンにしっかりした幾何《きか》学の心得があったら、おそらくは、そのときしたような決断は下さなかっただろうが、いまから手がけようとしている建設資材の量について、本当のことは何もわかっていなかったので、船長はラックランドの思いつきを至当だと判断した。

「チャールズ、やってみることにする。ここには建設したいものは何でも建設できるだけの小石や泥がある」

船長はラジオから離れ、計画の概要を船員たちに話した。ドンドラグマーはその実現の可能性について、多少疑問を持ったかも知れなかったが、それを口にはしなかった。そして、やがて全員が石ころがしをしていた。選んだ岩にいちばん近い小石を岩にくっつけて並べ、それにほかの小石を寄せかけて積みあげていき、やがて作業場から外に向けて、裸の地面の輪が広がりはじめた。ときどき固い土の塊《かたまり》が、土よりさらに頑丈なはさみによって打ち砕かれ、小さな石の層の上にふりまかれた。土は運ぶのがいっそう容易で、ひととおりの広さを埋めると、その上に次の小石の層をつくり、地固めをした。

仕事の進捗は、ゆっくりだが着実だった。どれぐらいの日時がかかったかは、その仕事の途中で一度、作業員の一部を割いて目じるしをつけておいた道をあと戻りさせ、食糧をとりにやったことでも、ある程度の見当がつくだろう――そういうことは、絶壁の裂けめから十二キロの徒歩の旅をするときには必要としなかったことだった。しかし、やっとのこと、比較的に平坦な丸石のてっぺんが足の底に感じられた。丸石が生物の足で踏まれたのは、メスクリンの内部エネルギーが高台を現在の高さに押しあげてこのかた、おそらくは初めてのことだっただろう。てっぺんから下におりるには、出口から下に向かって双方の側に斜道が伸びていた。丸石の反対の側は、切りたった壁がそのままになっていて、そちらへ近づく者は誰もいなかった。

この新しい景勝の地点に立つと、ラックランドの予言が当たっていたことがわかった――何カ月もの旅と危険のあと、遠征の目標が目の前にあった。バーレナンはビジョン・セットを実際に斜道の上方まで持ってあがらせたので、地球人たちにもそれを見ることができた。地球年で一年このかた、初めてロステンの顔からいつもの苦虫を嚙みつぶしたような表情が消えた。見るものはたいしてなかった。おそらくエジプトのピラミッドをひとつ、金属張りにしてひととおり遠いところにおけば、こんな恰好に見えるかも知れないような、不恰好な円錐形のものが、あたりにごろごろしている岩石のあいだから突き出ていた。バーレナンがいままでに見た、どのロケットにも似ておらず——事実、地球から二十光年以内で建造された、従来のロケットのどれとも、たいして似ていなかった。しかし明らかに、メスクリンの普通の風景にはそぐわないものだった。そして、この奇怪な惑星の表面で、何カ月も暮らしたことのない遠征隊の隊員にとってさえ、このロケットが発見されたことは、肩から重荷が転がり落ちたように感じられるようだった。

バーレナンはやっと目標物をさぐり当てて、嬉しいことは嬉しかったが、一行がそれに近づいていくにつれて、ツーレイでは度が増していく安堵感をともに分け合うわけにはいかなかった。船長は、現在の自分たちの位置と擱座したロケットとのあいだに何が横たわっているか、ビジョンを通して眺めているものよりも、いっそうよく判断できた。いままでに経てきたものよりも、さらに悪いとは思えなかったが、よくはならないのは確かだった。それに、いまからは地球人の手引きもないだろう。現在の景勝の地点からでさえ、あと一行が旅しなくてはならない二キロの行程を、どうすれば方角を間違えずに行けるか、バーレナンには見当がつかなかった。人間は、いまでは現実に方角を知っていなかった。だとすれば、彼らの方法は役に立たないだろう——あるいは役に立つだろうか。バーレナンは、いまなら太陽が正確な方角に来たとき、それを人間に教えられる。そのあとは、太陽がそれと同じ方角に来るたびごとに、人間のほうから船長を呼んで、それを知らせればいい。その問題については、誰かひとりここに残しておけば、飛行士をわずらわさなくとも同じ情報を与えられる——だが、待て。いまではラジオは一台しかない。一台のラジオが同時にふたつの場所にあることはない。バーレナンはそのとき初めて、川の住民に一台残してやったのを本当に残念に思った。

そのうちふと、ラジオは必要でないかも知れないと思いついた。大気はここでは音をあまりよく伝えないのは事実だった——この高台の稀薄な大気について船員たちが気づいた、それがたったひとつの特徴だった——しかしメスクリン人は、ラックランドがいっていたように、信じるには実際に聞くよりほかはないような声をしていた。船長はその考えを実験してみることにした。ひとりの船員をここの見晴らし台の上に残しておいて、その任務は、太陽が彼らの目標であるぎらぎら光る円錐状のものの真上を通るたびごとに全エネルギーをふりしぼって、水泳用吸管のまわりの筋肉が耐えられる最大限まで喚きたてることにする。通った道には、いままで通り目じるしをつけて、あとからほかの者が来るとき、それをたどっていけばいいようにする。

バーレナンは自分の考えを一同に説明した。ドンドラグマーは過去の経験を土台にして考えると、そういうふうにしたって、どちらかの方向に遠く行き過ぎるかも知れないと指摘した。地球人がしてくれていたように、累積する過《あやま》ちを修正するための、一行の位置測定の方法がないからだ。また、見張り人の声が直接太陽の真反対の方角から聞こえてこないからといっても、このこだまの多い界隈では何の意味も持たないと航海長はいった。しかしながら、当面ほかにそれ以上のいい考えはなく、運がよかったらロケットが見える場所に出られるかも知れないことを認めた。そこで、ひとりの船員が選ばれて、見張り場所につき、旅は新しい方角に向かって再開された。

あまり遠く行かないうちは、見張り台自体が見えていて、その進路にまぎれこんだ誤謬を、見張りの船員の声が聞こえるたびに修正することができた。しかしそのうちに、船員が立っていた岩は、同じくらいの大きさの別の岩の陰に隠れてしまい、喚き声が耳に響いてくるたびごとに、進路をできるだけ太陽に近づけるようにする仕事に真剣にとりくまなければならなくなった。日がたつにつれ、声は次第にかすかになったが、生命のない高台の上にはほかにその声を打ち消すような物音はなく、聞こえてくるものにはなんらの疑いもあり得なかった。

まだ、一行のうちの誰も、歩いた距離を正確に推定できるほど、陸の旅の経験を積んだと自惚《うぬぼ》れる者はいなかった。みな最初に期待したよりもはるかに遅れて目的地に着くことに慣れっこになっていた。それで、やがて岩石の砂漠の単調さが、突然の風景の変化によって破られたときには、一行は嬉しい驚きを感じた。その変化は、かねて予期していたものとまったく同じではなかったが、そのためにさらに一同の注意を引いた。

そのものは、ほぼまっすぐ彼らの前方にあった。しばらく、隊員のうちのある者は、何かわけのわからないいきさつでくるりと円を描いて進んだのではないだろうかと疑った。泥土と小石の混じった長い斜面が、岩石のあいだから見えた。それは彼らが見張り台に築いたのと同じくらいの高さだったが、近づくにつれて、彼らがつくったものよりもはるかに遠くまで双方向に延びているのがわかった——実際、はるかもはるか、彼らに見えるかぎり遠くまで延びていた。転がっている無数の大きな岩石の周囲を、運動の途中で凝結した大洋の波のようにとりかこんでいた。爆発とか噴火口とかいったものにまったく馴染みのないメスクリン人にさえ、その泥土と小石の混じった代物は、斜面の彼方のどこかの地点から、上方に向かって放りあげられたものだとわかった。一度ならず、ツーレイから来たロケットを見たことのあるバーレナンは、一行がその斜面のてっぺんに届く前に、早くもその原因と、いまに何が見えてくるか、かなり正確に見当をつけていた。その見当は、こまかい点は別として、だいたいにおいて当たっていた。

問題のロケットは、猛烈な推進噴射気の奔流によってえぐられた、椀形をした凹みの中央に突っ立っていた。バーレナンは、貨物ロケットがラックランドの〈丘〉に着陸したとき、積もっていた雪がどんな恰好をして吹き払われたかを覚えていた。そして、ここに擱座している機械は、貨物ロケットほど大きくはないが、重さはたいへんなものなので、浮揚させるには、はるかに大きな揚力が使われたに違いないことが理解できた。その近くには大きな岩石はなく、ただ椀の縁の近くに三つ四つ突っ立っているだけだった。椀の内面の地面には小石はなく、土壌はすくい出されていたので、高さが七メートルあるロケットのてっぺんのほんの一メートルほどだけが、平原を覆う一面の岩石の広がりの上から頭を出した。

　ロケットの基部の直径は高さと同じくらいに大きくて、上方ほぼ三分の一くらいまで同じ直径だった。これは、ビジョン・セットをえぐられた擂《す》り鉢《ばち》穴の内部に向けたときのラックランドの説明によると、推進装置がはいっている部分だった。

　機械の上部は急激に細くなって、先は鈍く尖っていた。そこには実にあまたの世界の時間と、知的努力と、金の巨大な投資を必要とした装置が収められていた。この部分にはいくつも口があいていて、気密室にする努力は何もされていなかった。そこのような装置は、機能を発揮するには真空か特殊な気圧を必要とするので、個々に密封されていた。

「あなたは、タンクが爆発して完全に破壊されたとき、ここでも同じようなことが起こったに違いないといったね」とバーレナンは話しかけた。「だが、そんな形勢は何もない。あそこに見えている穴が、このロケットが着陸したときに開いていたとすれば、爆発を起こすほどの酸素がまだ残っていたはずはないじゃないか。あなたは、世界の彼方にも、世界と世界とのあいだにも空気はないといった。だとすると、穴から何が洩れて出るというんだね」

　ラックランドが答える前に、ロステンが口を挟んだ。ロステンとほかの仲間の者は別のスクリーンでロケットを調べていたのだ。

「バールのいうとおりだ。事故の原因が何だったにしろ、酸素爆発ではない。わたしには、わからない。内部にはいると、しっかりと目を開けていなくてはなるまい。そうすれば、事故の原因がわかるかも知れない――しかし、わかったところでたいして役には立たないだろう。ああいう代物をもう一度新しくつくりたい連中には別だが。それはそれとして、われわれも仕事にとりかかるほうがいいだろう。わたしの襟首の近くで、物理学者の大群が情報を知りたくてむずむずしている。この遠征隊の責任者に生物学者を任命したのは運がよかったよ。いまからは、物理学者は興奮しすぎて役に立たないだろう」

「あなたのところの学者連中は、もう少し辛抱していなくてはならないでしょう」バーレナンが口を出した。「あなたは何か見落としておられるようです」

「何を」

「あなたがたがビジョン・セットのレンズの前に置いてほしい装置は、どれひとつとして地面から二メートル以内にはありません。それに、みんな金属の壁のなかにあって、あなたの金属はやわらかそうだけれど、腕の力だけでとり外すのは、われわれにだって困難だろうと思います」

「ちくしょう。きみのいうとおりだ、まったく。あとのほうの問題はやさしい。外の殻はだいたい簡単にとり外しのできる金属板でできていて、どうすればたいして骨を折らずに処理できるか、こちらからきみに説明してやる。ところで、もうひとつのほうの問題だ――ふむ。きみたちは梯子《はしご》になるようなものを持っていない。持っていたとしても、そんなものは使えない。きみたちのエレベーターは、利用するに先立って、少なくともとりつけ係の船員を目的物のてっぺんにあげる必要があるので、いささか都合が悪い。正直いって、わたしは残念ながら、さしあたりこれにはお手あげだ。だが、何か案があると思う。ここまで来て、いまさら諦《あきら》めるわけにはいかない」

「どうでしょう、いまから見張り台の船員がこちらに着くまでの時間、とくと考えてみてくれませんか。そのときになってまだいい考えが出ないようだったら、ぼくの考えをやってみます」

「何だと。きみに何か考えがあるのか」

「もちろん。われわれは、あの岩のてっぺんにのぼって、あなたがたのロケットを見つけた。あれと同じ方法をここで使って、なぜいけないんですか」

ロステンはまるまる三十秒も黙りこんだ。ラックランドは、ロステンが精神的に自分で自分を蹴りつけているのではないかと疑った。

「ぼくが見るところでは、ひとつだけ難点があるようだ」ロステンはやっといった。「きみたちの岩積みは前よりもはるかに大きな仕事になるだろう。ロケットは、きみたちが前に土手を築いた岩の三倍もの高さがある。それに、片側だけでなく周囲全部に土手を築かなければならないだろう」

「あなたがたが興味を持っておられる機械が収まっている部分でも、いちばん低い個所の片側にだけ土手をつくったのでは、どうして役に立たないのですか。ほかのロケットでも同じように、あとは内側をのぼっていけるのでしょう」

「そうはいかない、おもなふたつの理由がある。そのうちでいっそう重要なのは、ロケットの内部はのぼっていけないという点だ。そのロケットは、生きた乗組員を運ぶようにできていないので、ひとつのデッキから別のデッキに通じる通路がない。機械のそばへは、すべて、それぞれ適当の高さで胴の外側にとりつけてある出入口を通っていくようになっている。いまひとつの点は、低い部分から手をつけるわけにはいかないことだ。きみたちは、ある特定の区画の出入口の覆いをとりはずすことができたとしても、そこでの仕事がすんだあと、その覆いを持ちあげて、またもとどおりにはめこめるかどうか、非常に疑問だと思う。だとすれば、次の高さの区画に向かって土手を築く前に、その下方の胴体の周囲全体の出入口の覆いがとり払われることになる。そうなると、上方の部分の重さを支えるに充分な金属板が下方には残されていないという事態が生じかねない。すると円錐形のてっぺんは崩壊するだろう――少なくとも崩壊の恐れがある。なにしろ、それらの出入口は外殻の大半を占めていて、充分厚さを持たせ、垂直の重量の大部分を支えるように設計されているのが、それをすっかりとり払われるんだからね。おそらくは、まずい設計かも知れないが、われわれは重さがまったくない宇宙空間でしか、その扉をあけることを予期していなかったんだ。

では、きみたちがどうしなくてはならないかというと、ぼくの考えでは、装置が収めてあるいちばん高い区画までロケットを完全に埋めてしまうことじゃないかと思う。そして一段一段掘りさげていくわけだ。そして、ひとつの区画が済むたびに、そこにある機械は外に移すほうがいいだろう。そうすれば、上方にある積荷はぎりぎり最小限になるだろう。結局は、その出入口の金属板をすべてとり払ったとき、あとに残るのは、頼りなさそうなか細い骸骨だけだ。そのとき、それ自体の重さの七百倍近い積荷が、すっかりそれに乗っていたらどんなことになるか、ぼくは想像するだけでぞっとする」

「そうか」バーレナンは、今度は当人のほうが代わって黙りこみ、考えていた。「あなたはこの案に代わるものは何も思いつかないんだね。なにしろこの案は、あなたが指摘されたように、たいへんな労力を要するから」

「さしあたって、いい思いつきは何もない。きみの勧告に従って、見張り台から、きみの部下が到着するまで考えてみることにしよう。だがわれわれは、はなはだしく不利な条件のもとで働かなければならないんじゃないかと心配だ――われわれには、機械を使わずにすむような解決法などは考え出せそうにないし、いまの状態では、機械はきみに届けてやれないから」

「それは、ずっと前から諦めていたよ」

太陽は依然として、一分間二十度以上の角度で空に輪を描いていた。見張り係に、その任務が終わったことを知らせる叫び声は、とっくの前に見張り台に向かってこだましていっていた。見張りの船員は、いまはこちらに向かってくる途中と推定された。ほかの船員たちは休息して、たがいにふざけ合う以外に何もすることはなかった。みんな、ときどき、爆風が掘った擂り鉢穴のゆっくりとした斜面をおりていって、近くからロケットをつくづく眺めていた。みんなひとひとおりの知能を備え、ロケットの作用を魔法の働きによるものだと考える者はひとりもいなかったが、それにしてもロケットは彼らを畏怖させた。彼らは、ロケットの操作の原理については何も知らなかったが、もしもラックランドが、呼吸をしない種族にどうして高い声を出して話ができるのか、その理屈がわかって不思議がることをやめ、それとロケットの原理を結びつけて説明してやれば、彼らには容易にわかったはずだった。メスクリン人は、きわめてよく発達した、地球の頭足類のそれと同じサイホン組織を持っていて、その水陸両棲の先祖たちは、それを高速度の水泳に使っていた。いまでは彼らは、それを地球人の声帯組織とそっくりな使い方をしているが、いまだにもとの機能にも使えた。彼らは生まれながらにして、ロケットの原理を理解するにふさわしい生物なのだ。

ロケットが船員たちの尊敬心を掻きたてたのは、必ずしも知識を欠いていたためばかりではなかった。彼らの種族は都市を建設し、自らを立派な技師だと考えていた。しかし、彼らがかつて築いたもっとも高い壁は、地面からおそらく十センチ以上には達しなかった。何層もの建物はいうまでもなく、布切れ以外のもので葺《ふ》いた屋根でさえ、頭上に固形物をいただくことに対する、ほとんど本能的な彼らの恐怖心とまっこうから衝突した。ブリー号の船員たちは経験によって、こうした態度にある程度変化をきたし、重量に対する理屈の通らない恐怖から、知能的な配慮に変わっていたが、まだ古くからの習性はこびりついていた。問題のロケットは、彼らの種族がかつて産み出した、いちばん高い人工的建造物のほぼ八十倍の高さがあった。そのようなものを見て、畏怖するのもやむをえないことだった。

見張りの船員が到着したので、バーレナンは改めてまたラジオのそばに引き返した。だが彼が持ち出した案よりよさそうな案は何も出てこなかった。そう聞かされても、船長は、とくに意外でも何でもなかった。ロステンが詫《わ》びをいうのをあっさり聞き流し、さっそく部下の乗組員たちと仕事にかかった。そのときになってさえ、空にいる観察者たちのひとりとして、彼らの代理人が、ロケットについて当人自らの別個の考えを持っていようなどとは夢にも考えていなかった。奇妙な話だが、そのような疑いをいまになって抱くのは、いささか手遅れで――いわれがないほど手遅れだった。

不思議なことに、仕事はみんなが予期していたほど困難でもなく長くもかからなかった。理由は簡単だった。推進噴気流によって吹きあげられた石や土は、比較的ばらばらな状態でとどまっていた。高台の稀薄な大気のなかでは、それを元どおりに固めるような天候がなかったからだ。だが、ロケット内に閉じこめられている知識をもとにして科学者たちが開発しようと期待している重力消去服を、むろん着るとしても、人間にはとうていシャベルを突き立てられないほどの固さだった。重力は、かなり強力な押し固め役を務めるからだ。地面はただ、メスクリンの標準からいってやわらかいというだけだった。大量の土と小石とが、擂り鉢穴のゆるやかな内側の斜面をくだって運ばれ、ロケットのまわりに次第に高く積みあげられた。小石は地面から掘り出され、前もって警告の叫び声をあげておき、穴の縁から転がしこまれた。警告はぜひとも必要だった。石は、ひとたび自由になって運動をはじめると、人の目にとまらないほどの速さで転がった。そしてたいていは、新しく動かされたばかりの盛り土のなかに完全に埋もれてしまった。

ツーレイからその作業を観察している人々は、いままで何度も、しまってあった器具の包装を解き、また包んでしまいこむといった手数を重ねてきたが、今度こそは、どんな悲観論者でさえ、もはやこれ以上の頓挫はないだろうと感じはじめた。彼らは、調査ロケットのきらめく胴体が、だんだん深く石と土の山の底に沈んでいくのを、ますます高まる喜びをもって見守っていた。やがてロケットは、機械が収められている最頂部を示す、三十センチくらいの円錐形の尖端を残して、完全に土中に姿を消してしまった。

そこでメスクリン人たちは仕事をやめ、大部分が塚から退却した。ビジョン・セットが塚の上に持ちあげられ、いまでは突き出た金属の尖端に面して据えつけられていた。その部分には細い線のしるしがついていて、出入口だとわかった。バーレナンはひとりで入口の前にうずくまった。明らかに扉をひらく方法についての指示を待っていた。ほかの連中と同じように緊張して見守っていたロステンが、あけ方を説明した。梯《てい》形の金属板のそれぞれの角にひとつずつ、とり外しのできる四つの締め金具がついていた。上方のふたつはバーレナンの目の高さにあり、残りふたつは現在の塚のてっぺんから、ほぼ十五センチ下方についていた。普通はその金具をなかに押し込み、広い刃のついたスクリュードライバーで四分の一まわすと掛け金がはずれた。しかしいまの場合は、メスクリン人のはさみで同じ働きをやってのけられそうだった。バーレナンは金属の扉のほうへ向きなおり、試してみて、やれることがわかった。溝がついた大きな締め金具の頭は苦もなくまわり、前に飛び出したが、金属板のほうはびくともしなかった。

「残りの締め金具まで地面を掘りさげて、ねじをゆるめてから、上方の頭のひとつかふたつ全部にロープを結びつけ、安全な距離にさがって、扉を前に引っぱればいい」とロステンは教えた。「あの固い代物が誰かの頭の上に落ちかかるのは、きみも望まないだろうからね。あれは五ミリほどの厚さがある。いっておくが、下のほうのやつは、もっとべらぼうに厚い」

ロステンの指示どおりが行なわれ、土が大急ぎで掻きのけられて、扉の金属板の下の端が出てきた。そこの締め金具も、前のとくらべてかくべつ骨は折れず、すぐロープで強くひと引きすると、金属板はロケットの胴のはめこみ場所からはずれた。外に向かって倒れる運動の最初の一センチの何分の一かだけが目にとまった、そして途端に見えなくなり、次に現われたときには水平に横たわっていて、ほとんど銃声に近い音が、見ていた者の耳に達した。太陽の光線が、新しくひらかれたロケットの体内にさしこみ、内部にあったたったひとつの装置をくっきりと照らしだした。スクリーン室と観察ロケットのなかの人間たちから万歳の声があがった。

「とうとうやったな、バール。われわれは、言葉でいい尽くせないほどきみに感謝している。ちょっと後ろにさがって、そのままのところを写真にとらせてくれないか。それから記録を取り出し、それをレンズに写すことについて、きみに指示を与えることにする」

バーレナンはすぐには答えなかった。行動のほうが口よりも幾分か先に答えた。バーレナンは、ロケットの内部が見えるように後ろにさがらなかったばかりでなく、かえって前方に這い寄って、ラジオ・セットを押してくるりとまわし、もはやロケットの鼻先は写らなくしてしまった。

「それより先に、話し合わなければならない問題がある」バーレナンは静かにいった。

19　新しい取引き

死のような沈黙がスクリーン・ルームを満たした。ちっぽけなメスクリン人の頭がスクリーンいっぱいを占領していたが、そのどこまでも非人間的な〈顔〉の表情は、誰にも解釈のしようがなかった。このさい何をいうべきか誰にも思いつかなかった。バーレナンがどんなつもりなのかたずねるのは、言葉の無駄づかいというものだったろう。明らかに彼は、いずれにしても話すつもりでいたからだ。船長は、ふたたび言葉をつづける前に、長いあいだ待っていた。そして口を開いたとき、これほどまで習練を積んでいたとは、ラックランドにも思いよらなかったほど立派な英語を使った。

「ロステン博士、あなたはつい先ほど、とうてい恩返しが望めないほどのものを、われわれに負っているといわれた。ぼくはその言葉が、ある意味ではまったく誠心誠意から出たものだと知っています――ぼくは一時《いっとき》たりとも、あなたがたの感謝の念が真実であることを疑ったことはありません――でも、別の意味からすると、あなたの言葉は単に修辞上のものにすぎません。あなたがたは、すでに提供を約束された以上のものをわれわれに与える意思は持っておられない――気象予報や、新しい海の横断の手引きや、いつかチャールズがいっていた香料集めについて物質的援助を与える可能性といったものだけです。あなたがたの道徳律からいえば、ぼくにそれ以上のものを望む資格はないのは、ぼくもよく心得ています。わたしは協定に同意した以上、それを守らなければならず、あなたがたのほうでは、約束の大部分をすでに実行されたからには、それはなおさらのことです。

でも、ぼくはもっと欲しい。そしてぼくは、あなたがたのうちの、少なくともあるひとたちの意見を大事に思うようになっているので、なぜぼくがこんなことをするのか説明したい――できれば自分の行為が正しいことを証明したい。しかし、いまからいっておきますが、ぼくはあなたがたの共感を得ることに成功するか否かを問わず、自分の計画どおりをやるつもりです。

ぼくはご存じのとおり、商人です。その主な関心は、利益を得て商品を交換することにあります。あなたがたはそのことをお認めになり、ぼくの援助の報酬として、あなたがたに考え得るあらゆるものを、ぼくに提供しようといってくれた。そのいずれもが、ぼくに何の役にも立たなかったのは、あなたがたの責任ではない。あなたがたの機械は、ぼくの世界の重力と気圧のもとでは働かないだろうといわれた。あなたがたの金属は、われわれには使えない――使えたとしても必要がない。そのような金属は、メスクリンのあまたの地方の地表に、いくらでもただでころがっています。ある者はそれを飾りに使っています。でもぼくはチャールズの話を聞いて、これらの金属は大きな機械か、または少なくとも、われわれに簡単に出せる熱よりもっと強力な熱がなくては、本当に精巧な形にはつくれないことを知っています。ついでにいうと、われわれはいろいろな意味で、炎の雲よりもっと扱いやすい、あなたが火と呼んでいるものを知っています。そのことでチャールズを騙したのは気の毒でしたが、あのときはそれがいちばんいいと、ぼくには思えたのです。

もとの問題に話を戻すと、あなたがたがわれわれにくれようとしたもののうち、ぼくは道案内と気象情報を除いて、ほかは全部断りました。あなたがたのうち一部のひとたちはそれを怪しいと思うかも知れないと思いましたが、そうらしいことを示す言葉は、ぼくは何も聞きませんでした。とにかくぼくは、あなたがたの問題の解決を援助するために、歴史に記録されているどんな旅よりももっと長い旅をすることに同意したのです。あなたがたは、その知識がいかに必要であるかを話した。そして、あなたがたのうち、ぼくが同じものを求めているのかも知れないと考えたひとはひとりもいなかったらしい。しかも、ぼくはあなたがたのなにかの機械を見るたびに、くり返しそれについての知識を求めていたのです。あなたがたは、ぼくのそういった質問に答えることを断わり、いつでも同じいいわけをされた。そこでぼくは、あなたがたが持っている知識の幾分かでも汲みとれるなら、どんな手段をとっても正当だと感じました。あなたがたは、あなたたちが科学と呼んでいるものについてよく話をし、いつでも、われわれの種族にはそれを欠いていることをほのめかしました。科学が、あなたがたの種族にとって有益で価値のあるものだとすれば、われわれの種族にとっても同様であるはずで、そうでないとする根拠がぼくには見つからない。

　ここまで申しあげれば、ぼくが何を目指しているかおわかりと思います。ぼくは、あなたがたがぼくをこの旅に送り出したとき、心中に抱いていたのとまったく同じ目的を持ってこの旅に出たのです。ぼくは学ぶためにここまで来ました。ぼくは、あなたがたがこのような驚くべき仕事をやってのけられる土台となっているものを知りたい。チャールズ、あなたはその科学の助けによって、それがなかったらたちまち死んでしまうような場所でひと冬暮らした。科学が、われわれの種族の生活も同じように、すっかり変えることができるはずだということはあなたも認めるだろうと、ぼくは確信している。

　そういうわけで、ぼくはあなたがたに新しい取引きを申し入れる。ぼくが古い約束を文字どおりに果たさなかったことは、新しい取り決めを結ぶにあたって、あなたがたを躊躇《ちゆうちよ》させるかも知れないことはわかっています。でも、そうだったら、お気の毒さまというよりほか仕方がない。ぼくは、あえて指摘することを厭わないが、あなたがたにはほかにどうすることもできない。あなたがたはここにいない。ここに来ることはできない。怒ってあなたがたの爆発物をひとつここに落とそうにも、ぼくがこの機械のそばにいるかぎり、それもできないでしょう。協定は簡単です。知識のとりかえっこです。われわれがこの機械を取り出して、そこに貯えられている知識をあなたがたに伝えているあいだに、あなたがたは、ぼくでもいいしドンドラグマーでもいいし、ほかの誰でもいい、学ぶだけの時間と能力のあるぼくの部下に、その資料について教えてくれるのです」

「ちょっと――」

「博士、待った」ラックランドが、説教をしかけたロステンをいきなり遮った。「わたしはあなたよりもバールをよく知っている。わたしに話させてください」

ラックランドとロステンは、それぞれのスクリーンでたがいに相手を見ることができ、しばらく遠征隊の隊長は睨みつけているだけだった。それから事態を認識し、部下の言葉に従った。

「よろしい、チャーリー、話してやれ」

「バール、きみは、われわれが機械についてきみたちに説明しようとせず、そのために持ち出したいいわけのことをいったとき、なんだか軽蔑したような口調を使ったようだった。だが、わたしを信じてほしい、われわれは決して、きみを馬鹿にしたわけではなかった。機械は実に複雑で、それを設計し製作した人たちは、その半生をほぼ費やして、まず、その機械の働きの原理と、現実にそれを製造するための技術を勉強しなくてはならないほど複雑なものなのだ。われわれはなにも、きみたちの種族の知識を見くびるつもりはなかった。われわれのほうが余計にものを知っているのは確かだが、それはわれわれがいっそう長いあいだ勉強したからにすぎない。

さて、わたしが諒解するところでは、きみはそのロケットのなかの機械をとり出したとき、その機械についての知識を得たいという。バール、どうかわたしのいうことはこの上ないまじめな真実であることを信じてほしい。わたしがいいたいのは、まず第一に、わたし自身、きみに何か教えてあげたくても、そこにあるどの機械についても何も知らないので、教えてやれないということだ。次には、たとえきみが理解したとしても、その機械のどれひとつとして、きみたちにはまったく役に立たないだろうということだ。わたしにいまいえるのはせいぜい、それらの機械は、見たり聞いたり、感じたり味わったりできないもの——きみたちが理解の端くれさえ持たずに、ずっと大昔からそれが作用するのを見てきたはずのものを測る機械だということだけだ。そういうのは、決してきみを侮辱するためではない。わたしがいっていることは、わたし自身にとっても大部分真実なのだ。わたしは子供時代から、それらの力にとりまかれ、それを利用さえして育ってきたが、それらの力については、ほとんど何も知っていない。死ぬまでに理解できると期待してもいない。われわれが持っている科学は、それこそ広汎な知識を包含していて、ひとりの人間がその全部を学ぶなんて思いもよらないことだ。わたしは自分が知っている範囲のこと——そして、おそらくは、ちゃちなひとりの人間が、その生涯にそれにつけ加え得ることで満足しなくてはならない。

バール、われわれはきみとの取引きを承諾することはできない。われわれのほうでは、それを実行することが物理的に不可能だからだ」

バーレナンには、人間の微笑と同じ意味での微笑はできなかった。そして当人自身の意味での微笑を浮かべることは、用心して抑制した。そしてラックランドの話しぶりと同じような厳粛な口調で答えた。

「チャーリー、あなたたちは、あなたたちの分け前を実行できる。ただ、あなたたちはどうすればいいか知らないだけだ。

ぼくが最初この旅に出発した当初、あなたがいまいったことはすべて真実だった、それ以上だった。ぼくは当時はあなたたちの助けでこのロケットを見つけ、あなたたちに何も見えない場所にラジオを置き、この機械の解体を行ない、あなたたちの科学のやり方をすべて学びとるつもりだった。

それが、だんだん、あなたのいうことはすべて本当だということがわかってきた。あなたたちがあの島のグライダーづくりが使っている原理と技術について、さっそく、しかも入念にぼくらに教えてくれたとき、ぼくは、あなたたちが故意に知識をぼくに与えないようにしているのではないことを悟った。そしてあなたたちが、ドンドラグマーに力を貸し、差動巻きあげ機をつくらせたとき、さらにそのことを確実に知るようになった。ぼくは、あなたがいまの演説に、そのことを持ちだすものと予期していたんだが、なぜ、そうしなかったんだ。立派な論拠だよ。

ぼくがあなたたちの〈科学〉という言葉について、多少の理解を持ちはじめたのは、実際、あなたたちがグライダーについて教えてくれたときだ。ぼくは、あの島での滞在期間が終わる前、すでにあなたたちがとっくの昔に使うことをやめているあんな簡単な装置でも、それを理解するには、ぼくらの種族がそんなものが存在することすら悟っていない、もっとたくさんの宇宙の法則を知る必要があることを悟った。あなたはグライダーの説明をするとき、そのある個所で、正確な情報が欠けていることを詫びながら、とくにあのようなグライダーは二百年以上も前に、あなたたちの種族によって使われていたと話した。ぼくは、現在、あなたたちが当時よりどれだけ多くのことを知っているか想像できるし——また、その想像は、ぼくに知ることのできる限界を悟らせるに充分だった。

でも、なおかつあなたたちは、ぼくがしてほしいことをしてくれることができる。すでに、少しはしてくれている。あなたたちは、差動巻きあげ機のつくり方を教えてくれた。ぼくにはその原理がわからない。あれをつくりあげるのに多く時間を費やしたドンドラグマーにもわからない、しかし航海長もぼくも、あれがわれわれの生活の至るところで使われているて、こと何かの関係があるものと確信している。われわれはまず、われわれが一生かかったって、きみたちが知っていることの全部はとうてい学べないことを完全に知ることからはじめたい。われわれは、あなたたちがどうやってこれらのものを発見したか、それを理解できるだけの知識が欲しい。それらのものを発見したのは、単なる当てずっぽうでもなく、また、メスクリンは椀の形をしているとぼくらに説いている学者のような、哲学的な思索の結果でもないことは、ぼくでさえわかる。ぼくはメスクリンの形については、あなたたちの考えのほうが正しいことを進んで認めたいが、その事実を、あなたたちの世界でどうやって発見したかを知りたい。あなたたちは、あなたたちの世界の表面を離れる前からそれを知っていたに違いなく、そして、ただちにすべてを見てとることができたのだ。ぼくはブリー号がなぜ浮くのか、カヌーがなぜ同じように浮くのか、すぐにでも知りたい。なぜカヌーが押し潰されたか知りたいし、なぜ風がしょっちゅう、あの絶壁の切れ目を吹きおろしているか知りたい――そうだ、ぼくはあなたたちの説明を聞いたが、理解できなかった。ぼくは太陽が長いあいだ見えないのに、なぜ冬がもっとも暖かいのか、そのわけを知りたい。火が燃えあがり、炎の雲が生き物を殺すのはどうしてだかを知りたい。ぼくは自分の子供たち――もし子供を持てればだが――自分の子供たち、あるいは孫たちに、このラジオがこのような働きをするのはどうしてだかを知ってほしい。そしてタンクや、やがてはこのロケットについても。ぼくはたくさんのことを知りたい――おそらくは、ぼくに学べる以上たくさんのことを。そして、あなたたちのやり方を、ぼくらの種族が進んで学ぶようにできれば――そう、そのときは、ぼくは喜んでものを儲けて売ることをやめる」

ラックランドもロステンも、長いあいだいうべき言葉が見つからなかった。沈黙を破ったのはロステンだった。

「バーレナン、きみは学びたいことを学び、きみの種族に教えることをはじめたとき、その知識がどこから来たか、連中に話すつもりだね。そして、それを知ることは、彼らにとっていいことだと思うかね」

「ある者にとっては、そうだ。彼らは、ほかの世界や、自分たちがはじめたのと同じやり方で、ずっと前から知識を求めてきた種族のことを知りたがるだろう。その他の連中は――そう、ぼくらの国にもほかの者を働かせておいて、自分は楽をしようとする者がたくさんいる。そういう連中は、ひとが学んでいることを知れば、自分で骨を折って勉強することなどしない。何かとくに知りたいことがあれば、ひとに訊いてすませるだろう――ぼくが最初していたように。彼らには、あなたたちが実際に、知らないから話してくれないのだということを悟らない。あなたたちが彼らを騙そうとしているのだと考えるだろう――そういうわけで、ぼくは連中にぼくを天才だと思いこませておくほうがいいように思う。それともドンのほうを。彼らはドンのほうを、いっそう信用しそうだと思う」

ロステンの答は簡単で、要領を得ていた。

「取引きは成立だ」

20　ブリー号の飛行

ぎらぎら光る金属の骸骨が、石と土のひらべったい塚のてっぺんから二メートル以上もせりあがっていた。一隊のメスクリン人たちは、上部の締め金具をとりはずしたばかりの、別の一連の金属板の取り払いに大忙しだった。別の一隊は、新しく掘り動かした土や小石を、塚の端に押して運んでいた。さらに別のいくつもの隊が、砂漠に通じる、はっきりと目じるしのついた道を行ったり来たりしていた。近づいてくる隊は、補給品を積んだ、車輪つきのひらべったい手引き車を引っぱっていた。出発して行く隊は、たいてい、からになった、同じような車を曳きずっていた。まったく活気に満ちた光景で、事実上、すべてのものが、ちゃんときまった任務を持っているかのようだった。いまでは、明らかに、二台のラジオがそなえてあった。一台は塚の上に据えられ、ひとりの地球人が、それを通して遠い観測所から解体作業を指揮しており、いま一台はいくらか離して置かれていた。

その二番めのラジオの前には、ドンドラグマーが陣どって、見ることのできない遠い彼方の人間と活発な会話を交わしていた。太陽は、まだ果てしもなく円を描いてまわっていたが、いまでは少しずつ次第にさがり、きわめてゆっくりと膨張していっていた。

「残念ですが」と航海長はいった。「あなたが光の屈折についていったことを、こちらで調べるのは、とても難しいようです。反射は、ぼくにも理解できます。あなたがたのロケットの金属板でつくった鏡は、それをきわめて明瞭に証明しています。あなたが、そこからレンズをとりはずすようにいった装置は、まことに残念でしたが、中途で取り落としてしまいました。われわれは、あなたがたのガラスに似たものは何も持っていません。遺憾ながら」

「ひととおりの大きさのレンズなら間に合うんだがな、ドン」

スピーカーから声が流れた。ラックランドの声だった。ラックランドは自分がすばらしい教師だったことを発見したが、ときどきは専門家にマイクロフォンを譲らなければならなかった。

「どんなレンズでも、光を屈折させ、像さえ結ぶ――だが、待てよ。それはあとまわしにしよう。ドン、あのガラスの破片が残っていないか探してみてくれ。あの装置が下に落ちたとき、きみの世界の重力で粉々にならなかったとしたら、ひとつくらい残ってるかも知れない」

ドンドラグマーは承知した旨をひとことといって、ラジオを離れようとしたが、別のことを思い出して、また引き返してきた。

「あなたにはたぶん、教えてくれることができると思うが、あの〈ガラス〉というのは何でできているんだ。そして、つくるには、どれくらいの熱がいるんだ、われわれは、知ってのとおり、かなり熱い火を持っている。それに椀の上には、レンズの材料らしいものも張りついている――氷だ。チャールズはそう呼んでいたと思うが、あれは役に立たないのか」

「そう、きみたちの火のことは知っているが、水素の大気のなかでは、肉を多少投げこんだところで、どうして植物が燃えるのか、ぼくにはとんと見当がつかない。いまひとつの点については、氷は見つかりさえすれば、たしかに役に立つ。ぼくは、きみたちの川の砂が何でできているか知らないが、それをきみのいちばん強い熱で溶かして、何が出てくるか試して見るのもよかろう。だが、ぼくには何ひとつ保証はできない。ただ、地球でも、ぼくが知っているその他の世界でも、普通の砂を使って一種のガラスをつくることができ、それに他の成分を加えると非常に改良されたガラスができることをいえるだけだ。その成分を、きみにどう説明したらいいか、どこに行けば見つかるか、ぼくにわかったら、それこそ嬉しいんだがね」

「ありがとう。誰かに火のほうを試させてみよう。そのあいだに、ぼくはレンズの破片を捜してみよう。だが、ぶつかったときの衝撃で、使いものになるのは残っていないのではないかと思います。われわれは、塚の端近くであの装置を分解すべきじゃなかった。あなたがたが〈円筒〉と呼ばれたものは、じつに簡単に転がりましたものね」

航海長は改めてラジオのそばを離れ、さっそくバーレナンと行き会った。

「ぼちぼち、きみの助手が金属板のほうへとりかかる時間だよ」と船長はいった。「ぼくは川へおりる。きみの仕事に必要なものが何かあるかね」

ドンドラグマーは砂の話を持ち出した。

「わたしに入り用なのはごくわずかで、別に火をあまり熱くしないでも持ってこられると思います。でも、何かほかに大量に持ってくる計画でもあるんですか」

「そんな計画は、なにもない。ただ、気晴らしに行ってこようと思っているだけだ。もう春の風もなくなってしまって、いつもの方角から、微風が吹いている。ちっとばかり、航海練習をするのもいいことだろう、舵のとれない船長なんて、なんの役にも立たないものね」

「まったく。飛行士たちは、このたくさんの機械は何のためのものか、あなたに教えましたか」

「かなりくわしく教えてくれた。しかし、ぼくに、あの宇宙空間の歪みとか何とかいったものが、本当に納得がいっていたら、もっとよく呑みこめたろう。連中は例によって例のごとく、言葉では充分に説明できないといって話を打ち切ったよ。言葉以外に何が使えるというのかね、いったい」

「ぼくも、そう思って怪しんでいたところですよ。きっと彼らが数学と呼んでいる量の規則に、別途の応用法があって、それを使うと説明できるんだと思います。ぼく自身としては、いちばん、機械工になりたいですね。最初からして、何かをつくれますから」

航海長は片腕を一台の手引き車のほうへ、いま一方の腕を差動巻きあげ機が転がしてある場所のほうへ振って見せた。

「たしかにそう思える。ぼくらは、いろんなものをたくさん国に持って帰らなければならんだろうね――でも、ぼくの考えでは、あまり急いでそいつを普及させないほうがいいと思うよ」船長は自分がいおうとしたことを身振りで示し、航海長も大まじめで賛成した。「ぼくたちがそれをどうしようと勝手なんだからな」

船長はその道をつづけ、ドンドラグマーはまじめさとおかしさの混じりあった気持ちでそれを見送っていた。航海長はリージャーレンがそばにいればいいのにと思った。彼は、あの島の住人をまったく好きではなかったが、リージャーレンがブリー号の乗組員は全部嘘つきだと考えていたのが、いま彼らがやっていることを見ればたぶん、多少、その確信がゆらいでくるだろうと思った。

だが、そんなことを考えるのは時間の無駄遣いというものだった。やるべき仕事があった。金属製の怪物から、金属板を剝ぎとるのには、どうやって実験をするかという話を聞くほど面白くなかったが、取引きのこちら側の責任だけは果たさなくてはならない。航海長は塚をのぼっていきながら、自分の助手に、ついてくるように呼びたてた。

バーレナンはブリー号のほうへ行った。船はすでに出発の用意ができ、ふたりの船員が乗り込み、火はかっかと燃えていた。かすかに光る、ほとんど透明な布が、ゆったりと、大きくひろがったところは、まったく愉快だった。航海長と同じに、船長もリージャーレンのことを考えていたが、彼の場合は、あの島の通訳が、売った布切れが、こんなことに使われているのを見たら、どんな反応を示すだろうという興味からだった。縫い目のある布は信頼できないなんて、ちゃんちゃらおかしい。バーレナンの国の住人だって、友好的な飛行士たちから教わらないでも、多少はものを知っている。船長は、布切れを手に入れた島から二万キロも行かないうちに、それでもって、帆のつぎはぎをし、その縫い目は、風の谷でさえ充分に持ちこたえた。

バーレナンは、手摺りの入口をくぐり、あと、しっかり締まっているかどうかを確かめ、火坑《ひあな》のなかをちらりと見た。火坑には、飛行士たちから贈られた蓄電器から取り出した金属フォイルが張ってあった。なわはすべて、頑丈で大丈夫のようだった。船長は船員にうなずいて見せた。ひとりが、火坑の白熱した炎のない火に、さらに数個の燃料を重ね、いまひとりは、繋留索を解いた。

十二メートルの布の球体は、熱せられた大気でゆっくりとふくらみ、新しいブリー号は高台から浮揚し、そよ風に乗って川のほうへ漂っていった。

解説

堺　三保

いかなるジャンルにおいても、そのジャンルに決定的な影響を与え、その後の作品に多大な影響を及ぼした記念碑的な作品というものがある。たとえば、本格推理小説におけるクリスティの『アクロイド殺害事件』、ハードボイルドにおけるハメットの『血の収穫』、異世界ファンタジーにおけるトールキンの『指輪物語』等々……。

本書『重力への挑戦』も、まさにそのような一冊である。本書によってハードSFにおける異世界構築の方向性が決定づけられたのだ。

本書の舞台、惑星メスクリンは木星の十六倍もの質量を持ちながら、木星のようなガス惑星ではなく、地球や火星のような固い地面を持っている。そのくせ一回転に地球時間で十七・七五分という驚異的な自転速度のため、赤道に近づくにつれて地面は遠心力によって外へと引っ張られ、惑星全体がまるでソロバンの球のような扁平《へんぺい》な形状となっている。そして両極付近では七百Gという高重力でありながら、赤道付近ではたった三Gなのである。

このあまりにも異様な異世界を探査するために訪れた地球人たちは、極地方に住む知的生命体を発見する。メタンとアンモニアに覆われた高重力の世界にも、その地に適応したさまざまな生命が繁栄していたのだ。低緯度地域を移動していたとある商船とのコンタクトに成功した人類は、メスクリン人クルーの協力を得て惑星上の探査に乗り出した。だが、重力と遠心力とがせめぎあう赤道付近には、メスクリン人たちさえ驚きの声をあげるほどの、驚異に満ちた風景が広がっていたのだ……。

本書の特長は、一にも二にもこの驚異的な異世界の説得力あふれる設定と描写にある。地球上のどこにも存在しえない不思議な情景を、あくまでも科学的な考察を積み重ねていくことでつくりあげていくこの手法こそ、のちの多くのハードSFの規範として、半世紀も前に本書が確立したものなのだ。誰もまだ見たことのない、ただし、もしかするとどこかにありうるかもしれない、(そしてその存在可能性が科学的に裏づけられている)もう一つの世界。それは、このような手法を持つSFだけが生み出しうるものであり、惑星メスクリンこそ、そのスタンダードとしてSF史に燦然《さんぜん》と輝きつづけるユニークな異世界なのだ。

本書の作者ハル・クレメント(ハリー・クレメント・スタッブス)は、一九二二年五月三十日、アメリカのマサチューセッツ州ソマーヴィルで生まれた。天文学の学士号をハーバード大学で、さらに修士号をボストン大学で、さらにシモンズ大学で化学の修士号を取得している。こうした科学的バックグラウンドが、クレメントに本書のようなハードSFに対する関心と、それを書きあげる力とを与えたのはまちがいない。

一九四三年にハーバードを卒業後、米陸軍航空隊に召集され、第二次世界大戦中には第八航空団に予備役として入隊、B24戦略爆撃機の現役パイロットとして三十五回の作戦に参加した。また、五一年には再び召集されて、ボウリング空軍基地で編隊指揮官を八ヶ月、サンディア空軍基地で技術教官を十六ヶ月務め、七六年に大佐の位で退役した。こうしてときおり軍務につく一方、クレメントは八七年まで四十年間にわたって化学の教師として高校に勤めていた。

作家デビューは、一九四二年に〈アスタウンディング〉誌に掲載された短篇"Proof"で、最初の長篇は五〇年に発表された『20億の針』である。以降、クレメントはあくまでも兼業作家として、軍務や教職のかたわら悠然としたペースで一貫してハードSFを書きつづけたが、二〇〇三年十月二十九日、マサチューセッツ州ミルトンの自宅で、睡眠中に息をひきとった。享年八十一歳。

アメリカのSF作家、とくにハードSF作家には、兼業作家は珍しくない（たとえばグレゴリイ・ベンフォードやデイヴィッド・ブリン、また、亡くなってしまったチャールズ・シェフィールドとロバート・L・フォワードなどがそうだ）が、クレメントはそのさきがけであり、執筆ペースも他の作家たちとくらべてずいぶんとのんびりしている。あくまでも趣味の延長線上の創作に徹しつづけたその姿勢は、翻訳家の小隅黎《こずみれい》氏をして「ファン・ライターの最高峰」と言わしめているほどだ。
したがって、作家としての活動期間の長さにくらべると著作数はかなり少ない（結局、教職を引退して専業作家となったあとも長篇を三作発表したにとどまっている）。作風もデビュー当時から一貫していてほとんど揺るぎがない。この確信に満ちたワンパターンさもまた、「ファン・ライター」の長所であり短所であると言えるだろう。

さらに小隅氏は『アイスワールド』の訳者あとがきで、「（ハル・クレメントのSFは）つねに宇宙におけるふたつの知性種属の接触を基本設定としている」とも喝破《かつぱ》しておられるが、既訳の長篇は、地球を異星人が訪れる話（『20億の針』『一千億の針』『アイスワールド』『窒素固定世界』の四作）と、異星を地球人が訪れる話（『重力への挑戦』『テネブラ救援隊』『超惑星への使命』の三作）の、二つのパターンに分類できる（ちなみに、地球人が異星を訪れるパターンの三作はすべて同じ未来史に属する作品である。『テネブラ救援隊』は本書の二十五年後、硫化物まじりの濃厚な大気が一瞬にして金属類を溶かしてしまうという厄介な惑星テネブラの調査に向かった地球人とドロム人の混成チームが、テネブラ人と接触するものの、同行していた子供たちが遭難してしまい救助に苦戦するという話。そして『超惑星への使命』では、それからさらに二十五年後、本書に登場するメスクリン人のバーレナンやドンドラグマーたちと、『テネブラ救援隊』のある登場人物を含む地球人たちが、突如として気候が変動するというこれまた風変わりな惑星ドローンの探査をおこなうこととなる。また、さらにこの未来史シリーズには、二作の短篇、"Lecture Demonstration"〔1973〕と"Under"〔1999〕も含まれている)。

ただし、実はこの二つのパターンには大きな共通点がある。いずれも主人公たちが未知の世界を探検する〈秘境探検もの〉とでもいうべきストーリーになっているのだ。つまり、本書で地球人のラックランドたちがメスクリンを探検するように、『20億の針』や『アイスワールド』などでは、異星人たちが地球を探検する様子が描かれているのである。視点人物が地球人であれ異星人であれ、自分たちの常識とは違う異質な風景に遭遇するという点では、両者はまったく同じ〈物語〉なのだ。

これまでクレメントの作品は、「異星人たちの心理描写が人間のものと似すぎている」ことがハードSFとしては致命的な欠点であると常に指摘されていた。しかしクレメントの作品すべてが〈秘境探検もの〉であるならば、異星人たちのメンタリティが地球人と酷似していることも、ある程度計算のうちだったのではないかと筆者は考える。すなわちクレメント作品の眼目である「異質な風景に遭遇した驚愕」を効果的に読者に伝えるには、それを感じた主要登場人物のメンタリティが読者と同じ、つまり地球人と同じであることが重要なのだ。

では、なぜそこに異星人を配するのか。地球を舞台にした作品の場合、われわれが日頃慣れ親しんでいる地球の環境は、まったく違う環境で育った生命からはどう見えるかという異化効果を狙っているためであり、異星を舞台にした作品の場合は、地球人がそのままでは立ち入れない高重力や高温などといった過激な環境を設定しているため、そこを探検できるような知性体が必要だからである（自分たちの母星ではないドローン星の探査で苦労する『超惑星への使命』のメスクリン人たちは、まさにその典型だといえよう）。クレメント作品の主眼はあくまでも〈異星人〉より〈異世界環境〉にあり、そこに登場する〈異星人〉とは、読者に代わって過酷な環境の異世界を探検してみせる代理人なのだ。

ＳＦファンのあいだでは、クレメントの後継者として、中性子星上での知性体の進化と地球人とのコンタクトを描いた『竜の卵』のロバート・Ｌ・フォワードの名前がよく挙がっていたが、このような観点でクレメント作品を眺めてみれば、そのもっとも忠実な後継者には、『リングワールド』や『インテグラル・ツリー』などで奇抜な異世界を次から次へと構築してみせたラリー・ニーヴンのほうがふさわしいかもしれない。

もっともニーヴンの考案する世界が、どれも大スケールで派手なビジュアルイメージを持つのにくらべて、クレメントの描く異世界は微妙でデリケートなところが特徴であり、そのぶん地味だと思われかねないところがある。たとえば、本書の中盤で、探検隊が断崖絶壁を乗り越えて大爆布へと至る場面がある。断崖だ爆布だといっても、実はたかだか二十メートルほどの高さしかない。ビジュアルを想像してみるとまったく冴えない光景なのだが、三Ｇという高重力のせいで地球人の目には一見たいしたこともないように見える崖が、とんでもない難所となって一行の前に立ち塞がっているという事実にこそSF的な驚きが込められているのだ。そして、その崖の先にある滝は、これまたたいした高さではないのに猛烈な勢いで水が落下しており、さらには飛び散る飛沫からその猛スピードは推し量れるのに、滝口に広がる波紋からはそれが見てとれないという、地球の常識からはかけ離れた不思議な光景を見せてくれる。これぞ、まさにセンス・オブ・ワンダーの極《きわみ》ではないか。

本書には、このような一見地味でありながら驚きに満ちた光景が、至るところにちりばめられている。ぜひとも一行ごと一字一句ごと噛みしめるように、この考え抜かれた異世界を堪能していただきたい。

ハル・クレメント著作リスト

1 Needle (1950)『20億の針』創元SF文庫
2 Iceworld (1953)『アイスワールド』ハヤカワSFシリーズ
3 Mission of Gravity (1954)『重力への挑戦』本書
4 The Ranger Boys in Space (1956) ジュヴナイル
5 Cycle of Fire (1957)
6 Close to Critical (1958)『テネブラ救援隊』創元SF文庫3、10と同じ未来史に属する

作品

7 Some Notes on Xi Bootes (1960) ノンフィクション

8 Natives of Space (1965) 短篇集

9 Small Changes (1969) 短篇集

10 Star Light (1971)『超惑星への使命』ハヤカワＳＦシリーズ　3、6と同じ未来史に属する

11 Ocean On Top (1973)

12 Left of Africa (1976) 少年向けノンフィクション

13 Through the Eye of a Needle (1978)『一千億の針』創元ＳＦ文庫　1の続編

14 The Best of Hal Clement (1979) 短篇集

15 The Nitrogen Fix (1980)『窒素固定世界』創元ＳＦ文庫

16 Intuit (1987) 少部数限定出版短篇集

17 Still River (1987)

18 Fossil : Isaac Asimov's Universe (1993)

19 Half Life (1999)

20 The Essential Hal Clement Volume I : Trio for Slide Rule and Typewriter (1999)
1、2、6の合本

21 The Essential Hal Clement Volume Ⅱ：Music of Many Spheres (2000) 短篇集
22 The Essential Hal Clement Volume Ⅲ：Variations on a Theme by Sir Isaac Newton:The Mesklin Writings of Hal Clement (2001) 3、10を含む長編集
23 Noise (2003)
24 Men of the Morning Star／Planet for Plunder (2011) 二作の中編集。後者はサム・マーウィンとの共著
25 The Moon is Hell!／The Green World (2012) 二作の中編集。前者はジョン・W・キャンベルの作品
26 The Time Trap／The Lunar Lichen (2013)
27 Hal Clement SF Gateway Omnibus (2014) 2、5、6の合本

（二〇〇四年五月、二〇一八年十二月加筆）

検　印
廃　止

訳者紹介　1901年広島県生まれ。東京外国語大学卒。翻訳家、ジャーナリスト。主な訳書に、ルブラン『虎の牙』『カリオストロ伯爵夫人』、クロフツ『ポンスン事件』、ホープ『ゼンダ城の虜』ほか。1985年没。

重力への挑戦

1965年7月2日　初版
2004年5月26日　20版
新版　2019年1月31日　初版

著　者　ハル・クレメント

訳　者　井《いの》上《うえ》　勇《いさむ》

発行所　(株)東京創元社
代表者　長谷川晋一

162-0814/東京都新宿区新小川町1-5
電　話　03・3268・8231-営業部
03・3268・8204-編集部
URL　http://www.tsogen.co.jp
工友会印刷・本間製本

乱丁・落丁本は、ご面倒ですが小社までご送付ください。送料小社負担にてお取替えいたします。

ISBN978-4-488-61508-6　C0197